WARRIORS

貓戰士

破滅守則

7 部曲之IV

黑暗湧動

Darkness Within

艾琳・杭特（Erin Hunter）著
約翰・韋伯（Johannes Wiebel）繪
高子梅 譯

晨星出版

特別感謝凱特・卡里

露鼻：灰白相間的公貓。
竹耳：深灰色母貓。
暴雲：灰色虎斑公貓。
冬青叢：黑色母貓。
翻爪：虎斑公貓。
蕨歌：黃色虎斑公貓。
蜂蜜毛：帶黃斑的白色母貓。
火花皮：橘色虎斑母貓。
栗紋：深棕色母貓。
嫩枝杈：綠眼睛的灰色母貓。
鰭躍：棕色公貓。
殼毛：玳瑁色公貓。
梅石：黑色與薑黃色相間的母貓。
葉蔭：玳瑁色母貓。
點毛：帶斑點的虎斑母貓。
飛鬚：帶條紋的灰色虎斑母貓。
拍齒：金色虎斑公貓。

貓后 （懷孕或正在照顧幼貓的母貓）

黛西：來自馬場的奶油色長毛母貓。

長老 （退休的戰士和退位的貓后）

灰紋：灰色長毛公貓。
雲尾：藍眼睛、白色長毛公貓。
亮心：帶薑黃色斑的白色母貓。
蕨毛：金褐色虎斑公貓。

各族成員

雷族 *Thunderclan*

族長　**松鼠飛**：綠色眼睛，有一隻白色腳掌的深薑黃色母貓。

副手　**獅焰**：琥珀色眼睛、金色虎斑公貓。

巫醫　**松鴉羽**：藍眼睛、失明的灰色虎斑公貓。

赤楊心：琥珀色眼睛、深薑黃色公貓。

戰士　（公貓，以及沒有子女的母貓）

刺爪：金褐色虎斑公貓。

白翅：綠眼睛的白色母貓。

樺落：淡棕色虎斑公貓。

鼠鬚：灰白相間的公貓。

指導的見習生，月桂掌：金色虎斑公貓。

罌粟霜：淺玳瑁色與白色相間的母貓。

鬃霜：淺灰色母貓。

百合心：藍眼睛、嬌小、帶白斑的深色虎斑母貓。

指導的見習生，焰掌：黑色公貓。

蜂紋：毛色極淺，帶黑條紋的灰色公貓。

櫻桃落：薑黃色母貓。

錢鼠鬚：棕色與奶油色相間的公貓。

煤心：灰色虎斑母貓。

指導的見習生，雀掌：玳瑁色母貓。

花落：帶花瓣形白斑、玳瑁色與白色相間的母貓。

藤池：深藍色眼睛、銀白相間的虎斑母貓。

鷹翼：薑黃色母貓。

指導的見習生，香桃掌：淺褐色母貓。

板岩毛：毛髮滑順的灰色公貓。

撲步：灰色虎斑母貓。

光躍：棕色虎斑母貓。

鷗撲：白色母貓。

塔尖爪：黑白相間的公貓。

穴躍：黑色公貓。

陽照：棕色與白色相間的虎斑母貓。

長老

橡毛：嬌小的棕色公貓。

影族 *Shadowclan*

族長　虎星：深棕色虎斑公貓。

副手　苜蓿足：灰色虎斑母貓。

巫醫　水塘光：帶白斑的棕色公貓。
影望：灰色虎斑公貓。
蛾翅：帶斑點的金色母貓。

戰士　褐皮：綠眼睛的玳瑁色母貓。
鴿翅：綠眼睛的淺灰色母貓。
兔光：白色公貓。
冰翅：藍眼睛的白色母貓。
焦毛：耳朵有撕裂傷的深灰色公貓。
亞麻足：棕色虎斑公貓。
麻雀尾：魁梧的棕色虎斑公貓。
雪鳥：綠眼睛、純白色母貓。
蓍草葉：黃眼睛的薑黃色母貓。
莓心：黑白相間的母貓。
草心：淺褐色虎斑母貓。
螺紋皮：灰白相間的公貓。
跳鬚：花斑母貓。
熾火：白色與薑黃色相間的公貓。
肉桂尾：白色腳掌、棕色虎斑母貓。
花莖：銀色母貓。
蛇牙：蜂蜜色虎斑母貓。

蕁水花：淺褐色公貓。
微雲：嬌小的白色母貓。
灰白天：黑白相間的母貓。
紫羅蘭光：黃色眼睛、黑白相間的母貓。
貝拉葉：綠眼睛的淡橘色母貓。
鶺鶺羽：耳朵黑如鴉羽的白色公貓。
鴿足：灰白相間的母貓。
流蘇鬚：帶棕斑的白色母貓。
礫石鼻：棕褐色公貓。
陽光皮：薑黃色母貓。

貓后　**花蜜歌**：棕色母貓。

長老　**鹿蕨**：失聰的淺褐色母貓。

天族 *Skyclan*

族長　葉星：琥珀色眼睛、棕色與奶油色相間的虎斑母貓。

副手　鷹翅：黃眼睛的深灰色公貓。

巫醫　斑願：腿上有斑點、毛色斑駁的淺褐色虎斑母貓。

躁片：黑白相間的公貓。

調解者　樹：琥珀色眼睛的黃色公貓。

戰士　雀皮：深棕色虎斑公貓。

馬蓋先：黑白相間的公貓。

露躍：健壯的灰色公貓。

根躍：黃色公貓。

針爪：黑白相間的母貓。

梅子柳：深灰色母貓。

鼠尾草鼻：淺灰色公貓。

鳶撓：紅褐色公貓。

哈利溪：灰色公貓。

櫻桃尾：玳瑁色與白色相間的母貓

雲霧：黃色眼睛的白色母貓。

花心：薑黃色與白色相間的母貓。

龜爬：玳瑁色母貓。

兔跳：棕色公貓。

指導的見習生，鷦掌，金色虎斑母貓。

蘆葦爪：嬌小的淺色虎斑母貓。

薄荷皮：藍眼睛的灰色虎斑母貓。

長老　**鬚鼻**：淺褐色公貓。

金雀尾：藍眼睛、毛色極淡、灰白相間的母貓。

風族 *Windclan*

族長　**兔星**：棕色與白色相間的公貓。

副手　**鴉羽**：深灰色公貓。

巫醫　**隼翔**：毛色斑駁、灰中帶白，像披了紅隼羽毛的公貓。

戰士　**夜雲**：黑色母貓。

斑翅：毛色斑駁的棕色母貓。

指導的見習生，蘋果掌：黃色虎斑母貓。

葉尾：琥珀色眼睛、深色虎斑公貓。

指導的見習生，木掌：棕色母貓。

燼足：有兩隻深色腳掌的灰色公貓。

風皮：琥珀色眼睛、黑色公貓。

石楠尾：藍眼睛、淺棕色虎斑母貓。

羽皮：灰色母貓。

伏足：薑黃色公貓。

指導的見習生，歌掌：玳瑁色母貓。

雲雀翅：淡褐色虎斑母貓。

莎草鬚：淺褐色虎斑母貓。

指導的見習生，振掌：棕色與白色相間的公貓。

微足：胸口有閃電形白毛的黑色公貓。

燕麥爪：淡褐色虎斑公貓。

呼鬚：深灰色公貓。

指導的見習生，哨掌：灰色虎斑母貓。

蕨紋：灰色虎斑母貓。

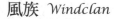

貓后　捲羽：淡褐色母貓。（生下兩隻小母貓——小霜、小靄。小公貓——小灰）。

長老　苔皮：玳瑁色與白色相間的母貓。

河族 *Riverclan*

族長　**霧星**：藍眼睛的灰色母貓。

副手　**蘆葦鬚**：黑色公貓。

巫醫　**柳光**：灰色虎斑母貓。

戰士　**暮毛**：棕色虎斑母貓。

鯉尾：深灰色與白色相間的母貓。
指導的見習生，水花掌：棕色虎斑公貓。

錦葵鼻：淺褐色虎斑公貓。

黑文皮：黑白相間的母貓。

豆莢光：灰白相間的公貓。

閃皮：銀色母貓。

蜥蜴尾：淺褐色公貓。
指導的見習生，霧掌：灰白相間的母貓。

噴嚏雲：灰白相間的公貓。

蕨皮：玳瑁色母貓。

松鴉爪：灰色公貓。

鴞鼻：棕色虎斑公貓。

金雀花爪：灰耳朵的白色公貓。

夜天：藍眼睛、深灰色母貓。

風心：棕色與白色相間的母貓。

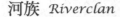

月池
被遺棄的
兩腳獸窩
天族營地
舊雷族小徑
雷族營地
天空橡樹
湖
風族營地
斷半橋
兩腳獸地盤
轟雷路
符號說明
部族
雷族
河族
影族
風族
天族
星族
北方

綠葉
兩腳獸地盤
兩腳獸窩
兩腳獸小徑
兩腳獸小徑
空地
影族營地
半橋
小轟雷路
綠葉
兩腳獸地盤
半橋
貓兒視角
小島
小河
河族營地
馬兒地盤

被遺棄的
工人小路
採石路
水晶池
礦場
兔丘林
符號說明
地形
落葉林區
松樹林
沼澤
湖
小路
聖域湖
兔丘
北方
兔丘
馬廄場
兔丘路

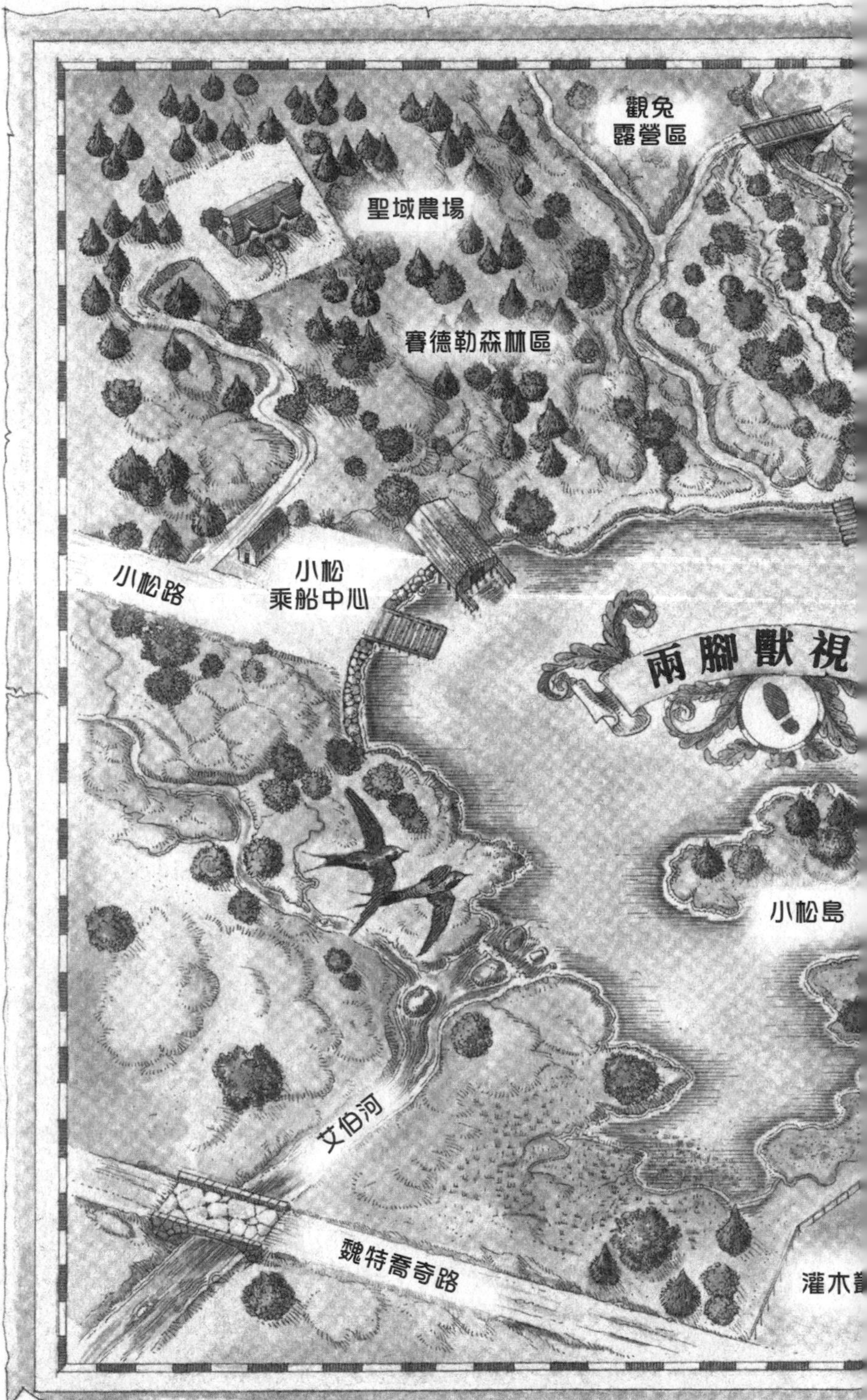
觀兔
露營區
聖域農場
賽德勒森林區
小松路
小松
乘船中心
兩腳獸視
小松島
艾伯河
魏特喬奇路
灌木

序章

葉池全身發抖，寒風在她四周流竄，風裡瀰漫著星族狩獵場廣漠綠野的芳香氣味。遠山雲靄低垂，她蓬起全身毛髮，收回目光，望向星族領地中心地標的那池水塘，火星正在那裡嗅聞。藍星蹲在附近，腳爪塞在胸口底下，高星則直挺挺地坐在她身旁，琥珀色眼睛充滿憂愁陰沉。

葉池來到星族已經過了好幾個月了，但還是覺得怪怪的，因為現在在她身邊的貓兒都是自小在育兒室裡聽聞過的角色。儘管如此，能來到祖靈所在的這片靜寧的林子和草原上，與火星和沙暴重逢，幫忙照顧松鼠飛當初無緣帶大的親生小貓，還是讓她覺得好像回到了家。她感覺自己被接納了，這是她生前最後幾個月在雷族裡鮮少會有的感覺。她生前就很清楚由於曾隱瞞自己是獅焰、松鴉羽和冬青葉的生母，以致於有些貓兒始終無法真正原諒她。這個埋藏已久的祕密再加上揭穿後所帶來的罪惡感，一直像心裡卡著刺。但在這兒，一切都會被原諒，她的心也就不再那麼痛了。

可是就算身處在歡喜裡，憂愁還是有辦法找上她。她曾向她姊姊松鼠飛保證會在天上好好守護她，直到她前來相會。但現在整個星族都被陰影籠罩，她要怎麼堅守承諾？她看著火星，恐懼像顆石頭似地用力壓著她肚子。

她父親又嗅聞了一次水塘，那兒枝葉交纏，猶如蛇一樣蜿蜒伸進池裡。「還是沒辦法看到部族。」他低吼道。

葉池記得她和松鼠飛第一次來到星族時，曾在池水裡看見部族。松鼠飛最後潛進水裡，穿過混濁的池水，回到她深愛的族貓身邊。但現在這條通道已經被堵住。

水面上交錯的枝葉被藤蔓纏結成緊密的網，根本無法穿過。任何星族貓都沒辦法透視它，以致於再也聯繫不上陽間的部族貓。

連松鼠飛也沒辦法穿過去吧。葉池的心驚慌到不停震顫。她不記得池水被這些枝葉覆蓋了多久，她只知道這情況已經好一陣子。松鼠飛、松鴉羽和獅焰現在都孤零零的，沒有貓兒守護。她看見火星背上的毛全豎了起來。他一定也有同樣感受，也跟她一樣擔心留在陽間的松鼠飛和部族貓。這些枝葉到底是從哪裡長出來的？為什麼會阻斷星族的路？她知道父親跟星族裡的其他貓兒一樣都感到不解。

她緩步趨近。「我每次來這裡，都希望它們已經不見了。」她喵聲道。

火星緊張地抽動身子。「要是我們跟他們再也聯絡不上，怎麼辦？」

「我們一定得跟他們連繫上。」她小聲說道。「我們不能跟陽間的部族貓永遠隔開。他們需要我們。」

藍星撐起身子，站了起來。「我們要有信心。」她喵聲道。「他們是戰士，會隨機應變的。也許他們不像我們想像的那麼需要我們。」

葉池的惶惶不安宛若星火在肚子裡爆裂開來。「但如果是我們需要他們呢？」她閃過這樣的念頭，嚇得不敢再細想下去，但又忍不住。「如果我們和陽間的部族貓斷了連絡，我們會不會從此消失？」

「當然不會。」火星眨眨眼睛看著她。但是她在那雙翡翠綠色的眼睛裡看到了疑慮。

他不相信自己說的話。火星的目光移回水面。「我們為什麼會讓那樣的貓下去那裡？」

藍星哼了一聲。「記得嗎，我們本來要好好看著他的。」她嘲諷地說道。

火星憤怒地戳著藤蔓。藤蔓微微抖動，水面波紋四起。葉池頓時緊張了起來，他除去障礙了嗎？她滿懷希望地窺看水面，但什麼也沒瞧見，只有灰濛的霧氣似乎在水面下翻騰。

「這件事太重要了，根本不該交付給那隻貓。」火星低吼道。「我們應該派別隻貓去的。」

「派誰去都一樣……」高星終於開口。

「真的嗎？」火星轉頭望向風族族長。「你不覺得很奇怪嗎？我們竟然相信了一隻絕對不該相信的貓，結果就出了這種事。我們跟部族貓失去了連絡。你覺得這只是單純的巧合嗎？」

高星的耳朵不停抽動。「會出這種事，並非巧合，畢竟部族貓破壞守則也不是這一天兩天的事了。他們才是造成這場混亂的罪魁禍首。」他扭頭示意水面上纏結的枝葉。

「守則以前也被破壞過，」火星反駁道。「而且還比這次離譜，但也沒遇過像今天這種問題啊。」他皺起眉頭。「這一切只有一隻貓兒得負責。我們一定要找到解決的辦法。如果不解決，陽間的那些部族貓可能從此迷失。」

葉池的嘴巴發乾。他說的是真的嗎？湖邊的部族貓跟祖靈之間的聯繫可能就此終止嗎？若果真如此，生者和亡者還能撐多久呢？

第一章

松鼠飛的喵叫聲響徹島上。鬃霜的心跳彷彿漏掉一拍。

「我知道是誰偷走棘星的身體！」

是誰？鬃霜猛然轉頭看著臨時代理的雷族族長，後者正從巨橡樹上面俯看下方，月光下的橘色身影朦朦朧朧的。

「不過我其實不太敢相信。」松鼠飛的嘟囔聲淹沒在現場其他貓兒的驚嘆聲裡。

走到一半的部族貓全都停下腳步。先前霧星因火大被要求讓放逐的兔光和冰翅回去河族而喊停大集會，以致於大家都正準備要離開這裡。但是此刻貓兒們似乎都暫時停下動作，好像都被同一個念頭絆住，他們不約而同地豎起耳朵，抬臉望向松鼠飛。本來已經朝樹橋走去的戰士們聽到松鼠飛說的話，全都轉過身，從長草叢裡鑽出來，目光晶亮焦慮。雷族其中一位長老灰紋也轉過身來，耳朵好奇地前傾。

「如果我猜得沒錯……」月光裡，雷族族長的臉色在幢幢黑影下更顯陰沉，「現在的情況恐怕比我們想像得還糟。因為這位戰士認定他在世時，大家都欠了他，所以他會極盡可能地讓所有部族貓都付出代價。」

驚恐宛若星火在鬃霜全身爆裂開來。聽起來松鼠飛好像很熟悉這個小偷。她貼平耳朵，想知道對方是誰，但又有點害怕。顯然是某個幽暗的靈體占據了雷族族長的身軀，分化部族，害大家仇視彼此，直到戰士們在血淋淋的戰役裡喪命，冒牌貨成為影族的階下囚為止。鬃霜不敢相信光靠一名戰士興風作浪就足以危害所有部族。他趕走了棘星的靈體，害他在林子裡流浪，陰陽兩界無所適從。松鼠飛一旦公開對方的名字，部族貓恐怕就得接受竟有祖靈會背叛他們的這件事實。

松鼠飛有些躊躇，目光緊張地掠過正等候答案的貓群。她是怕大聲說出那名戰士的名字嗎？

「說啊！」虎星擠過貓群，停在巨橡樹下方。「是誰？」

鬃霜的胃頓時抽緊。她看見四周貓兒全聳起毛髮。公開這隻貓的名字會不會再次撕裂部族？他們會再度開戰嗎？在這裡嗎？是現在嗎？她又看了松鼠飛一眼。雷族族長的目光露出懼色，宛若閃電似地掠過部族貓，鬍鬚不停抽動，毛髮跟著倒豎。

「快告訴我們。」虎星追問。

松鼠飛瞟了影族族長一眼，然後深吸口氣。「我知道這聽起來很瘋狂。」她開口。

虎星的尾巴不悅地抽動著。

「但我相信我是對的，」松鼠飛的語氣益發肯定。「一定是他，不可能是別的貓。」她抬起下巴。「我認為是灰毛回來了。」

鬃霜皺起眉頭，表情不解。**灰毛？**他以前是雷族戰士，她心想。很久以前死於一場意外。她試圖回想她從資深戰士口裡聽來的傳說。他的死因好像有一點出奇，對吧？

「為什麼灰毛要回來？」霧星穿梭貓群，最後走到巨橡樹那裡，爬了上去，站在松鼠飛旁邊。

虎星也跟著爬上去。「他以前是不是想當妳的伴侶貓？我是說在妳選擇棘星之前。」這時兔星和葉星也趕忙爬上去，站在其他族長旁邊。影族族長則繼續問道。「因為這樣，妳才覺得是他回來了？」

松鼠飛避開虎星的目光。「他可能覺得在陽世仍有未了的事情。」她喵聲道。「也許他跟雷族有未了的恩怨情仇，」兔星一臉不相信。「但也不至於遷怒到其他部族啊。」他看了其他族長一眼。

鬃霜不安到腳爪微微刺癢，她一聽見風族族長語中帶刺地指控雷族，就不自覺地縮張爪子。他的意思是部族貓現在面臨到的問題多少得怪罪在雷族頭上嗎？這時她看到松鼠飛臉上淒涼的表情，鼻吻緊閉。鬃霜不免很是同情她。松鼠飛顯然認為自己說得沒錯：可是她當真認為對方是因為她當初選了棘星而遷怒到所有部族，進而想毀了他們？

松鼠飛不安地蠕動身子。「我知道這聽起來不可思議，」她喵聲道，「但是你們不像我那麼瞭解他。」

葉星表情不解。「灰毛是誰？」

「他以前是雷族戰士。」松鼠飛回答完了，但嘴巴仍在動，沒有發出任何聲音。彷彿她心裡的疑惑正在阻止她把話說完。

「他曾經想殺害冬青葉。」褐皮從巨橡樹底下的貓群裡放聲喊道，瞪大的眼睛帶著興味。

「我們河族有聽說過這件事。」柳光環顧她的族貓。年輕的戰士們眼裡都閃著驚恐，資深的戰士們則都點頭應和，互換會意的眼色。

蘆葦鬚彈動尾巴。「鼠毛曾在大集會上告訴過我，他曾攻擊落單的冬青葉。他就是這樣才死的。冬青葉反擊他的時候，他不小心失足撞到頭。」

鬃霜想起好幾個月前的一個晚上，灰紋曾跟幾名年輕的見習生聊起灰毛的故事，當時他說灰毛是一隻「壞貓」。可是那時候的她就算再怎麼相信長老，也仍無法想像堂堂一名戰士怎麼可能翻臉攻擊自己的族貓。原來這是千真萬確的。

「我們在風族也聽說過。」鴉羽朝獅焰快步走去，他焦急地眨眨眼睛，迎視黃金戰士的目光。「他以前也威脅要殺了你和松鴉羽，對吧？」

獅焰點點頭。

燼足眨眨眼睛。「我以前以為他是忠心耿耿的雷族戰士。」

莎草鬚看了她族貓一眼。「妳不記得那個謠言了嗎？」

「當然記得，」燼足一臉訝色。「但我當時並不相信。」

「謠言是真的，」松鼠飛喵聲道。「灰毛甚至曾幫忙鷹霜把虎星引進陷阱裡。」

葉星皺起眉頭。「妳認為他從黑暗森林裡找到路回來了？」

「他之前在星族。」松鼠飛告訴她。「我在那裡有看到他。」

葉星甩打著尾巴。「如果星族接納了他，就表示他已經改過自新了，不可能還那麼壞啊。」

獅焰瞇起眼睛。「當年他是我的導師，所以我比你們都瞭解他。」他喵聲道。「我不覺得他有改過自新的可能。」

葉星皺起眉頭。「但那也是好久以前的事了！現在怎麼會跟我們扯上關係呢？」

鬃霜也同意她的說法。就算灰毛在世時再怎麼壞，如今也去了星族。為什麼一個死了很久的戰士會離開星族去竊取另一隻貓的軀體，在部族之間製造這麼大的紛亂？她環顧四周年輕的部族貓一眼，他們面面相覷，顯然跟她同樣一頭霧水。

松鼠飛肩膀上的毛髮全豎了起來。「就算這隻貓被星族接納了，也不代表他就放下以前的恩怨和傷害。灰毛從來沒原諒過我當年捨他、選擇棘星的這個決定。」她不安地說道。

霧星的目光沒有移開過。「所以妳認為他是回來復仇的？」

松鼠飛著急地點點頭。「妳看不出來這就是為什麼他要占據棘星軀體？這是他能用來接近我和孩子們的最好方法。」

兔星面露疑色。「但還是無法解釋為什麼他也要對不相干的貓兒挑起事端。」

松鴉羽從橡樹底下喊道：「灰毛在世的時候，曾想殺了我和我哥哥，目的只是為了折磨松鼠飛。所以他知道傷害部族貓就等於在傷害她。」

「但他只是一個戰士，」虎星直言道。「怎麼從星族找路回來的？他又不是巫醫貓，怎麼會有那麼大的法力？」

「我就自己找路回來了啊。」松鼠飛告訴他。「我在跟姊妹幫作戰時受了傷……那時葉池……」她突然哽咽，悲傷地垂下頭，好一會兒才繼續說：「我曾在星族待過，但我的靈體後來找到路回來。」她無視貓群訝異的低語聲，目光直接射向樹。「你有看到我，」她追問他，「你知道我回來了。」

「是啊，沒錯。」樹附和道。「星族的事情我們並不完全瞭解，」他喵聲道，「但如果松鼠飛回得來，為什麼灰毛不能？」

虎星用力甩動尾巴。「松鼠飛沒有偷別隻貓的軀體。」

「我當然不會去偷，」松鼠飛爭辯道，「絕對不會。但灰毛可能會，他什麼事都做得出來。」

葉星瞪大眼睛。「妳覺得我們無法跟星族溝通，也是因為他的緣故？」

松鼠飛點點頭。「有可能。」

隼翔從貓群裡擠出來，停在松鴉羽旁邊。「怎麼可能有誰法力大到足以阻斷我們跟星族的聯繫。」

松鴉羽眨眨眼睛看著他。「誰說沒有？」

「以前都沒發生過啊。」隼翔辯稱道。

「也許那是因為以前從來沒有誰試過。」松鴉羽回答。

空地上的貓兒們互看彼此。鬃霜注意到那些年紀較長、仍記得灰毛的部族貓，他們的表情都很擔心。顯然他們開始相信這件事。那個雷族戰士有可能回來了。她看見其他族的貓兒互換眼神……有的表情擔心，有的一臉震驚，也有的帶著憤怒，這令她全身熱燥，感覺怪怪的，難道星族的失聯也得怪在雷族頭上嗎？

焦慮宛若星火在她胸口爆裂。她心想有祖靈討厭他們，找到方法阻斷他們和星族的聯繫，這也不是不可能的事。她思緒翻騰。**沒有星族，我們撐得下去嗎？就算能，我們還算是戰士嗎？**

松鼠飛在枝幹上蠕動著身子。「我已經說了是誰偷走棘星的身體，不管你們同不同意我的看法，但至少我們都確定是有個靈體在冒充他。」貓群表情不太肯定地看著她。「我知道這聽起來很怪，但只有這個答案能解釋眼前的一切。一個早已死去的戰士回到陽間，試圖傷害我們。」她追問道，「對吧？」

站在貓群後方的閃皮點頭應和，在她四周的其他河族貓都垂下頭。他們低語附和，應和聲漸漸往外擴散到其他部族，直到虎星也開始甩打尾巴。

「好吧，」影族族長喵聲道。「是有一個祖靈找到路回到陽間。」

霧星點點頭。「看來很有可能是灰毛。」

「我相信是他。」獅焰從下方喊道。

兔星瞇起眼睛。「那為什麼星族不阻止他呢？」

松鼠飛的尾巴憤怒地拍打。「我們目前並不知道這一切是怎麼發生的，但的確發生了。我相信是灰毛在背後搞鬼。他想復仇。如果我說得沒錯，他會要每隻貓都受到折磨。我不能讓大家因為我而受苦。」

「那就讓雷族自己去解決問題。」風族公貓風皮站了起來，尾巴揚起。「我們不必為了松鼠飛當年無法決定愛誰而跟著遭殃。」

「我從來沒有……」

松鼠飛的抗議聲被櫻桃落的嘶吼聲淹沒，薑黃色的母貓站了起來，琥珀色眼睛瞪著風皮：「不准你用這種語氣對我們的族長說話！」

「她不是妳的族長！」風皮從風族的貓群裡走出來，怒氣沖沖地迎向櫻桃落……後者也大步走向他。大集會上的貓群都在蠕動著腳爪，不安地交頭接耳。「雷族現在根本沒有族長。」

「是啊……」白色的影族公貓石翅伸長脖子喊道，「雷族之所以沒有族長，就是因為松鼠飛的前任伴侶貓惹出一堆事端。」

「他不是我的伴侶貓！」枝幹上的松鼠飛霍地起身，差點失足。「他從來都不是。」

「灰毛迷戀松鼠飛，又不是松鼠飛的錯。」松鴉羽的盲眼掃過大集會的現場，彷彿必要時，為了捍衛他的養母，不管誰他都敢單挑。

沉默當頭罩下，現場氣氛沉重。有一兩隻貓因為剛剛差點打起來而顯得侷促不安。鬃霜不免注意到天族貓看起來尤其困惑，因為聽到的這些是他們來湖邊定居之前的陳年往事。

過了一會兒，刺爪面色凝重垂下頭。「如果是灰毛，他永遠不會滿足的。」

花落和煤心低聲附和。樺落瞄了罌粟霜一眼。

鬃霜看見他們的眼裡都閃著憂色，只能強忍住，不讓自己發抖。雷族的資深戰士顯然都記得灰毛，對他很是提防。

「如果是灰毛占據了棘星的身體，至少我們知道要對抗的是誰。」松鼠飛喵聲道。她俯視空地上的貓群，目光左右來回打量，最後轉身面對葉星。「我想我知道用什麼方法來證明冒牌貨是灰毛。」

「好吧，」虎星豎起耳朵。「說來聽聽。」

✦✦✦

月光浸潤了整座林子，透過樹冠流洩而下，林地鍍上一層銀白，鬃霜正跟著她的族貓從大集會返家。他們已經進到雷族領地，但全身仍繃得死緊，耳朵豎得筆直。空氣裡充斥著熟悉的林子氣味，矮樹叢裡有獵物窸窣作響，但這些聲響都吸引不了隊伍裡的貓兒，他們都沒轉頭查看，一路默默跟在松鼠飛後面。

鬃霜猜他們一定都在思考剛剛族長在會議裡概略描述的計畫。這計畫真的管用嗎？她的心跳得厲害。就算真的管用，足以證明偷走棘星身體的就是灰毛，但能解決問題嗎？她停下腳步，看著族貓們，不禁焦急地抽動著尾巴。「就算我們知道對方是誰，又有什麼差別？」她在後面喊道。

松鼠飛回頭看她，臉色陰沉，遲疑了一會兒，空氣跟著微微顫動，彷彿也在等候她的答案。「我們必須讓部族貓知道犯下惡行的這個戰士是單獨行動的，」她最後說道，「才能讓他們重新相信其他星族成員還是站在我們這邊。」

「可是萬一他不是單獨行動呢？」鬃霜好不容易從紛亂的思緒裡理出一點頭緒。「要是星族沒有站在我們這邊呢？那個冒牌貨也有可能分裂了星族啊，就像他撕裂了我們一樣啊。搞不好就是因為這樣我們才會跟星族斷了聯繫。」

貓兒們都在松鼠飛旁邊停下腳步。煤心和鰭躍互看一眼，刺爪和罌粟霜則緊張地望著族長。雀掌的眼睛在黑暗中焦急地閃爍不定。

獅焰冷冷地抬起鼻吻。「誰都分裂不了星族。」

松鼠飛一臉感激地對她的副族長眨眨眼睛。「尤其灰毛更不可能。」她朝獅焰彈動尾巴，向他示意。「你先帶隊伍回營地去，」她告訴他，「把我們的計畫告訴其他族貓。越早讓大家知道我們的宿敵是誰越好，我想單獨跟鬃霜說幾句話。」

鬃霜愣在原地。**她是生氣我質疑星族嗎？**其他族貓默默走進暗處，消失不見，她的腳爪卻像在地上生了根似地無法動彈。「我不是有意要嚇他們。」她表情歉然地告訴松鼠飛，迎視族長的目光。「我只是不懂知道誰偷了棘星的身體對這整件事有什麼幫助。如果有一個祖靈背叛了我們，難保不會有別的祖靈也做出同樣事情。」她蓬起全身毛髮，恐懼令她全身發冷。

「我們的祖靈不會背叛我們。」松鼠飛告訴她。

「妳怎麼知道？」

「祂們曾經是戰士，現在也還是戰士，祂們相信忠誠。」

「所以妳確定他是單獨行動？」

「沒錯，」松鼠飛跟她保證。「灰毛是星族裡頭唯一會把自己的需求置於部族之上的貓。」她對鬚霜眨眨眼睛，要她放心。

但鬚霜還是有點不放心。當初她以為對方是棘星時，還曾幫助過他。現在哪怕她已經知道他不是棘星，仍然害怕到不敢面對他。現在只要一想到他那殘酷無情、不時帶著脅迫語氣的聲音，就會嚇得全身發抖。「可是要是他又想到別的辦法來折磨我們，那怎麼辦？」她緊張地說道。「他曾經愛過妳，都還想要傷害妳了，更何況是他根本不在乎的其他貓兒。」

「那不是愛。」松鼠飛低吼。「那是迷戀。如果是愛，就會為對方著想。但灰毛從來都只想到自己。他為了讓我懊悔以前捨他、選擇棘星，什麼事都可能做得出來。他找到了方法回到湖邊，我相信一定是他破壞了我們跟星族之間的聯繫管道，而這一切都是為了他自己。」她的目光決然。「但我們不能讓他得逞。我們得解決他製造出來的問題，再徹底地擺脫他，好嗎？」

「好的。」鬚霜垂下頭。松鼠飛似乎突然變得比任何居心不良的貓靈都來得更強大。灰毛當然不可能打贏這場仗。他以寡敵眾。但就在松鼠飛轉身，跟著其他族貓往前走時，疑慮竟又像蟲子一樣爬回鬚霜的肚子。要是松鼠飛的計畫奏效，會不會使得灰毛更堅定地走上復仇之路？

「走吧，」松鼠飛等鬚霜趕上來後，就加快腳步。「我知道我的計畫聽起來有點……呃……危險，可是一旦大家知道冒牌貨是誰之後，才會更有信心擊垮對方。我們會想到辦法來擺脫他，讓棘星能夠回來。」

但要是灰毛知道妳會再次捨他、選擇棘星，天知道他又會做出什麼事？鬃霜硬生生吞回這句話，松鼠飛一定明白風險何在。

「我不敢相信我竟然被他愚弄，」松鼠飛渾身寒顫。「我認識棘星一輩子了，我早該發現他不對勁。」她抬起頭，雷族營地的氣味迎面撲來，她的鼻頭跟著微微抽動。

鬃霜看到前方入口了。她跟在松鼠飛後面進入通道，身子瞬間隱入荊棘叢，族長剛剛說的話也被荊棘叢瞬間吞沒。

「我會把問題解決掉，」松鼠飛喵聲道。「我必須解決。」

鬃霜的思緒裡隱約有著恐懼。**一隻走投無路的狐狸比整支戰士隊伍還要可怕。**她記得她導師說過這樣的話，幾個月前才學過這個教訓。這個冒牌貨看起來跟鬃霜這輩子認識的貓兒完全不一樣，反倒很像是狡猾的狐狸。她敬佩松鼠飛的勇氣，巴不得自己也能跟她一樣，但她一直有種感覺，好像有什麼可怕的事就要發生。

第二章

迷迭香辛辣的氣味充斥著影望的鼻腔，他正叼著一坨迷迭香的莖桿，擠進入口通道，巴不得趕快把它們塞進草藥庫裡，這樣一來，這味道就會被其他草藥掩蓋。但是他站在空地邊緣躊躇了一會兒，放眼掃視影族營地，看見被河族放逐的蛾翅在巫醫窩旁邊一塊曬得到陽光的地上鋪擺著草。苜蓿足和莓心在空地前交頭接耳，褐皮和石翅則在附近分食一隻歐椋鳥。草心和撲步在生鮮獵物堆那裡挑挑揀揀。花莖則跟著螺紋皮相偕幫忙修補長老窩的洞，橡毛正從那個洞裡往外探看。乍看之下，這是一個很尋常的早上，但影望仍然察覺得到族貓們不時交換憂心的眼神。螺紋皮停下手邊的工作，用後腿坐了下來，抬眼窺看天空，彷彿正在思考距日正當中還有多久。

他們正在等它開始。影望心裡隱約有不祥的預感，但也只能壓抑住，眼睛覷著那株空心樹看。它就矗立在營地樹籬最濃密的地方，樹身多瘤，色澤暗沉，樹籬上荊棘纏生，緊密到連老鼠都不可能鑽得出來。樹幹上有個洞，看上去宛若一張嚎哭的大嘴。小貓們以前常到幽暗的樹穴裡探險，當綠葉季的天氣燠熱難耐時，影族就會把獵物移到那裡納涼。現在它成了棘星的囚室，蔓生的枝葉在前面圍出一塊狹地，讓棘星可以偶爾伸伸腿。雖然他被隔開，去不了營地其它地方，但影望總覺得冒牌貨的存在就像惡夢的殘存記憶一樣汙染全新開始的每一天。

焦毛和麻雀尾直挺挺地坐在荊棘圍場的入口，負責看守被囚的雷族族長……或者應該說是占據他身體的冒牌貨，無論對方到底是誰。焦毛察覺幽暗的洞裡有東西在動，於是瞥了樹洞一眼，隨即又把目光移回營地，卻意外對上麻雀尾的目光，互看了一會兒，才別開頭，腳爪不安地蠕動。

他倆都很緊張，影望的毛髮豎得筆直。就連最有經驗的戰士都很懼怕這個冒牌貨。他強逼自己甩開這念頭，把叼在嘴裡的迷迭香送進巫醫窩，丟在蛾翅的腳邊。

她嗅聞它。「這味道很濃，你在哪裡找到的？」

「靠近湖邊的地方，」他告訴她。「就是我們採集錦葵的地方。」

「我們最好先曬乾，再存起來。」蛾翅說道。

「有必要嗎？」影望對她眨眨眼睛。「曬乾了，藥效會不會減弱？」

「是會減弱，但可以放得久一點，我們就不用再去一次湖邊。」蛾翅開始把莖葉鋪展開來，但影望幾乎沒在聽她說話，他的思緒已經飄到他父親那裡。「虎星在哪裡？」

蛾翅朝族長窩的方向點頭示意。「跟鴿翅在一起。」

「我去看看他們準備好了沒。」應該就快要開始了。空地旁邊的苜蓿足煩躁地抖動尾巴，在她旁邊的熾火全身微微抽動。影望從他們旁邊走過去，停在虎星窩穴外面。他聽得到他父親在窩裡的聲音。

「妳真的認為冒牌貨會承認他是灰毛嗎？」

影望趨近族長窩外面的刺藤簾幕，他的母親正要開口回答。

「松鼠飛會想辦法讓他承認的。」鴿翅保證道。

「要是她辦不到呢？」虎星的語氣擔憂。

影望覺得恐懼在肚子裡不停地振顫。要是連父親都沒把握，也許根本不可行。

鴿翅語氣冷靜地回答。「她會的。別忘了，我以前是雷族貓，我認識她一輩子了，我相信她有辦法。」

虎星皺起眉頭，思考她的話，然後緩緩搖頭。「我只是覺得風險太大了。」他咕噥道。「要是他逃脫了怎麼辦？我實在不懂確定他是不是灰毛，有這麼重要嗎？對問題的解決有何幫助？」

「確定誰是真正的禍端，也許正是解決問題的關鍵所在。」鴿翅安慰他。「如果對方是灰毛，至少我們知道我們要面對的是誰。若是我們能讓他開口吐實，搞不好他也會無意中透露星族沉默不語的真正原因。」

「但我們也可能被他用另一套謊言唬弄了。」

「我們已經同意進行這個計畫。」鴿翅語氣堅定。「除了等候松鼠飛之外，沒有其他辦法了。」

影望緊張地蠕動著腳。

「影望？」他父親的喵聲嚇了他一跳，荊棘簾幕突被一隻腳爪倏地撥開，發出颼颼聲響。虎星從裡面瞪著他看。「你有什麼事嗎？」

「對不起，」影望眨眨眼睛看著他。「我不是有意偷聽的，我只是想知道你們準備好了沒。」

「你聽多久了？」虎星的聲音低沉平穩。

影望垂下頭。「沒有很久。你的語氣聽起來很擔心，我只是……」

「別對他生氣。」鴿翅用鼻子頂了一下虎星，要他讓開，然後點頭示意影望進來。「我們都在擔心，」她用尾巴小心翼翼地撫過影望的背脊。「但不會有事的。」她語氣溫柔地告訴他。「我相信松鼠飛。」

「她的計畫也可能出錯。」影望想到他們昨晚從大集會回來後，跟他提到的那個已經死掉的雷族戰士。「妳也說過灰毛的心腸就像狐狸一樣惡毒。」

「那是年長貓兒們以前對他的看法。」她喵聲道。

「我對他的瞭解不多。」虎星嘟囔道。「我當見習生的時候曾住在雷族，那時候就覺得他個性有點陰沉，好像心事很多。」

「我不懂的是……」鴿翅朝虎星轉身，「他為什麼能進星族？」

「也許星族覺得他會改過自新。」虎星聳聳肩，但看起來並不相信自己給的答案。「不過如果松鼠飛說得沒錯，他顯然曾花了一段時間等候報復的機會。」

鴿翅朝影望挨近。「我們也不確定她的說法對不對。」

「我真的不懂我們幹嘛自找麻煩地查清楚這一切，」虎星吸吸鼻子。「把他從湖邊趕走就好啦，就像我們趕走惡棍貓一樣嘛。」

「那棘星怎麼辦？」影望不免好奇棘星的魂魄到哪兒去了。根據天族戰士根躍的說法，已經一個多月沒見到他了。「他需要拿回自己的軀體。」

「我們先別擔心這個了。」鴿翅喵聲道。「松鼠飛馬上就到了。不管怎麼樣，最後都會有答案的。這也可以幫忙我們釐清下一步該怎麼做。」

影望偏著頭。自從松鼠飛首度提出她的假設，說冒牌貨是灰毛，就一直有個念頭啃蝕著他。不過也許他錯了，所以從來沒提起過。不過因為現在旁邊只有鴿翅和虎星在。「灰毛的長相如何。」他脫口而出。

虎星迎視他的目光。「他是一隻灰色公貓。」他說道。

「他的眼睛是藍色的嗎？」影望追問。

「是啊。」虎星的肩毛聳了起來。他看了鴿翅一眼。「為什麼這樣問？」

「我想我以前有見過他。」影望想起了他在夢裡看到的那隻藍眼公貓，嘴巴不禁發乾。

「什麼時候的事。」鴿翅把鼻吻探過來，鬍鬚微微顫動。

「我吃到死莓的那次，」影望曾經吞下死莓，試圖讓自己進入昏迷狀態，好到陽間以外的地方尋找棘星的魂魄。「我睡著的時候，有看見一個靈體從棘星的身軀浮出來，那是一隻我從沒見過的灰色公貓。他的眼睛是藍的。」

鴿翅和虎星又互看了一眼，似乎想到什麼。

「是他嗎？」影望緊張地問道。

「我們不知道。」鴿翅用鼻吻輕觸他的頭。「可能是吧。但我們得等松鼠飛來，才能確定。」

窩穴外響起腳步聲。苜蓿足的喵聲隔著荊棘簾幕傳來。「我要帶邊境巡邏隊出去囉。」她的聲音比平常來得響亮，似乎不是只報告給虎星聽，而是要讓整座營地的貓兒都聽見。

「去吧。」虎星也配合她提高音量。

影望的胸口一緊。開始了！他們正展開松鼠飛的計畫了。他朝虎星垂下頭，「祝好運。」他小聲說道，同時快步離開窩穴。

「也祝你好運。」鴿翅在他後面輕聲說道，語調有點抖。

外面的苜蓿足已經領著熾火和蓍草葉離開營地。空地四周的族貓們目送隊伍離去，惶惶不安。影望朝巫醫窩走去，呼吸不由得急促。上次他要去參加半月會議時，半途被冒充棘星的那隻貓攻擊，還把他丟下峽谷，留他在那裡等死。這隻貓手段這麼惡毒，還有什麼事不敢做？尤其他又是一個從陰界回來偷取活貓軀體的靈體，想必比五大部族裡的任何一隻貓都來得強大。**更何況我們跟星族的溝通管道也斷了。**影望強忍住發抖的衝動，動手整理蛾翅鋪展在地上的迷迭香莖葉。**這個冒牌貨的法力強大，我們卻得獨力對抗他。**五大部族有這能耐對抗一個打不敗的敵寇嗎？

✦✦✦

時間不知不覺地滑進午後，熱辣的陽光隔著濃密的松樹枝葉滲進來，灑在影望坐的地方。他移動身子，躲開熱燙的陽光。他已經把迷迭香的針狀葉從莖梗上摘下來，鋪擺在後方，才好曬到剛剛害他移動位置的陽光。如果蛾翅是想曬乾，那麼他還是把它們曬透一點比較好。正在等候中的他需要一點事情來分散自己的注意。

那隻被放逐在外的河族貓剛剛才進巫醫窩裡去找水塘光商討還有哪些藥草需要收集。影望坐了起來，開始用舌頭舔洗殘留腳爪上的迷迭香氣味。他豎起耳朵，傾聽營外的腳步聲。應該不用等多久了吧？花莖和螺紋皮還在補長老窩的漏洞。石翅正在啃一隻從生鮮獵物堆那裡挑來的地鼠。他們都不時瞟向營地入口，影望不免好奇他們是不是也很緊張。

正在舔洗腳爪的他，覺得心臟快要跳出來。這時他突然愣住。開始了！整座營地的貓兒都在等候的那個聲音出現了。營地圍牆外傳來隆隆腳步聲。苜蓿足的吼聲響徹林間。「我們被攻擊了！」

影望跳了起來。螺紋皮和花莖丟下手邊用來修補長老窩的藤蔓。石翅也應聲跳起來，虎星和鴿翅則衝到空地上。

虎星瞪大眼睛，這時苜蓿足衝進營地，緊跟在後的熾火和蓍草葉急剎住腳步。「發生什麼事了？」虎星追問道，彷彿完全不知情似的。

影望屏住呼吸。營裡的貓兒都很清楚這場攻擊是預先計畫好的。族貓們豎耳傾聽，毛髮倒豎，等著苜蓿足接下來要說的話。

「雷族戰士已經進到邊界，還有天族和河族。」她瞪大眼睛，假裝萬分驚恐。「風族戰士也在路上了。」

影望的眼角餘光瞄見動靜，有個身影從空心樹的樹幹裡鑽出來。冒牌貨正穿過囚室外面的荊棘圍場，全身毛髮自上次戰役後就顯得蓬亂，傷口也還沒癒合。麻雀尾和焦毛轉身面對他，不停抽動尾巴，警告正緩步走向缺口的他，於是他只能遠遠看著營地盡頭的動靜，眼神好奇。苜蓿足這時還在向大家報告。

「他們說要來殺了那個冒牌貨。」苜蓿足刻意聳起全身毛髮。

虎星表情憤怒。「可是我們已經說好暫時留他一條命。」

「他們說不在乎自家族長是不是說好了。」苜蓿足緊張地朝那株空心樹轉過身去，直視冒牌貨的眼睛。「他們說棘星必須死。」

影望搜尋冒牌貨的眼神，尋找恐懼的蛛絲馬跡，但暗色虎斑貓面無表情地瞪回來。**他不害怕嗎？**也許死亡對一隻曾經死過的貓兒來說不足為懼。**又或者他知道什麼我們不知道的事？**影望恐懼到腳爪像灌鉛一樣重。

虎星甩打著尾巴。「我們必須捍衛自己的領地。」他朝蛾翅點頭示意，後者已經跟水塘光從巫醫窩裡出來。「妳跟橡毛待在一起。」他告訴她。「影望，看好藥草庫。水塘光，你跟我去，也許會有傷亡。」他朝戰士們扭頭，後者已經集結成隊伍。「我們絕不能讓入侵者進到營地。」

影族族長衝出入口通道，戰士們尾隨其後。蛾翅跑向長老窩，推橡毛進去，然後從圍籬上拉了幾條鬆脫的荊棘擋在長老窩入口。影望愣在原地，貓兒在他四周奔來跑去。

過了一會兒，整座空地都空了。營地圍牆外的蕨葉叢被林子裡急奔的影族貓踩得窸窣作響。

影望的腳爪活像被地上的泥巴黏住。心跳加速的他瞪著麻雀尾和焦毛，知道他們接下來會說什麼。

「我們是不是應該也一起去？」麻雀尾問道。

焦毛點點頭。「他們會需要幫忙的。」

「可是……」麻雀尾朝囚犯彈動尾巴。

「他能去哪裡？」焦毛聳聳肩。「森林裡的每隻貓都巴不得他死，這座營地對他來說搞不好是最安全的地方。」

在旁觀看的影望，心頭一沉，眼睜睜地看著兩名戰士朝入口跑去，衝進林子裡。這是他最害怕的一刻。這座被遺棄的營地就在他的四面八方，看起來比平常還要空曠。他把頭轉向冒牌貨，強逼著自己的鬍鬚不要抖動。如今就剩他跟這隻曾試圖殺害他的貓單獨相處。

暗色戰士對上他的目光，眼神玩世不恭。「別擔心，」他喵聲道，「你跟我在一起很安全。」影望很想後退，但仍強迫自己待在原地。這時冒牌貨開始走向生鮮獵物堆。

「我不會讓自己太見外的。」

「你不害怕嗎？」影望問道。「戰士們要過來殺你。」他知道父親不會讓這件事發生，但冒牌貨並不知道。

假棘星聳聳肩。「去找他們打架的是你的族貓，又不是我。」**他很樂在其中嗎？**

影望看著他嗅聞著生鮮獵物堆，推開最上面的老鼠，拉了一隻肥碩的鴿子出來，仔細打量，然後又突然直起身子，顯然對獵物沒有興趣，目光瞟向入口。**他打算逃走嗎？**影望的胃頓時抽緊。**松鼠飛，妳在哪裡？**她現在應該到了吧！她不是這樣計畫嗎？**要是他試圖逃走，我哪擋得住他？我是巫醫貓耶。**他逼迫自己放慢呼吸，這時暗色戰士懶洋洋地回頭看了生鮮獵物堆一眼。

「你想要一隻老鼠嗎？」他語氣溫吞地說道。

影望硬生按壓住心裡的惶恐不安。「不……不用了，謝謝。」

「你不餓嗎？」

「不餓。」影望的喵聲小到像在自言自語。**為什麼冒牌貨不試著逃走？他是想把先前沒完成的事了結嗎？他想趁這次機會把我徹底解決掉嗎？**

就在他思緒翻騰之際，眼角餘光突然瞄見動靜。陰暗的入口閃現一個橘色身影。**松鼠飛！**她來了。影望如釋重負。**終於來了！**這代表其他族長也都到了，準備聽冒牌貨的供詞了嗎？他們已經在荊棘圍籬外面各就各位了嗎？

囚犯愣了一下，眼神突然銳利。「你在看什麼？」他循著影望的目光，一眼望見松鼠飛，頸毛立刻豎得筆直。

雷族母貓衝進空地，壓低身子，貼平耳朵。影望屏住呼吸，這時冒牌貨的注意力全在松鼠飛身上。他只能暗中祈禱對方不會聞到其他族長的氣味。

松鼠飛迅速地瞄他一眼，影望才突然想起自己該做什麼。他立刻跳到冒牌貨前面，擋住她的去向。「退後！」他警告她。「妳不能傷害他。」

「我可以保護我自己！」他的頸背突然被爪子勾住。冒牌貨一把抓起他，拎在半空中。影望不停地掙扎，但暗色虎斑貓把他像小貓一樣拎著，再順手丟到旁邊。他重摔在地，好不容易才爬起來，這時假棘星已經面對著松鼠飛。他會搶在她開口之前攻擊她嗎？

松鼠飛很快說道：「我是來幫你的。」

冒牌貨瞪著她看，琥珀色眼睛充滿懷疑。

「我知道你是誰了！」松鼠飛臉上露出興奮的表情。「你之前為什麼不告訴我？」

冒牌貨一臉提防。「告訴妳？」

在旁觀望的影望，屏住呼吸，暗地希望這個囚犯會相信松鼠飛的謊言。他看見蛾翅正從長老窩牆上的缺口往外窺看。**拜託這計畫一定要成功！**他好奇星族能否聽見他心裡的聲音。

松鼠飛瞪大眼睛，目光急切。「我們現在得離開……一起離開。這就是你回來的原因，對吧？這就是你為什麼要竊取棘星的身體，只為了跟我在一起。」

冒牌貨的眼裡有期待也有懷疑。這是影望首度看見他拿不定主意的模樣。**這計畫奏效了嗎？**

松鼠飛再加一把勁，緩緩朝他靠近，喉間發出喵嗚聲。「我現在確定了，」她溫柔地喵聲道。「我確定是你。從棘星得到新生命的那一刻起，我就覺得不太一樣。但那不是他，對吧？那是你。」她突然止住腳步，目光掃向影望。

他愣在原地。**別看我啊！你看他啊！**

「我要為這件事謝謝你，」她喵聲道，「是你的療法殺死了棘星，讓這一切變得可能。」她又朝冒牌貨轉身。「要是沒有影望的協助，你不可能回得來。」她繼續說道，這時暗色戰士一臉訝異地看著她。「你是我始終深愛的那隻公貓，我對你的愛遠超過棘星。現在我們可以廝守在一起了，永遠在一起。」她的雙眼發亮，愛意濃烈到連影望都開始慌了起來。**她是裝的，對吧？她沒有愛過這隻狐狸心的貓吧？**

「妳愛我？」冒牌貨小聲問道，彷彿擔心這一切只是夢。

「是你，對吧？」松鼠飛的目光緊盯對方。「告訴我，是你，說出你的名字，這樣我才知道我沒有愚弄自己。快告訴我，就是你！」

影望瞪著冒牌貨看，緊張到雙耳充血。他不再看著松鼠飛，也忘了蛾翅。他屏住呼吸，因為棘星的身體似乎正在起變化。但變的不是毛色和身形，而是姿態。只見假棘星縮起後腿，側著身子，拱起肩膀，好似覆在上面的皮毛把他繃得太緊。他低下頭顱，鼻吻像蛇一樣往前探。在影望的眼裡，眼前的棘星雖然仍有虎斑色的毛髮和琥珀色的眼睛，但似乎變身成了另一隻貓。

「是我，我是灰毛。」這隻陌生貓用一種比棘星來得粗嘎的聲音開口說道，那口吻隱約攙著冷笑，但語調溫柔，原本的猶豫不見了，取而代之的是滿心的企盼。「我就知道妳最後一定會明白，我就知道妳會看清楚真相。」

「灰毛！」松鼠飛的眼睛一亮。

影望只覺得噁心，**她在裝！**他告訴自己，**這只是計畫的一部份。**

「如果你早點告訴我，」她喘吁吁地說道，「我們就不用浪費這麼多時間了。」

灰毛快步靠近，眼裡溢滿喜悅。「我必須確定妳是站在我這邊。」他猶疑了一下，突然皺眉。「可是妳之前表現得好像不想要讓任何貓兒取代棘星。」

「那是因為我不知道那是你。」松鼠飛上氣不接下氣地說道。「如果你早點告訴我，我就可以幫你了。」

「我不需要幫忙。」灰毛冷笑道。「這又不難，把五大部族搞得反目成仇，讓他們爭相爬著來見我，對我俯首稱臣，交出守則破壞者。」他放聲大笑，顯然得意，然後他看著影望。「我只是需要找到一個小鼠腦袋，讓他自以為看見異象就行了。」影望頓時羞愧到全身發燙，灰毛還繼續說道。「我只要告訴他怎麼治療棘星的病，反正這小子急著相信自己是星族欽點的貓兒，結果就真的相信把棘星放在荒野上凍死可以治好他的那些鬼話。」

是我殺了棘星！影望真想找個地洞鑽進去躲起來。他過去一直很想當星族最信賴的巫醫貓，**灰毛說得沒錯！我的確是個鼠腦袋，而且還是個叛徒！**

松鼠飛仍然深情望著灰毛。「你那麼聰明，當然不需要我的協助。你自己找到路從星族回來了，一定很不容易吧。」

「我為了妳回來的。」他急切地說。「我只要妳。任何事情都阻擋不了我。」

「難道星族沒有試圖阻擋你嗎？」松鼠飛問道。

「星族！」灰毛發出嫌惡的咕噥聲。「那群只會空想的老傢伙根本拿我沒輒。祂們再也阻止不了我了，我解決了。」

不！憤怒宛若閃電劃穿影望全身，恐懼頓時消失。「你做了什麼？」他穿過空地，把松鼠飛推到一旁，怒瞪灰毛。「你傷了祂們？」

「關你什麼事。」灰毛亮出爪子，朝影望揮過去。影望低身及時閃過。松鼠飛趕緊抓住他頸背，及時往後一拉，把他擋在後面。

「不要浪費時間在他身上了。」她告訴灰毛。「我們必須離開這裡。」

灰毛咕噥道。「我上次就該殺了他。」

「上次？」松鼠飛瞪大眼睛。

「就是他去月池的路上啊。」灰毛不懷好意地瞪著蹲伏在松鼠飛後方的影望。「莓鼻引開他的同伴後，我就攻擊他。早知道把他扔下山谷之前，應該先查看一下他死了沒。哪知道他的生命力那麼頑強。」

松鼠飛瞪著他看。「莓鼻把水塘光引開？」

「是啊，」他表情驚訝。「他是我的副族長，當然聽命於我。」

松鼠飛沒有移動身子，但影望看得出來她很努力地不讓背上的毛髮豎起來。「我不認為莓鼻有這膽量敢殺害別族族長的孩子。」

「他根本不必知道我們是要宰了他。」灰毛低吼道。「我只是說我們去嚇嚇他就好了。莓鼻假裝受傷，我才能跟這個小笨蛋獨處，好好修理他。事後，我告訴莓鼻我把這小子嚇得逃之夭夭了。」

營地入口的荊棘一陣晃動，影望一顆心頓時抽緊。他聽見腳步聲重踩空地，一個轉身，剛好看見虎星從他旁邊一躍而過，呸口怒斥，朝灰毛撲了上去。「你竟敢想殺了我兒子！」影族族長放聲大吼，灰毛被猛力一撞，摔得老遠。他追在後面，尖爪狠戳進對方皮肉裡。

灰毛眼裡不見驚愕，眼睛瞇成細縫，哪怕被虎星鉗制住，仍不停扭動，靠有力的後腿死命撐起身子，甩掉背上的影族族長，眼裡閃著恨意，瞄準虎星猛地一擊。影族族長齜牙低吼，正面迎戰，抬起前爪朝灰毛的鼻吻巴了過去。灰毛低身閃過，趁機鑽進虎星下方，猛撞他的腿。

不要傷害他！絕望的影望正準備撲上冒牌貨，但還沒行動，就聽見兔星的吼聲迴盪空地。

「快阻止他們！」

影望愣在原地，戰士們突然從四面八方湧入，各族族長和副族長全擠進影族營地。蘆葦鬚和鷹翅一馬當先，趕走灰毛，苜蓿足連忙拉開虎星。影族族長憤怒呸口，急欲擺脫掉拉他不放的苜蓿足，直到被鴉羽一把抓住頸背，壓在地上。

「冷靜下來。」風族副族長嘶聲吼道。

灰毛低身從蘆葦鬚旁邊閃過，鷹翅試圖把他拉回來，他嘶聲低吼，上次部族戰役在腰腹留下的傷口再度裂開，迸出鮮血。但冒牌貨似乎對疼痛無感。他發了瘋地反抗，獅焰適時衝過來，緊扣住那兩條不停踢打的後腿，鷹翅也使勁地用尾巴壓住他，讓他在地上無法動彈。

被箝制住的灰毛仍在齜牙低吼，目光橫掃所有族長，最後停在松鼠飛身上。「妳騙我！」他的臉上短暫出現受傷的表情，隨即轉為憎恨。「妳背叛我！」他徒勞地扭動，想要擺脫箝制。「你們以為贏了，但你們不知道我的法力有多大！我會讓你們全都痛不欲生！」他的吼聲野蠻憤懣。「不只你們，就連你們的後代子孫也要為你們今天所做的一切付出代價！還有你們的祖靈！所有部族都會嘗到真正的遲來正義，因為你們逃避這種正義已經太久了。」

「把他押回空心樹。」虎星撐起身子，站了起來，鴉羽和苜蓿足這才放手。

「你們關不住我的！」灰毛發出尖吼，鴉羽和鷹翅把不停扭動的他死命地拖離空地，押進荊棘圍場，所經之處鮮血流淌，苜蓿足和蘆葦鬚快步過去幫忙。

影望吞吞口水。灰毛這話什麼意思？他怎麼可能傷得了他們的後代子孫？或者祖靈？這時他突然想到灰毛曾向松鼠飛誇口他對星族做過的事情。**祂們再也阻止不了我了！我解決了！**他傷了星族嗎？

也許他只是想嚇唬我們。但是灰毛可以來去陰陽兩界，這是影望親眼見到的。他的法力真的大到足以蹂躪星族的狩獵場嗎？

虎星甩甩毛髮。「他根本瘋了。」

影望驚訝地眨眨眼睛。他的父親神情茫然地瞪著被副族長押進荊棘圍場的灰毛。灰毛的蠻力顯然嚇到了他。

「我們該怎麼辦？」霧星喵聲道。「我們不可能永遠關住他。」

松鼠飛彈動尾巴。「當然不能。棘星需要拿回他的身體。」

霧星和葉星互看一眼，似乎不確定該怎麼回答。

「我們需要盡快行動。」虎星喵聲道。

「可是我們還不知道要怎麼處理啊。」霧星喵聲道。「我們又不曉得他是怎麼起死回生的。」

「接下來該怎麼做，應該很清楚了。」虎星臉色陰沉地吼道。

影望背上的毛全聳了起來。他知道父親在想什麼，虎星想殺了灰毛。

「我們不能魯莽。」霧星趕緊說道。她是不是也猜到虎星的想法。「我們得先確保灰毛不會脫逃，不會再傷害到任何貓兒，不管是陽間還是陰界的。」她環顧其他族長。「要求影族獨自扛起看守他的責任，未免太沉重了。」葉星垂頭附和，霧星繼續說下去。「每個部族都該派兩名強悍的戰士過來幫忙看守灰毛，直到我們想出辦法為止。」

「真的假的？」虎星一臉驚訝。「妳覺得我們可以把他永遠關在這裡？」

「只關到我們決定怎麼做為止。」兔星喵聲道。

「可是你們也聽到他說什麼了。」虎星的眼裡閃過憤慨的光。「他全都招了，你們幹嘛還要留他活口？這傢伙很危險。」

松鼠飛對他眨眨眼睛：「不然我們該怎麼做？」

「殺了他。」虎星脫口而出。「留他活口就像在育兒室裡存放死莓，早晚會有貓兒遭殃。」

霧星別開目光。兔星蠕動著腳爪。只有葉星迎視虎星的目光。她是要附和他嗎？

松鼠飛的頸毛聳了起來。「你不能殺了他！」她氣吁吁地說道。「我們必須留他一條命，直到找到方法讓棘星回到自己的身體裡。」

影望瞪著她。**這怎麼可能辦得到？**

葉星垂下頭。「好吧，」她喵聲道，「就暫時留他一條命吧。我們繼續關著灰毛。只要他是被關著，就不需要急著動手。」

霧星甩著尾巴。「我們盡量留他一條命，直到棘星魂魄可以回來，又或者星族會指引我們一條路。」

兔星咕噥一聲。「星族已經失去聯絡很久了，我懷疑祂們還會回來嗎？」

影望的鼻吻轉向風族族長。「當然會回來。」他脫口而出。「祂們一定會回來。祂們必須回來。」一想到五大部族也許得在星族的永遠缺席下奮力活下去，就令他全身毛骨悚然。

虎星的眼神黯了下來。「只要灰毛還在森林裡，還活在棘星的軀體裡，也許祂們就不會回來。」

影望瞪看他父親，腳爪緊緊戳進土裡，以免身子發抖。他的腦海閃過一個幽暗的念頭。萬一不管灰毛有沒有占據棘星的軀體，都沒什麼差別，那該怎麼辦？他看過灰毛出竅的靈體，所以知道它不需要軀體也能存活。他突然覺得喘不過氣來。要是連五大部族的最後手段……殺死棘星的軀體……都不足以阻擋灰毛毀掉五大部族，那該怎麼辦？他們會犧牲掉雷族族長取回軀體的唯一機會嗎？結果到頭來卻發現灰毛還是有足夠的法力永遠阻斷他們和星族的聯繫？

第三章

根躍小心翼翼地穿過島嶼邊緣的長草叢，向前移動，一顆心沉重無比。他聞得到前方空地其它部族的氣味。每個部族都已經把陣亡的戰士埋在自家的領地裡，但總覺得他們應該一起守夜，紀念為趕走冒牌貨而陣亡的戰士們。根躍希望這場守夜活動能為倖存的貓兒們撫慰心靈，互相和解。

他的族貓此刻正猶若黑影般在四周草叢裡移動。紫羅蘭光和樹快步走在他兩邊，跟在後方幾條尾巴外的斑願和馬蓋先跟灰白天、鼠尾草鼻走在一起。葉星和鷹翅已經前後進入空地。他聽到松鼠飛和兔星正在招呼他們，喵聲迴盪在柔和的夜空裡。

紫羅蘭光朝樹挨近。「自從沙鼻死後，她幾乎都沒睡過。」她低聲道，同時朝梅子柳的方向點頭示意。暗灰色母貓的尾巴拖在地上，一路跟在鷹翅、露躍和蘆葦爪的後面，他們全都低垂著頭。

樹一邊看著他們一邊緩步走進空地。「我很想念他。」

根躍聽到他父親的語氣竟然不掩對天族貓的好感，不禁訝異。話說不到一個月前，他都還在嚷著要離開部族，帶著根躍、針爪和紫羅蘭光出走。

「部族少了他，總覺得有點怪。」紫羅蘭光喵聲道。「我還是不敢相信他死了。」

「任何貓兒死了，我都無法相信。」樹喃喃低語。「怎麼會有戰士支持冒牌貨呢？」

「那是因為他們相信他是星族的代言者。」紫羅蘭光提醒他。根躍的毛髮聳了起來。「星族怎麼可能要我們起內鬨？」灰白天從後面喵聲說道：「夠了。這場守夜是為了寬恕彼此。」她提醒根躍。鼠尾草鼻咕噥道：「要原諒他們幫那個叛徒殺死沙鼻，恐怕不是靠一場守夜活動就能了結。」

紫羅蘭光回頭看了淺灰色公貓一眼。「我們會永遠記得這件事，」她告訴他。「但這不代表我們不能原諒。」

根躍眨眨眼睛看著他母親。她太仁慈了。但是她說得對，怪罪彼此是沒有用的，該負責的是那個冒牌貨。現在他們都知道他是誰了，也知道他離間各部族、害大家反目成仇的目的，根本不是為了捍衛星族或戰士守則，只是想為以前的事復仇而已。憤懣宛若星火在根躍的肚子裡爆裂。就因為被松鼠飛拒絕了，灰毛就想毀掉所有部族？怎麼會有貓兒這麼自私？要是每隻貓被甩了之後都想殺害自己的族貓，早就滅族了。

根躍跟著紫羅蘭光和樹走進空地。戰士們在月光下漫無目的地走動。雷族隊伍靜悄悄地群聚一處，根躍不免好奇曾假冒他們族長的那個冒牌貨是否已經害雷族出現裂痕。

站在花落和點毛旁邊的鬃霜捕捉到他的目光。她友好地對他眨眨眼，根躍就瞬間悲情不再，心情好了一點點。他們私底下連手背叛冒牌貨的那場行動算結束了，五大部族再度和平相處，這也意謂他不能常常見到她。他朝她眨眨眼睛，招呼回去，然後就不好意思地別過臉，心裡不免好奇她現在是跟誰同住窩穴。她臥鋪旁邊睡的會不會就是四分之一個月前才跟他們水火不容的某位戰士？

他相信影族應該沒有立場分歧的問題，因為影族貓當時在戰場上是並肩合作的。風族也很團結，一致捍衛那個冒牌貨，只有風皮和鴉羽不願同流合汙。風族現在已經能跟影族和睦相處，鴿翅正在跟石楠尾交談，苜蓿足和鴉羽也在交頭接耳地交換消息。根躍心裡開始懷抱希望。也許這場守夜能讓部族之間原諒彼此，也原諒自己，就如紫羅蘭光所願那樣。

空地並不擁擠，月光流洩在貓兒三兩成群的空地上。根躍注意到河族貓幾乎都沒到。蛾翅有來，還有兔光和冰翅，但他們已經不是河族貓。兔光和冰翅加入叛軍後，霧星就拒絕他們回來。蛾翅也是叛軍之一，但霧星卻邀她回去，結果蛾翅說除非河族族長也答應赦免兔光和冰翅，否則她不會回去。

所以他們現在跟影族貓站在一起，表情感傷，因為只看到少數河族貓前來守夜，包括蘆葦鬚、柳光、蜥蜴尾和金雀花爪。根躍很訝異河族族長竟然沒有出現。他快步走向兔光、冰翅和蛾翅。

兔光一看見他，便彈動長長的尾巴招呼他，就跟當初他們暗中叛變時在部族外面碰頭一樣。「你好嗎？」

「我很好，謝謝你。」根躍漫不經心地掃視貓群。「霧星來了嗎？」

「我沒看到她。」兔光回答。

冰翅吸吸鼻子。「我猜她是不想來為陣亡的叛軍守夜。」

「可是蘆葦鬚有來啊。」根躍目光掃過空地，落在河族副族長身上。

「霧星還是得派幾隻貓到場，以免得罪其他部族。」兔光直言道。「而且也是為了推崇溫柔皮。」根躍胸口一緊。霧星的缺席會不會造成更多不堪想像的摩擦？

「再說，」冰翅低吼，「她要派誰來，關我們什麼事？我們現在是影族貓了。」她的喵聲憤憤不平。

蛾翅拱起尾巴，撫摸她夥伴的背脊。「在我們內心深處，永遠都是河族貓。」她說這話的同時，目光探向了柳光。她那位昔日的見習生焦急地回望她。蘆葦鬚垂下頭，金雀花爪和蜥蜴尾對著花色的巫醫貓熱情地眨著眼睛。蛾翅抬起尾巴。「看來他們還是很想跟我們聊一聊。」她趕忙朝昔日的族貓走去。「你們要一起來嗎？」她問冰翅，但沒有回頭看。

冰翅又吸了吸鼻子。「她去就好了，畢竟霧星有求她回部族。」

兔光同情地看了白色母貓一眼。「搞不好她最後也會原諒我們，要我們回去。」

根躍覺得心疼，這位戰士語氣受傷但猶抱希望。他無法想像被原生部族驅逐的感覺是怎樣。「霧星派了溫柔皮的親屬前來守夜，」他語帶鼓勵。「這應該有原諒的意思了，對吧？」

「溫柔皮是為了冒牌貨而戰，並未反抗他。」冰翅提醒他。「但如果今天死的只有斑紋叢，你覺得她會讓他們來嗎？」

「不管怎樣，我都會為他倆守夜。」兔光難過地說道。

根躍眨眨眼睛看著兔光，同樣覺得難過。斑紋叢和溫柔皮是這隻白色公貓的手足。「霧星現在一定明白我們只是用自己的方法試著保護所有部族。」

他說話的同時，松鼠飛正抬起尾巴，環顧貓群。「我們開始吧。」她喵聲道。

根躍猶豫了一下，但兔光和冰翅已經跟著影族貓走向空地中央。他皺起眉頭，一臉不解。大集會要怎麼開始？族長們又沒有跳上巨橡樹，他們只是站在空地中央，殷切望著族貓們。**對了！這是守夜，不是大集會**，根躍提醒自己，連忙去找自己的族貓，心裡好奇接下來會發生什麼事。

貓兒們神情莊嚴地繞著空地中央圍成一圈，巨橡樹在空曠的地面投下陰影。

根躍鑽到樹和紫羅蘭光的旁邊，松鼠飛快步上前。「我們今晚來到這裡，」她表情嚴肅地說道，「是為了紀念所有為自己心中信仰的正義而戰死沙場的貓兒們。」

附和聲在貓群裡如漣漪傳播開來。

毛色光滑的兔星加入松鼠飛，抬高頭顱說道：「那天投入戰場的戰士都相信他們是為了星族而戰。」

虎星點頭同意，也加入其中。「陣亡的戰士都是為了自己的部族而戰，他們死得其所。」

「他們鞠躬盡瘁。」葉星快步走到影族族長旁邊。「我們要緬懷這些為捍衛信念而犧牲性命的戰士們。」

根躍看見空地四周的貓兒個個眼神哀戚，那股沉甸甸的傷痛宛若冰涼的大雨打在五大部族的每隻貓兒身上。雪鳥渾身發抖地哭倒在焦毛懷裡，他們的孩子松果足和蕨葉鬚都在這場戰役裡喪命。

松鼠飛再度開口。「這是緬懷和紀念的時刻，也是寬恕和原諒的時刻……」

根躍任由注意力四處游蕩，尋找亡靈。以前只要瞄到一個，就令他驚恐萬分，但此刻的他卻好想見到他們。尋找亡靈已經成了他的本能。他好奇樹平常會不會也像他一樣。他在林間搜索的不再只是獵物，鬼魂也可能出沒其中。但是自從那場戰役過後，他就再也沒有見到任何亡靈。棘星的魂魄已然消失，死去的貓兒們也沒出現在森林裡。他寧願相信他們都安然待在星族，但他存疑。兔星曾在戰役裡失去一條命，結果去了星族，被賜予另一條命。事後他告訴五大部族，**「我去了星族的狩獵場，但我只聽見很多扭曲變形的聲音，看到的也都是朦朧的身影，形體非常模糊。我們的戰士祖靈還在那裡，但好像正化為烏有。」**

根躍一想及此，便全身發抖。要是星族消失了，死去的戰士要去哪裡？若是沒有星族可去，而他們又非林子的幽靈，能到哪裡去呢？族長們大可站在這裡高談緬懷和寬恕，但冒牌貨所造成的傷害或許已經遠遠超過我們所能修補的程度。搞不好他已經永遠毀了五大部族和星族之間的聯絡管道，奪走了死者最後的歸處。沒有了星族，戰士還算是戰士嗎？跟惡棍貓有什麼兩樣呢？

根躍認真探查空地四周的陰影，巴不得能捕捉正到樹底下移動的鬼魅，但只看到漆黑一片。突然他覺得一顆心空盪盪的，像被爪子劃破了心臟。雪鳥這時突然哭嚎出聲，他嚇了一跳，縮起身子。松鼠飛已經發表完談話，點毛和花落也跟著雪鳥哭嚎起來。根躍看著他們，嘴巴發乾。沒有了星族，他們也許再也見不到此生最愛的貓兒。沒有了星族，這樣的傷痛恐怕只是開端。

✦✦✦

根躍偎在紫羅蘭光旁邊，感恩有她的體溫幫忙驅寒。他們整晚都在守夜，此時湖面上的黎明正在破曉。

松鼠飛在空地中央站了起來，伸個懶腰。虎星也在她旁邊伸展四肢。兔星抬起頭，迎視影族族長，然後點個頭，像是呼應對方，兩隻貓兒隨即相偕往巨橡樹走去，小心翼翼地穿過仍圍成一圈，蹲伏在淺色晨空下的貓兒們。松鼠飛和葉星跟在後面。四位族長停在古老的大樹下交頭接耳。根躍看著他們，好奇地豎起全身毛髮。他們是在討論如何處置冒牌貨嗎？

根躍四周的部族貓開始有了動靜，大家守夜一整晚，現在都在伸懶腰，活動四肢，擺脫身體的僵硬。

樹舔著紫羅蘭光的毛髮。「等我們回家，妳就會暖和多了。」他告訴她。

「真希望太陽快點出來。」紫羅蘭光蓬起全身毛髮，彷彿覺得快點出來這個字眼仍不足以形容她對陽光的殷切渴望。

這時一個淺灰色身影吸引根躍的注意。鬃霜正在伸懶腰，她拱起後背，整條尾巴跟著抖動。點毛也在她旁邊弓起背，鬃霜輕輕頂住這位戰士，幫忙她站起來。

根躍趕忙過去找她們說話。這可能是下一次大集會之前，最後一次可以跟鬃霜說話的機會了。但是他早已習慣每天見到她。那段與她並肩對抗冒牌貨的日子總讓他錯以為他們是同一部族。「很遺憾妳失去了莖葉。」他一走近，就跟點毛說。「莖葉是位英勇的戰士。」

「謝謝你，」點毛看著他，眼裡有著感傷。「他的確是。」說完她轉身朝花落走去，後者已經在空地邊緣找到一處地方，陽光正從林間滲進來，照在那塊地上。

鬃霜神情憂愁地目送她。「她很傷心。」她說道。

根躍真希望自己能說點什麼逗鬃霜開懷。「她很愛他啊。」他笨拙地嘟囔道。

鬃霜突然看著他。「我覺得慚愧。」

根躍訝異地眨眨眼睛。這不是她的錯啊，她已經盡其可能地保護自己的族貓了。

「為什麼要慚愧？」

「我覺得我好像應該多哀悼他一點。」

「誰？莖葉嗎？」根躍一臉不解。

「我已經沒那麼想他了，」她解釋道。「我以前很喜歡他。我以為我會愛他一輩子，就像點毛那樣。可是看見點毛到現在都還放不下他，就讓我覺得我對他的感覺其實不是愛。」她又看了她的族貓一眼，後者正神情茫然地望著湖面。

「我想妳只是長大了。」根躍提出自己的看法。「長大都會變的。」他不加思索地繼續說道。「我還記得我以前當見習生時那種純純的愛。」

她朝他轉過身來。「那你的感覺已經變淡了嗎？」他倆都知道見習生時期，自從他被她從水裡救起之後，便一直暗戀著她。她是擔心他不再喜歡她了嗎？她應該知道這不是真的。

「當然沒有。」他喵聲道，但也暗自訝異自己竟然不再羞於承認喜歡她。這幾個月來，他一再被大家揶揄嘲弄，但現在他知道她也有同樣的情意，所以沒必要再告白一次。畢竟他們很久以前就知道不可能成為彼此的伴侶貓，只因他們來自不同部族。更何況現在五大部族要解決的問題夠多了，何苦再多亂子。

她深情地回望他好一會兒，然後才瞥了一眼從旁邊走過的拍齒和飛鬚。「現在的雷族有點怪怪的。」她的族貓一走遠，她就開始吐苦水。「大家都刻意友好，但其實還沒忘記那段壁壘分明的日子。沒有貓兒敢說破，但都心知肚明。」

根躍全身微微抖動，感到尷尬，畢竟天族反倒變得團結無比，全心全意地合力對抗冒牌貨。「我相信松鼠飛會解決這問題的。」

「我希望她會。」鬃霜看起來不太有信心。「但如果星族不給她九條命，她要怎麼領導雷族？要是連雷族貓都對她失去信心呢？」

「他們不會的。」根躍告訴她。「她很強悍的，我們都知道她能力有多強。而且她有像妳這樣的戰士在背後支持她。」

「我想也是吧，」鬃霜承認道。「不過前面有很多阻礙。揭穿了冒牌貨的真面目，並不代表我們就能打敗他。」

「我們可以打敗他的。」根躍也希望他這句話是真的。他試著推開昨晚糾結了他一夜的可怕念頭。「我們會打敗他的。星族會回來的。一切都會回到常軌。」

「那棘星怎麼辦？」鬃霜緊張地問道。「他還能回來嗎？」

「當然能。」根躍語氣輕鬆地回答她。「只要我們擺脫灰毛。」他迎視鬃霜的目光，盡量表現出正面的態度。他看得出來她同樣充滿疑慮。

她突然抬起下巴。「沒錯，」她堅定回答。「一切都沒問題的。」

「什麼事都往好處想，也沒有壞處啊。」根躍說道。

她喵嗚輕笑，只有眼裡隱約帶著一絲憂色。「對，再壞的情況也要往好處想。」

族長們結束了討論。松鼠飛的族貓們都跟著她朝樹橋走去。虎星也召集好他的戰士，兔星已經帶隊朝長草叢走去。

鬃霜轉過身。「我要走了。」她喵聲道，「再見囉。」

「好好照顧自己。」根躍對著正快步跟在族貓們後面的她喊道。

「你也要好好照顧自己。」她甩著尾巴也回頭喊道。「謝謝你幫我打氣。」

其他部族紛紛打道回府，葉星仍逗留空地，天族貓全圍著她，試圖互相取暖。紫羅蘭光待在梅子柳旁邊，焦急地看著仍走不出傷痛的族貓。樹坐在遠處眺望從遠山升起的太陽。根躍快步走到他旁邊，並趁著葉星開始帶隊離開小島時挨近他。自從那場戰役後，他們就沒有好好聊過。這次的守夜讓根躍有時間重新思索。四分之一個月前仍然朝夕相處的貓兒如今都不在了，也許再也見不到他們了。這使他領悟到自己還有好多話想對父親說，一定要趁有機會時趕快說出來。

他們穿過長草叢，橫過樹橋，一路上他都沒有開口，只是用身子輕貼著樹。但一抵達對岸，就放慢腳步讓族貓們走到前面。幸好樹也跟著放慢腳步。紫羅蘭光一直陪在梅子柳身邊，沒多久，根躍和樹就落單在隊伍後面。

「這一夜好漫長哦。」根躍漫不經心地開口說道，同時望著岸邊起伏的細紋水波。

「是啊。」樹腳下的石子被踩得嘎吱作響。

「我本來以為我會看到亡靈。」根躍看了樹一眼。他父親有看到嗎？

「我想他們是不願出現在自己的守夜儀式裡。」樹漠然地說道。

「我想也是。」他的心裡燃起一線希望，也許亡靈們比較晚到，又或者已經找到前往星族的路。他倆又默默走了一會兒，根躍絞盡腦汁地想找話題，最後終於想到了。

「我想謝謝你當初幫我解圍。」他輕聲說道。

樹看了他一眼。「幫你解圍？」他表情不解。

「你之前假裝在跟鬼魂對話，這樣我就不用承認我也看得到。」

樹聳聳肩。「我只是想減輕你的壓力。」他喵聲道。

「但是你並沒有這個義務。」根躍停下腳步。「我只是想要你知道，我真的很感激你。」

樹止住腳步，回頭看他，眼裡盈滿慈愛。「任何一位父親都會這麼做的。」他的聲音沙啞。「等你有了自己的小孩就懂了。」

前方的隊伍已經離開岸邊，消失林間，那裡有小徑可直通雷族領地後方山上的天族營地。樹扭頭用鼻吻示意族貓們剛剛才鑽進去、仍在微微抖動的一處蕨葉叢。「走吧，」他喵聲道，「我們最好追上他們。」

根躍點點頭，開始朝林子走去，這時卻有個身影閃現在眼角餘光。他猛地扭頭一看，不禁愣住，背上的毛全聳了起來。

「怎麼了？」樹瞪著他看，也循著他的目光望過去。

根躍屏住呼吸。父親有看到嗎？

樹的頸毛也聳了起來。根躍這才知道自己沒看錯，的確有個亡靈正從遠處岸邊朝他們張望，但身影模糊到很難看清楚輪廓。

是棘星嗎？雷族族長的靈體終於回來了嗎？他用力瞇眼，想看清楚那模糊的輪廓。

不是，不是棘星，是一隻母貓。

鬼魂發現他們正瞪著她看，於是靠得更近。她一靠近，形體就變清楚了，活像她決定要讓自己被看見似的，很是興味地豎起耳朵。根躍猜想她應該是寵物貓吧，因為她的全身毛髮像小貓的毛一樣柔軟，但如果是戰士……就算變成鬼……也不會這樣蠻不在乎地趨近。

樹刻意貼平頸毛，抬起尾巴，親切招呼對方。根躍也有樣學樣。

「嗨，」樹喵聲道，「我以前沒見過妳。」

寵物貓一臉詫異。「我好訝異你們竟然看得到我。」她看看樹又看看根躍，眼睛瞪得好大，因為她發現連根躍也瞪看她。「你們都看得到我？」

「是啊。」樹很有禮貌地垂下頭。

「怎麼可能呢？」寵物貓皺起眉頭，顯然不解。「活貓都看不到我欸。」

我們不一樣。根躍差點脫口而出。他現在已經很習慣看見鬼了，只是還沒準備好要跟一隻陌生的寵物貓承認自己跟一般戰士不同，於是聳個肩。「我不知道，反正我們就是看得到。」

「你們是戰士，對吧？」寵物貓問道。

根躍點點頭。「妳以前看過戰士嗎？」

「當然，」她眨眨眼睛，「他們都在湖邊四周出沒啊。」

「妳叫什麼名字。」樹問道。

「我叫巧達。」

根躍豎起耳朵。**好奇怪的名字**。

但樹似乎並不驚訝。「我叫樹，這位是根躍。」

「嗨。」她突然很用力地舔著肩膀，好像因為那裡很癢。

根躍不免好奇貓靈的身上也會有跳蚤寄生嗎？他的思緒開始飛快地轉。如果她是鬼魂，而他看得到她，那麼他就確定自己還是可以看到亡靈。所以在戰役裡陣亡的那些戰士都到哪去了。如果他們還沒去星族，那麼也許是刻意跟陽間的族貓保持距離而已。

「妳有在附近看到其他貓靈嗎？」他問巧達。

她的目光掃過湖岸，好像正在搜找。「沒有。」她說道，目光又回到根躍身上。「大多時候只有我。」

樹傾身向前。「大多時候？」他重覆她的話。

「我最近有在附近見過其他鬼魂，但是他們時隱時現。」巧達皺起眉頭。「好像沒辦法決定到底要不要當鬼一樣。」

他們時隱時現。恐懼漫進根躍的思緒。意思是他們快要完全消失了嗎？「他們長什麼樣子？」他追問道。

「有些是灰色，有些是虎斑色，」巧達告訴他，「還有一隻是棕色公貓，但腿是薑黃色的。」

是沙鼻嗎？根躍的心抽痛了一下。

樹八成也從這番描述裡聽出了端倪，於是看了根躍一眼。

「你們認識他們？」巧達瞪大眼睛。

「我們最近失去了幾隻貓。」樹解釋道。

「我從來沒見過鬼魂像他們那樣時隱時現。」巧達的耳朵緊張地抽動著。「你們知道他們出了什麼事嗎？」

「他們可能是想去星族。」樹提出看法。

「那是死去的戰士會去的地方嗎？」巧達問道。

根躍點點頭，心想樹的說法會不會是對的。死去的戰士正試著進入星族。

「星族八成是個很詭異的地方，因為他們看起來都很害怕。」巧達說著說著，肩上的毛都聳了起來。

害怕？根躍的心跳加速。

「也許他們正在消失中。」寵物貓瞪大眼睛，眼神驚恐。「我也會消失嗎？死亡已經夠慘了，我不想永遠消失！」

「妳不會消失的。」樹保證道。

根躍好奇他父親何以如此篤定。沒有星族可去，貓的靈體還可能永遠存在嗎？

巧達對著樹焦急地眨眨眼睛。「你怎麼知道？」

「妳不是戰士。」樹告訴她。

所以如果戰士找不到去星族的路，就會消失嗎？恐懼像石頭一樣掉進根躍的肚子裡。失去了星族，死去的戰士有可能永遠消失嗎？

他的思緒翻騰，這時巧達轉過身去。根躍看著她爬上岸。「如果妳有再看到他們，麻煩轉告他們，我們會幫忙的！」他在她後面喊道。巧達回過頭來。「好。」

但要怎麼幫忙呢？他要怎麼幫忙才能確保死去的戰士都能安全抵達星族呢？沮喪宛若星火在他毛髮上爆裂開來。如果他們有危險，而他又幫不上忙，那麼空有這種可以看見亡靈的特殊體質又有何用？

第四章

落葉堆底下有老鼠在動，枯葉跟著微微顫動。鬃霜繃緊全身肌肉。**我這次一定要逮到牠。**她的腳爪用力一踏，心臟跳得厲害，但感覺到那隻老鼠一溜煙地從她腳底下竄逃而去。**又沒抓到？怎麼可能？**她有踩到牠啊！**狐狸屎！**她沮喪到全身熱燙。**為什麼她就是抓不到？**她以前抓過無數隻老鼠。這一隻到底有什麼神通？

她正在搜捕獵物，饑餓像牙齒一樣啃咬她的肚子。她覺得自己活像幾天沒進食或沒睡覺一樣。只要她能抓到這隻老鼠，就能破解最近的衰運，狩獵從此無往不利。再也沒有貓兒會餓肚子。但她得先抓到這一隻才行。

落葉堆又在微微顫抖，底下的老鼠又在動了。鬃霜緊盯著牠，乖乖遵守以前上課學過的招數，哪怕全身興奮到連尾巴都想擺動，但還是克制住，保持不動姿態。她全身每寸肌肉都在貫徹這個決心，未出鞘的爪子蠢蠢欲動。這時老鼠突然有了動靜，她立刻撲上去，伸出前爪，猛力扣住落葉堆下方隱約可見的小小身影。雙耳充血的她這次有緊緊按住，但仍發現爪下空無一物。她瞬間爆氣。老鼠竟憑空不見了。

她的心頓時一沉。她怎麼抓得到這種會瞬間消失不見的獵物？她一屁股坐了下來，耳朵不停抽動。有聲音正在搔抓她耳朵，內容很清楚，但聽起來異常遙遠。

「現在根本沒有誰知道什麼才是對的？」

「真正的戰士就知道。」刺爪的吼聲聽起來像在指責誰。

鬃霜從臥鋪裡坐起來。她隱約覺得內疚，因為她是趁黃昏的邊界巡邏隊還沒出發前先溜進來打盹的。她其實應該保持清醒，她知道現在的雷族有多脆弱。而此刻有一場爭吵正醞釀中，她趕緊從臥鋪裡跳出來，將頭探出戰士窩。

獅焰在空地中央跟刺爪對峙。午後的陽光將雷族副族長的毛髮照得金亮，但鬃霜看得出來他正努力地不讓頸毛聳起來。刺爪瞪著他，半貼平著耳朵。這隻虎斑貓的藍色眼睛閃著怒火。族貓們都在空地邊緣旁觀。

藤池失望地瞪著那兩名戰士。栗紋和露鼻瞪大眼睛，表情擔憂。嫩枝杈傾身向前，豎直耳朵，彷彿隨時準備上前勸架。鰭躍用尾巴輕觸她，要她冷靜下來。而蜂紋正在飛鬚、拍齒和翻爪旁邊焦急地走來走去。那三位年輕戰士都眼睛發亮，露出興味。

沒有松鼠飛的蹤影，鬃霜抬頭看了那座通往棘星窩穴的擎天架一眼，松鼠飛現在獨自睡在族長窩裡。但是她沒看到雷族的代理族長，一定是帶隊出去了。鬃霜鑽出窩穴，與獅焰、刺爪保持距離。她還不想介入。雖然雙方出現爭執，但只要不失控，中間的誤會也許能夠解開。

獅焰怒瞪刺爪。「你是在指控我不是真正的戰士嗎？」

鬃霜屏住呼吸。她錯了，這比單純的口角要複雜多了。營地四周的貓兒都停下手邊動作，豎耳傾聽。就連灰紋也從長老窩的入口出來，瞪大眼睛看。

「我當然不是這意思。」刺爪別開臉，他的讓步令鬃霜稍微鬆了口氣。但這位戰士並未就此罷休。「我的意思只是，我們明明知道應該怎麼做，卻像河岸邊的魚一樣費力掙扎。」他嘟囔道。

「我們怎麼可能知道該怎麼做。」獅焰挑釁問道。「有哪個部族像我們一樣有族長被卡在陰陽兩界之間。」

「沒錯，」刺爪不客氣地回嗆。「而且部族不應該出現這種問題，我們的族長應該在這裡領導我們。」

「你要他怎麼回來領導？」獅焰表情不解。

刺爪無視他提出的問題。「部族若是沒有適任的族長，就不成部族了。」

「我們有松鼠飛啊！」

「她是我們的副族長！」

「我現在是你們的副族長！」獅焰朝金棕色虎斑貓伸出鼻吻。

「所以你才對現狀這麼滿意！」刺爪的眼神責難。「你一個月前還只是個戰士，就跟我們一樣。」

鬃霜緊張地豎起毛髮，嫩枝杈大步走上前去。「你爭的就是這個嗎？」她一無所懼地瞪著刺爪。「這就是你憤憤不平的真正原因嗎？你認為你才應該當副族長嗎？」

刺爪縮起身子，耳朵貼平，好像被戳到痛處。「我沒有這麼說！」他厲聲否認。

鬃霜看見蜂紋和藤池互看一眼。栗紋冷哼一聲。他們顯然都不相信刺爪的話。**我也不相信。**當她還是小貓時，刺爪就喜歡四處指揮。那場戰役過後，他更是變本加厲。鬃霜覺得嫩枝杈的揣測可能沒錯。他是經驗老到的戰士，儘管年紀很大了，但體格仍然健壯。他憑什麼不能爭取雷族副族長這個職位？

蜂紋穿梭在獅焰和刺爪之間。「對雷族來說，這個時間點不是爭副族長的時候。」他語氣溫吞地說道。「我們有更大的問題得面對。」

「我知道啊！」刺爪怒瞪條紋戰士。「這就是為什麼我們必須想清楚誰才具有真正的決策能力。我是為部族著想，不是為我自己。」

空地邊緣集結了更多貓兒。香桃掌和焰掌也從見習生窩裡鑽了出來。百合心本來在擎天架底下休息，這時也從暗處走出來。赤楊心低頭穿過巫醫窩入口的荊棘簾幕，出來查看，這時獅焰挺起胸膛。

「你認為你比我更有決策力？」金色戰士質問道。

「我沒這意思，但我認為你之所以可以做決策，純粹是因為你跟松鼠飛是親屬。」

刺爪瞪著獅焰，空地四周的貓兒全都不安地聳起毛髮。這位虎斑戰士是在指控松鼠飛沒有把雷族的需求擺在第一位，只是循私指派副族長嗎？鬃霜緊張到把腳爪戳進地面，這時的獅焰正憤怒地甩打尾巴。

「把你那句話收回去。」金色戰士嘶聲吼道。

「我說的是事實，要怎麼收回來？」刺爪反駁道。「自從火星以來，雷族的下一任族長是誰，總是不出大家所料。」

「雷族的領導權向來是由族長傳給副族長，這是戰士守則規定的。」獅焰不客氣地提醒他。

刺爪盯著他。「所以火星會找他女兒的伴侶貓來當族長，只是純屬巧合囉？」

「棘星當時是全雷族最強壯的戰士。」獅焰反駁道。

「可是棘星又任命他的伴侶貓擔任副族長。」刺爪繼續說道，「而現在……」

「她絕對有資格擔任副族長。」

但刺爪顯然執意要把他的話說清楚。「而現在是火星的孫子……一隻被松鼠飛和棘星當成自己骨肉撫養長大的小貓，當上了雷族的副族長。所以我們應該相信在這個部族裡只有一個家族能把小貓培育成族長囉？至於其他貓兒就只能在營裡被他們呼來喚去？等你當了族長，你會任命誰當副族長呢？是火花皮？還是焰掌？」他怒瞪火花皮的孩子。焰掌嚇得縮起身子，往族貓挨近。

「你別鼠腦袋了！」獅焰怒斥。

可是刺爪不肯善罷干休，他望著族貓們。鬃霜猜想他是在打量大家的反應。而在刺爪情緒爆發的這整個過程中，飛鬚的尾巴始終不停抽動，拍齒則是瞪大眼睛。兩隻貓兒看起來都像受到很大的衝擊，他們擔憂到皺起鼻吻。站在別處的翻爪也點頭如搗蒜。

翻爪？鬃霜試著捕捉她弟弟的目光。他怎麼可能同意資深戰士的這種說法……刺爪的指控對整個部族的穩定造成很大的威脅。可是翻爪熱切地盯著虎斑公貓看。而整個部族也都瞪著虎斑公貓，但是誰都沒有開口。

我總該說點什麼吧？鬃霜的嘴巴發乾。**可是要說什麼呢？**刺爪的每字每句都千真萬確。可是雷族的族長和副族長向來是由族裡最強悍的戰士擔綱。他們都是這樣告訴她的，她也相信這一點。他們之間有親屬關係當然不是巧合，因為上一代會把自身的專長傳授給下一代。只是她還來不及表明這一點，獅焰就先搶白。

「你為什麼要在族裡挑起事端？」他怒視刺爪，質問道。「我們要擔心的問題還不夠多嗎？」

刺爪朝他轉身。「難道我們不能提出任何疑問，只能盲目地相信你們嗎？」他反問道。「就像相信棘星一樣？」

「我沒有要你盲目地相信誰……」

刺爪打斷獅焰。「就是因為我們一開始太相信自己的族長，才會走到這步。因為我們對棘星太過信任，才讓冒牌貨有機可趁，作亂這麼多個月！差點毀了雷族。」

獅焰氣到全身毛髮倒豎。「現在唯一可能毀掉雷族的是那些無理取鬧、腦袋裝羽毛的戰士。」他朝刺爪逼近。「就像你。」

鬃霜看見兩名戰士都亮出利爪，當場嚇得心跳像漏了一拍。他們會打起來嗎？她覺得好沮喪。顯然灰毛還在繼續傷害雷族，哪怕此刻的他正在影族營地裡坐監。

這時她的眼角餘光瞄見松鴉羽從巫醫窩裡出來，停在赤楊心旁邊。這隻盲眼貓會阻止這場口角嗎？每次有什麼事需要貓兒開口公評時，他從來都不吝言。她眼巴巴地看著他，但松鴉羽沒有吭氣。

鬃霜不給自己時間多想了，她快步走上前去，大聲吼道：「不要再吵了！你們看不出來這剛好正中灰毛下懷嗎？他就是要你們互相鬥爭。」

「鬃霜，妳不要插手。」刺爪嘶聲說道，他一邊覷著獅焰，一邊發出低吼。金色戰士怒瞪回來，拱起後背。鬃霜吞吞口水，如果她擋在中間，或許能阻止雙方打起來。她正要衝過去，營地入口突然窸窣作響。她聞聲止住腳步，轉頭看見松鼠飛鑽進營地。

嘴裡叼著一隻鴿子的族長乍看到刺爪和獅焰怒目對峙，不禁瞪大眼睛。罌粟霜、樺落、點毛也跟在她後面快步走進來，嘴裡都咬著獵物。他們一看到眼前景象，全都愣在原地。

松鼠飛趕緊放下獵物，穿過空地。「怎麼了？」她的目光來回巡看刺爪和獅焰。

獅焰發出低吼。「刺爪質疑雷族的領導班底。」

松鼠飛的鼻吻猛地轉向刺爪。「獅焰的話是什麼意思？」

「這件事我沒有什麼不敢說的，」虎斑公貓執意要把話說清楚。「如果當初質疑過我們的領導者，今天也許就可以省掉這一堆麻煩了。」

松鼠飛臉色難看。「現在去抱怨以前沒想到的事，已經沒有意義了。」她語氣堅定地說道。「真正重要的是，我們接下來該怎麼做。尤其是現在，雷族必須團結起來。在我們找到方法讓棘星回來之前，我們必須信任彼此。」

刺爪冷哼一聲。「先前妳棄雷族而去時，好像沒有這麼想吧？」

「我從來沒有拋棄我的部族。」松鼠飛不客氣地回嗆。「當時我除了離開，沒有別的辦法。而且就是因為自我放逐過，我才明白團結對這個部族來說有多重要。」

刺爪的目光射向獅焰。「我想妳的意思是說，我們都應該毫無異議地支持你們所有的決定。」他酸溜溜地說道。「不管那些選擇和決定看起來有多不公平。」

松鼠飛憤怒到耳朵不停地抽動。「我知道什麼叫做公平，也一直很公平。」她咆哮道。「不管你喜不喜歡，在棘星回來之前，我就是雷族裡頭最適任族長這個職務的貓兒。」

刺爪瞇起眼睛。「要是他回不來呢？」

「他會回來的。」松鼠飛的眼神瞬間感傷，神情激動說道。「他當然會回來，必須回來。」

鬃霜注意到其他貓兒面面相覷，顯然都覺得這只是松鼠飛的妄想。鬃霜其實也很懷疑。可是她信任松鼠飛，這時候不是每隻貓兒都該全力支持她嗎？

鬃霜甩著尾巴，如果沒有貓兒肯為松鼠飛仗義執言，那麼她願意。「我們都知道他就在這附近某個地方，」她喵聲道，「我們只是得找到方法讓他回到自己的軀體。」

嫩枝杈急切地點頭附和，目光移向松鴉羽。「如果我們能跟星族聯繫上，」她語帶盼望地說道，「或許就能知道我們走的路對不對，也會比較放心一點。」

松鴉羽咕噥道。「你們覺得我們沒有試著聯絡嗎？你們希望我怎麼做？飛向星空，拉扯祂們的尾巴，拖祂們下來嗎？」

「除非祂們準備好要對話，否則我們什麼也做不了。」赤楊心喵聲道，語氣顯然溫和多了。

鬃霜心頓時一沉。**要是祂們的沉默不是出於自願呢？**她陷入沉思。顯然假棘星是想在部族間作亂，所以他是不是也做了什麼，趕走了星族？

拍齒很不高興地甩著尾巴。「祖靈高興的時候才現身，這算什麼啊？如果祂們早點警告說灰毛回來了，就可以幫我們省掉很多麻煩。祂們一定有注意到他不見了啊。」

松鴉羽看起來很火大。「如果祂們有注意到，那麼顯然沒辦法告訴我們，或者不想告訴我們。」

翻爪怒瞪著巫醫貓。「搞不好祂們再也不想管我們了，又或者從來就不在乎我們。祂們所有的預言搞不好都是我們自己想像出來的。」

松鴉羽的藍色盲眼射出怒光。「你的意思是這麼久以來，所有的異象都是我們自己編的？」

「他的意思不是這樣。」松鼠飛的目光立刻射向松鴉羽。「他只是對星族的沉默不語感到擔憂，我們也都很擔心啊。」

翻爪的頸毛聳了起來。「不用妳幫我解釋，」他憤憤不平地告訴松鼠飛。「我的意思是，不管星族以前是怎麼想的，現在顯然已經不理我們了。搞不好再也不會回來。我們可能得學著不靠祂們，自己撐下去。」

嫩枝杈表情驚恐。「怎麼撐下去？」

翻爪聳聳肩。「我們都知道在星族出現之前就已經有部族了。所以我們以前沒有祂們不也撐下來了？現在也可以啊。」

儘管午後的陽光溫暖，鬃霜卻突然全身發冷。她的同窩手足怎麼能說出這種話？族貓們緊張地互看彼此，翻爪表情挑釁地環顧貓群。他們認同他嗎？

百合心第一個打破沉默。「沒有了星族，我們還是部族貓嗎？」

罌粟霜緊張地蠕動腳爪。「沒有星族引導我們，不就跟惡棍貓沒兩樣？」

「不會，」松鼠飛爭辯道。「我們一直都有戰士守則作為準則。」

「星族都沒了，遵守戰士守則還有什麼意義？」翻爪反駁道。

獅焰抬起下巴。「因為它，我們才成為戰士。沒有戰士守則，我們跟暗尾和他的黨羽又有什麼兩樣？」

「所以我們就這樣繼續沿用，遵守一套除了我們，根本沒有誰會在乎的戰士守則？」翻爪質問。「這有什麼意義？」

百合心抽動尾巴。「它的意義在於我們會互相照顧，彼此忠誠，也會互相保護。我們會保衛自己的家園，確保它的安全，無論老弱青壯，都不會餓到肚子。你真的認為如果星族不再管我們，我們就不用互相照顧了嗎？」她憤懣地瞪著翻爪。

「我的意思是我們必須做點改變。」翻爪回答。「如果祖靈遺棄了我們，那幹嘛還自找麻煩地遵守祂們訂下的規定？我們已經不住在祂們當初出生的那座森林裡了。我們可以配合湖邊現有的新生活來訂出屬於我們的守則。」

百合心一臉不可置信地瞪著他。「你真的認為戰士守則必須改變？」

「我也不知道我的想法是什麼。」翻爪回答。「但星族的缺席不也是個好機會可以讓我們想清楚自己的信念是什麼？」

鬃霜說不出話來。她弟弟到底有什麼毛病啊？他是在反對以前所學到的一切？

百合心的毛髮不安地波動，但沒有開口，反而緊張地看了松鼠飛一眼，似乎期待雷族族長能說點什麼來平息這場爭端。

但是松鼠飛只是蠕動著腳爪，她看著翻爪，目光有著不解。「我們現在所堅守的信念對我們來說已經足夠了。」她喵聲道，但語氣顯得遲疑。

獅焰從她旁邊走出來，怒瞪著翻爪。「星族已經不出現了，所以我們現在比以前更需要堅守那些信念。」

露鼻急切地點點頭。「它是我們僅有的一切。」

「也是能夠讓星族回來的唯一方法。」蜂紋補充道。

百合心似乎終於知道要說什麼了。「如果星族看到我們捨棄了戰士守則，搞不好就真的不回來了。」

翻爪抬起鼻吻。「我說的不是捨棄戰士守則。我衷心熱愛戰士這個角色，我可以為了保護族貓犧牲性命。但經過了假棘星事件之後，我需要重新思考身為戰士的真正意義是什麼。」他迎視松鼠飛的目光。「我想我們都需要。」

她瞇起眼睛，眼裡的疑慮被某種決然一掃而空。「我已經知道身為戰士的意義何在。」她低吼道。

「那麼也許我應該到外面看看，」翻爪回答道。「單獨去，才能想透我所有的疑問，再決定要不要回來雷族。也許我會找到一個不是那麼險惡的地方讓大家住在一起，也或許該是時候不再繼續過部族生活了。」

鬃霜幾乎聽不到其他族貓在說什麼，因為她弟弟剛剛的那番話令她無比震驚。**他會離開嗎？**她不免好奇。**不只離開他的家，也離開五大部族的領地？去找到一個「更好」的生活模式？**

她覺得像是有一根刺扎進她的心臟。「翻爪，你不是當真吧？」她喊道。

「也許他是當真。」拍齒反駁道。「而且我也同意他的說法。」

「那麼你們兩個也許應該離開。」松鼠飛的尾巴憤怒地彈動。

刺爪快步走到翻爪旁邊。「我也想出去四處看看。」他的語氣溫和，怒氣不再。

「我也要去。」飛鬚加入他們，無視族貓們的抗議。

拍齒越過空地，站在他弟弟旁邊。「還有我。」

鬃霜瞪著他們。雷族正在分崩離析。她呼吸急促地環顧其他族貓，暗自祈禱沒有更多貓兒加入他們。

族貓們都沒有動靜。獅焰走上前去，跟松鼠飛和他的小貓們說了幾句話。但從他們的反應看得出來，他們沒有被說服。

藤池快步上前。「你不能棄你的部族而去。」她對翻爪說道。

「我只是想出去好好想清楚。」他告訴她。

「你會回來吧？」她絕望地哀求。

「我不知道。」翻爪的答案像是沉重的石塊壓在鬃霜的胸口。她趕緊走到她母親旁邊，扶著她。藤池正在發抖。

松鼠飛快步走近，她的目光掃過拍齒、飛鬚和刺爪。「你們日後打算回來嗎？」

他們互看彼此。

「我不知道。」飛鬚喃喃說道。

刺爪朝花落垂下頭。「如果我最後決定離開，」他告訴她。「我也會回來好好道別的。」

鬃霜穩住自己的呼吸，這時有腳步聲從身後傳來。獅焰的目光掃過空地，翻爪和百合心也轉頭去看。

鬃霜的胃部頓時抽緊。不會又有另一隻貓也要加入刺爪的行伍，棄雷族而去吧？她扭頭看對方是誰，立刻如釋重負，原來是灰紋從長老窩的陰影處走過來。火星還在當族長時，他就是雷族戰士了。他知道忠誠的重要性，肯定會理性開導刺爪和其他貓兒。他會說服他們留下來的。

罌粟霜移動腳步，騰出空間讓他過去。鰭躍在長老經過身邊時，垂頭表示敬意。

灰紋停在刺爪旁邊，全族靜默一片。**他們都在等他開口勸阻。**鬃霜傾身向前，希望他說點什麼。

灰紋表情莊嚴地環顧族貓。「我也要離開。」

鬃霜不敢相信自己聽到了什麼。「不！」她大喊道，叫聲蓋過了四周如漣漪漾開的低語聲。

松鼠飛瞪著長老看了一會兒，眼神茫然，表情憂傷。「你告訴過我，你會全力支持我，」她沙啞著聲音說道，「你說過我可以信任你。」

灰紋尷尬地抽動著耳朵，垂頭鞠躬。「對不起，我沒有信守承諾。」

「為什麼？」松鼠飛動也不動，但背上毛髮如波起伏。「你答應過我父親，你永遠不會離開雷族，還是你已經忘了？」

「變化太大了，」灰紋告訴她。「我跟雷族共同經歷了太多事情：舊森林被毀，找不到路回來，當了一陣子的寵物貓，後來找到你們。可是我今天看到的雷族不再是我當年在火星麾下效命的那個雷族。我不知道我是不是還屬於這裡。我需要時間想清楚。」

鬃霜無法想像雷族少了灰紋，會變成什麼樣子。他在森林裡要怎麼照顧自己？他年紀大了，這幾個月來，都是族貓幫他狩獵食物。萬一他生病了怎麼辦？到時沒有巫醫貓可以幫他。她想指出這一點，說服他留下來。但灰色的老戰士表情堅定。她猜改變不了他的心意。

松鼠飛毛髮貼服了下來。她退後一步，抬起鼻吻。「如果這是你們的決定，」她告訴那些要離開的貓兒，「那就帶著我的祝福走吧。你們已經拿定主意，我不會試圖說服你們。」她抖動著尾巴。「但請記住一點，堂堂的戰士是以部族為重的。如果你們離開，會讓族貓對你們很失望。我可以暫且允許這件事，但如果你們一個月內沒有回來，就永遠別再回來了。」

驚恐宛若電流竄鬃霜全身。這會是她最後一次見到翻爪和其他貓兒嗎？他們永遠不回來了嗎？她看著灰紋朝營地入口走去，四周空氣頓時變得沉重。翻爪、刺爪、拍齒和飛鬚都跟在他後面。她想喊出再見這兩個字，但是松鼠飛臉色鐵青地看著他們，族貓們也默默地站在原地，彷彿在地上生了根。絕望掃過她全身，宛若冰冷的洪水吞沒了整座營地。

灰毛也許現在是被關在影族營地，卻已經成功地撕裂了雷族。

松鼠飛不發一語地轉過身，朝亂石堆走去。

鬃霜趕忙追在她後面。這不像表相看到的那麼糟吧？松鼠飛一定知道現在的情況只是暫時的。「他們會回來的，對吧？」她跟在松鼠飛後面爬上石坡，上氣不接下氣地問道。

「這要他們自己決定。」松鼠飛頭也不回。

「可是這種事在所難免，對吧？」鬃霜停下腳步，這時松鼠飛已經爬上擎天架。

松鼠飛朝她轉身，耳朵不停抽動，表情惱火。「我沒有時間跟妳保證什麼。」她不客氣地說道。「妳是戰士，不是小貓。」她一定是看出了鬃霜被她的不佳語氣給嚇得閃現出驚恐的表情，才又語氣和緩地說道：「我相信一切都會沒事的。」

「是嗎？」鬃霜渴望對方的安慰。「雷族能撐過去嗎？要是這個部族瓦解了呢？大家的下場會是什麼？」

松鼠飛沒有回答。「妳現在應該盡妳所能地當個忠誠的好戰士。」她說道。

鬃霜搜尋她的目光，想從中解讀她是不是對未來很有信心，但雷族族長的眼裡只有憂色。

鬃霜往後退。松鼠飛也不知道未來會怎樣。她笨拙地爬下亂石堆，坡上的小石子紛紛掉落空地。

其中一顆彈到點毛前面的地上，後者趕緊跳開閃過。

「對不起。」鬃霜在灰白相間的母貓面前停下腳步。

「沒關係。」點毛故作冷淡地甩甩那一身帶著斑點的毛髮，但眼裡閃著驚惶。鬃霜感覺自己正握緊腳爪，心裡隱約有股決然。點毛的遭遇比她眼前承受到的還要糟糕。

「妳還好嗎？」鬃霜問道。

「我沒事。」但對方的聲音裡頭有種脆弱，好像正在感傷什麼。

鬃霜不免同情。「看見族貓們頭也不回地離開，的確令大家洩氣。」她看了營地入口一眼。那條陰暗的通道突然變得不太一樣了，它不再是戰士們帶著獵物和各種奇遇經驗洋洋得意地回來的那個入口，反而成了戰士離開部族的一條通道。

點毛聳聳肩，似乎有點心不在焉。「感覺很怪。但如果這是他們想要的，硬是留他們下來也沒有意義。」

愕然像星火一樣在鬃霜的肚子爆裂開來。點毛是覺得無所謂嗎？她再次打量這位族貓。點毛的毛髮像小貓一樣蓬亂，腳爪被藏在身子底下，尾尖微微顫動。這隻母貓看起來似乎縮小了。**別鼠腦袋了，她跟我一樣是個戰士。**但是站在午後陽光下的點毛，感覺有種脆弱不堪。鬃霜很心疼她。她突然覺得自己一定要好好保護點毛……還有所有族貓。怎麼會有貓兒為了追尋自我而棄族貓於不顧呢？就算雷族正在瓦解，她鬃霜也絕對不會背棄這些辛苦養育她、照顧她的貓兒們。成為戰士始終是她的夢想，是他們把她栽培成戰士。所以不管發生什麼事，她都會留下來，幫助這個部族重新站起來。

第五章

影望看到蛾翅把腳爪探進藥草庫，心情一沉。她正在皺眉頭，而且愈皺愈緊，最後拉出了一坨紫草。

這次又怎樣了？影望納悶地想道，開始有點緊張，這時前任河族巫醫貓正一臉不屑地看著枯萎的葉子。

「這些是你採集的嗎？」她問道，同時轉身看他。

影望試圖回想。自新葉季以來，他和水塘光已經採集過多次藥草，早就忘了誰採集過什麼。「我不確定。」

「好吧，不管是誰採集的，儲存之前都晾得不夠乾。」蛾翅聞了聞那坨葉子，鼻子皺了起來，然後嘆了口氣。「我現在去把它放在太陽底下曬，看能救回多少。」她拾起那坨葉子，朝入口走去。

「水塘光喜歡葉子裡留一點水份，」影望告訴她。「他說這樣藥效的精華才能存得久一點。」

她扔下那坨葉子。「如果是這樣保存，一定會爛掉。」

「現在是綠葉季，我們還可以採集更多藥草回來。」影望壓抑住沮喪。他知道對蛾翅來說，要融入一個新部族並不容易。不過他很欽佩她這麼挺冰翅和兔光。但他也希望她別什麼事都那麼挑剔，為什麼就是不能接受影族的做事方法就是不同於河族呢？

不過她也不是唯一一隻覺得自己難以調適的河族貓。就像水塘光正在拿水薄荷給冰翅吃，想要解決她水土不服的問題，因為這隻白色母貓習慣吃魚，不太習慣吃森林裡的獵物。影望繃著臉覷了蛾翅一眼。但至少冰翅不會想去教影族戰士如何狩獵。

蛾翅的耳朵不停抽動。「全都爛了，」她喵聲道。「如果這些葉子發霉，就表示整個藥草庫都可能發霉了。」

「在沼澤地也許是如此，」影望回答道。「但這兒比較乾燥，不會發霉的。」

蛾翅不相信。她拾起那坨葉子，開始往外面走。

但她在入口突然停下來，往後退，讓路給焦毛一拐一拐地走進窩裡。影望聞得到他毛髮裡的森林氣味，也聞到了血腥味。

他趕緊過去查看暗灰色公貓跛行的原因。蛾翅一定也聞到了。她丟下紫草，跟著焦毛走進窩穴中央，後者把腳爪伸出來讓影望檢查。

「我從樹墩上跳下來，落地時踩到一塊尖銳的石頭。」他擠眉皺臉地說道。

影望低身嗅聞戰士腳墊上的裂口，面頰拂過焦毛的毛髮，感覺暖呼呼的，於是改用鼻子觸聞戰士的腳墊，想確定他身上的毛是被太陽曬熱的，而不是發燒的緣故。還好他的腳墊涼涼的。傷口仍在流血，腳墊四周的毛都被浸溼。「坐下來。」他告訴焦毛。「我去拿金盞花。」

「金盞花？」蛾翅瞪看他。「這種傷口應該要用橡樹葉吧。」

「金盞花可以預防感染。」影望告訴她。

「橡樹葉更能治好感染。」蛾翅爭辯道。

「我同意，」影望態度小心翼翼，不願駁斥對方。「但那是在發生感染的情況下。

這傷口才剛出現，看起來很乾淨。金盞花就夠了。」**而且也比較不那麼刺痛。**他最後一句話沒說出來，免得害焦毛跟著緊張。

「我看看。」蛾翅索性直接抬起焦毛的腳爪，自己檢查傷口，似乎沒去理會焦毛那痛苦的表情。「這傷口很長，我會使用橡樹葉，這方法比較保險。」

影望縮張著爪子，但沒有跟她爭辯。「好吧，」他讓步。「我去拿橡樹葉。」**要是水塘光在，一定會用金盞花。**他真希望導師能在這裡當他後盾，但既然不在，他就只好走到荊棘叢的缺口那裡，把爪子伸進藥草庫的後面，勾了一捆藥草出來。可是當他把它打開時，卻發現那是錦葵。錦葵怎麼會被放在他們平常放橡樹葉的角落呢？他惱怒到全身微微刺癢，心想八成又是蛾翅重新整理過藥草庫。他把腳爪伸得更進去一點，摸找著葉緣像扇貝一樣的橡樹葉，好不容易才在蕁麻和迷迭香的中間找到它們，這才咕噥地鬆了口氣。

他拉出那坨用細長的草莖綁成一捆的橡樹葉，從中抽出一片。但等他回到焦毛那裡，卻看見蛾翅拱著背站在暗灰色公貓的腳爪前面，忙著在傷口四周敷上蜘蛛絲。他不禁火大。

「妳不是要用橡樹葉嗎？」他很不高興地把葉子丟在她旁邊。她已經耗盡了他的耐心。他走近焦毛，試著輕輕推開蛾翅。但她竟反推回來，繼續在傷口上敷蜘蛛絲。

「我們要先止血，這很重要的。」她頭也沒抬地告訴他。「我很訝異你竟然就走掉了，把他丟在這裡流血不止。」

「我是照妳話做，去拿橡樹葉，」影望回嗆道。「我正打算把藥泥敷上去，妳不是這樣吩咐我嗎？」

蛾翅對焦毛翻翻白眼。「還在流血，就把藥泥敷上去，根本一點意義也沒有。」她告訴他。

「那傷口沒有很深，」影望覺得很嘔。他這麼努力地想向族貓們證明他是個醫術高超的巫醫貓，但卻來了別族貓不斷破壞他的公信力。「這種流血不會流很久。但如果裡面有髒東西跑進去，才需要清理。」

蛾翅冷哼一聲。「當然囉，我剛剛才清理過啊。也許這就是你去藥草庫之前應該先做的事，那就不需要使用橡樹葉或金盞花了。」

「水塘光教過我，感染是貓兒最怕遇到的問題。」影望不客氣地回嗆。蛾翅還在用蜘蛛絲一層一層地裹住焦毛的腳爪。他現在甚至連想要檢查傷口都沒辦法了。「妳為什麼不先等一等？」

「你去拿東西就一直沒回來啊。」

「那是因為妳又把藥草換地方放了。」

焦毛猛然抽回自己的腳爪，一臉不高興地瞪著影望和蛾翅。「我來這裡是想尋求協助，不是來看你們吵架的。我相信你們都有心要醫好傷患，而不是吵個沒完沒了。」

影望突然火大。「如果蛾翅不要這樣一再干涉，就不會吵起來了。」

「干涉？」她朝他轉身，抬高音量。「我行醫的資格比你老多了。你應該感恩有我在這裡協助你。」

「那如果是我去妳的巫醫窩，把妳藥草庫裡的藥草亂放一通，又一直使喚妳，妳會高興嗎？」

窩穴入口流瀉進來的陽光突然被某個身影擋住。

苜蓿足站在那裡，皺著眉頭。「怎麼了？」影族副族長大步走進窩裡。「我在空地上走到一半，就聽到你們大呼小叫的。」

影望怒瞪蛾翅。「她把巫醫窩搞得亂七八糟，還偷走我的病患。」

「他根本分辨不出橡樹葉和金盞花這兩種藥草的療效有什麼不同。」蛾翅反駁道。

「我分辨得出來！」

「他的藥草庫一團亂。」

「那是因為妳把東西亂放。」

苜蓿足貼平耳朵。「安靜！」她的吼聲響徹窩穴，影望嚇得當場噤聲。「你們的工作是把焦毛照顧好，不是像兩隻小貓一樣吵個沒完。」

影望有點難為情地看了她一眼。

蛾翅挺起胸膛。「我沒有在吵架，我是在處理焦毛的腳傷。」

「那我建議妳繼續處理，」苜蓿足告訴她。「處理完再去虎星的窩穴報到。」

影望頓時得意起來。他父親一定會提醒這隻河族貓，她在這裡的角色只是作客。

但是苜蓿足轉頭厲色看他。「你也一起來，虎星想跟你們聊聊。」

影望不敢相信地瞪著她看。苜蓿足忘了他們才是同族貓嗎？**虎星為什麼要找我聊？我又沒做錯什麼。**苜蓿足應該站在他這邊，不是嗎？

蛾翅用後腿坐下來。「我弄好了。」她的語氣聽起來很滿意。「感覺如何？」她問焦毛。

灰色戰士拿那隻被包紮過的腳爪去踩踏地面。

「先不要放太多重量在那隻腳上。」蛾翅警告他。「早上再回來找我，我才能再重新包紮，順便看看需不需要敷藥。」

「妳如果現在就敷藥，明天早上他就不用再來一次了。」影望嘟囔道。

蛾翅眨眨眼睛看著他，神情自若。「傷口這種東西最好隔天再檢查一次。」她站起來。「我現在可以去見虎星了，」她喵聲道。「你呢？」

影望怒瞪著正往入口走去的蛾翅，但也只能跟上去，刻意避開苜蓿足的目光。

陽光遍灑空地，微風徐徐吹拂樹梢，刺藤圍籬四周的松樹林嘎吱作響。褐皮和雪鳥在營地邊緣的長草叢裡分食一隻老鼠。蛇牙和螺紋皮正在岩石旁邊複習戰技。兩名天族戰士薄荷皮和鼠尾草鼻正在荊棘圍場的外面站崗，灰毛應該在空心樹裡面乘涼。各部族都得負責輪流看守冒牌貨，他倆是葉星派來的。

戰士窩外面，水塘光正在用腳爪按壓冰翅的肚子。影望跟在蛾翅後面穿過空地時，巫醫貓還看了他一眼。影望投以哀求的眼神，巴不得導師能過來幫他說幾句話。他被叫去虎星窩穴裡的這件事一點也不公平。可是水塘光好像沒有注意到他的求救信號，反而自顧自地摘著他帶去的水薄荷葉子，遞給冰翅吃。

蛾翅已經走到他父親的窩穴前面，失望的影望只好在她旁邊停下腳步。

「虎星？」她隔著荊棘簾幕喊道。

「請進，蛾翅。」虎星語調輕快地喊道，似乎正在等她到訪。影望跟著她走進去，他父親垂首招呼。「太好了，」他喵聲道，「你們都來了。」

影望眨眨眼睛看著他，表情不解。他父親想見他們？

「你應該知道我為什麼會來這裡？」蛾翅語氣平和地說道。

他知道嗎？不安像蝴蝶的翅膀一樣開始在影望的肚子裡撲撲拍打。

虎星的目光移向影望，過一會兒又回到河族巫醫貓身上，耳朵不安地抽動著。

「我知道你們不想聽我說這件事。」蛾翅繼續說道，「但我們最好在還沒有貓兒受到傷害之前，先攤開來說清楚。」

不安的情緒從影望的腳爪往上竄，心跳加速。她這話什麼意思？

「我不認為影望可以在沒有監督的情況下，自行醫療任何貓兒。」

影望驚愕到全身毛髮都聳了起來。「為什麼不能？」他看著他父親。他相信他父親一定會出言反對的。

虎星的表情莫測高深。「我知道妳有這個想法已經好一陣子了。」

影望不敢相信自己的耳朵。為什麼虎星不曾提過？有多少族貓知道這件事？

他的父親繼續說道：「但我認為應該給影望一個機會為自己辯解……」

「辯解？」影望打斷他。他的胸口頓時一把怒火。「我又沒有做錯什麼！」

「我們沒有說你做錯什麼，」虎星安慰他。「但是蛾翅是經驗老到的巫醫，如果她有疑慮，那麼我想我們應該好好討論一下。」

影望不敢相信自己的耳朵。「她根本不是影族貓。」

虎星沒有回應這一點，反而繼續地說：「我們應該聽聽看水塘光怎麼講。」影望努力穩住自己的呼吸。虎星快步走到窩穴入口，朝空地盡頭喊道：「水塘光！你有空過來一下嗎？」

影望怒瞪著蛾翅。「我到底做錯了什麼？」他質問道。「我已經自己看診好幾個月了。」

「我是覺得你太早拿到巫醫封號了。」蛾翅的喵聲溫和。「我看過你怎麼使用那些還沒晾乾的藥草，還有你處理傷口時，動作太慢了，這些都讓我覺得你的經驗不足。我會說出來是因為對你的族貓感到擔心。畢竟你還太年輕了。」

「水塘光年紀比我還小的時候就當上巫醫貓了。」影望反駁道。

「重覆犯錯兩次，不代表就是對的。」蛾翅堅稱道。「你必須知道，當初影族是迫於無奈，才不得不提早任命水塘光擔任巫醫貓。那時候，他只是一個受過訓的治療者而已。不過還好他的醫術和判斷力都不俗，大家也信任他。但說真的，你的情況不一樣。而且有件事愈來愈明顯，部族裡有些貓會刻意等到你不在巫醫窩裡的時候，才過來找我或水塘光看診。」

影望蓬起全身毛髮。「妳是說因為妳在這裡，所以我的部族不再需要我了。」

「不是，」蛾翅說道。「但你應該記得你是怎麼得到巫醫封號的吧？」

影望皺起眉頭，一臉不解。她這話什麼意思？

「水塘光升格你當巫醫貓，是因為你救了棘星的命。」她繼續說道。

影望瞬間驚恐到肚子像是在翻攪。他知道她打算說什麼。

「但是你沒有救回來，對吧？」她的目光清明，不帶敵意。「我們是現在才知道你其實沒有把他救回來。當時你告訴松鴉羽和赤楊心，把棘星搬到荒原上，就可以冷卻他的高燒。」

影望的嘴巴發乾。「我以為那是對的做法，是星族要我做的。」

「是灰毛要你做的。」蛾翅糾正他。「但你當時沒有什麼經驗，什麼事都不懂。」

影望感到反胃。她說的是事實。他犯了錯，而這個錯害棘星喪失一條命……而且要是他再也拿不回自己的軀體，恐怕連所有的命都沒了。**是我殺了他**。是他給了灰毛機會去竊取雷族族長的軀體，甚至造成更多貓兒後來喪命。影望不發一語地瞪著蛾翅，絕望像狐狸一樣繞著他的思緒轉。

「沒有貓兒怪你。」虎星來到他旁邊，尾巴撫過影望的背脊。「你當時並不知道自己被騙了。」

水塘光穿過荊棘，鑽了進來，這時蛾翅正在補充：「你當時只是見習生，根本不可能知道跟你說話的是灰毛，不是星族。」

水塘光皺起眉頭。「那些都是很不尋常的異象，我不相信有哪隻巫醫貓分辨得出來那是灰毛給的異象。我們不能小看影望的潛力。他還是小貓的時候，還沒當見習生之前，就常見到異象了。」

影望頓時鬆了口氣，他的導師總算幫他說話了。

「但我們其實並不知道他還是小貓時所看見的異象是不是來自星族。」蛾翅爭辯道。「也許灰毛從很早以前就在誘引他，從很久以前就在設法博取我們的信任。不然怎麼可能還是小貓就看得到異象？」

影望感覺天搖地動。難道星族真的從來沒跟他說過話嗎？他所相信的一切原來都是謊言嗎？

虎星緊貼著他。「我還是相信影望是個很特別的孩子。」

「他是個很有天份的治療者。」水塘光補充道。

「我相信他是，」蛾翅不肯就此作罷。「但是在經過了棘星的事情之後，他真的已經有資格獨力行醫了嗎？」

水塘光瞪著她。

「水塘光，我知道你也有疑慮。」蛾翅說道。「我們已經討論過了。」

影望瞪著水塘光，頓時反胃他曾這樣出賣他。導師竟背後跟蛾翅討論他的事？這已經有多久了？水塘光、蛾翅和虎星互看一眼。**難道你們都這麼認為！**難道整個部族都認定他不適合當巫醫貓？他好想逃開，躲進森林深處。

水塘光打破沉默。「影望，也許你應該先休息一陣子。」他輕聲說道。「反正我們有兩個巫醫貓在影族坐鎮，足夠處理所有貓兒的病痛。你這陣子先回去做見習生的工作，等到經驗更豐富了再回來。多接受一點額外的訓練，對你來說有益無害。」

「我們也常不時回頭溫習一些技術。」蛾翅打岔道。「就連我這麼資深的治療師也一樣。」她語氣和緩，但影望還是火冒三丈。**她現在想示好，已經太遲了。**

他幾乎沒抬眼看他們。「我會失去巫醫貓封號嗎？」他小聲問道。再把名字改回影掌，這麼丟臉的事情，倒不如讓他死了算了。

虎星用鼻子輕觸影望的耳朵。「你的名字永遠都是影望。」他承諾道。「但如果水塘光覺得你再多受點訓練有好處的話，那麼也許你應該接受。你一直想成為最厲害的巫醫貓，不是嗎？」

「是啊，」影望的喵聲沙啞。「我當然想。」**可是我需要你們重新相信我。**

蛾翅甩甩毛髮。「這是最好的辦法，」她喵聲道，語氣突然輕快了起來。「你等著看好了。」

要是他當初不要聽灰毛的話，要是他早點發現對方就是灰毛，這一切就不會發生了。「我還得受訓多久？」影望無可奈何地看著他父親。

虎星表情不太確定。「我們再看看吧。」他喵聲道。「等我們想到辦法，決定怎麼處置灰毛之後，再來做決定。」他看了水塘光一眼。「對吧？」

「我們等星族回來再說。」水塘光喵聲道。「祂們會比我們更清楚你是不是可以成為全職的巫醫貓。」

要是星族說我永遠都不夠格，那該怎麼辦？影望吞了吞口水，**要是祂們認定我在錯信了灰毛之後，就再也不值得信任，那又該怎麼辦？**他驚慌到胸口猛地抽緊。**又或者星族再也不回來了呢？**然後這個暫時性的「休息」就會變成永遠休息。他無助地望著他的父親。

虎星一臉慈愛地對他眨眨眼睛。「沒有貓兒怪你。」他又說了一次。影望必須緊閉嘴巴，才不會放聲大吼他父親愈是這麼說，他愈是不相信。

「我們只是要謹慎一點，」水塘光又說道，「直到我們確定誰可以信任。」

影望看著自己的腳爪。今天早上他本來還是影族的巫醫貓，現在卻什麼都不是了。他原本以為只要揭穿了灰毛，一切都會回到常軌。但現在他明白了，只要灰毛還占據著棘星的軀體，星族還是沉默不語，就永遠無法回到常軌。黑暗宛若即將來臨的暴風雨籠罩著未來歲月。

他可憐兮兮地看著虎星。「所以我現在要做什麼？」他得跟在水塘光和蛾翅後面轉，像見習生一樣聽他們使喚，幫忙拿藥草嗎？

虎星迎視他的目光，兩眼炯亮。「我們一直在思考這件事，水塘光其實有個想法。」

✦✦✦

影望腳步僵硬地從鼠尾草鼻和薄荷皮旁邊走過去。天族戰士微微點頭示意，但沒有詢問他為什麼來這裡。可能是從他嘴裡叼的藥草猜出來意吧。他們知道他又回去當見習生了嗎？他們會把這消息傳回天族嗎？恥辱宛若火焰燒得他全身熱燙。他帶著藥草，低頭走進荊棘圍場裡，一臉提防地覷著空心樹的洞。灰毛一定在裡面休息。**至少我還有一隻貓可以讓我在不受監督的情況下進行治療**，影望這樣自我安慰，**就算對方是灰毛也無妨**。但他又暗自挖苦自己，**搞不好虎星和水塘光就是希望我的醫術爛到最好是不小心醫死他。**

他把藥草丟在地上，再開始分類整理。金盞花是敷在傷口上，另外因為灰毛負傷後，有可能還很疼痛，罌粟籽可以幫忙他止痛。除此之外還有一些已經泡過水、去了刺的蕁麻葉，可以用來減緩傷口腫脹和瘀青的問題。影望憤憤不平地聳起毛髮。為什麼他得負責照料這隻毀了他一生的貓？

太陽低垂在林子後方，樹蔭底下感覺冷颼颼的。影望蓬起全身的毛，不經意觸碰到身後的樹皮，連忙轉過身來。

灰毛正從樹洞裡鑽出來，眼裡閃著興味。他的毛髮仍然凌亂，身上也仍有上次戰役還有最近幾次跟蘆葦鬚和鷹翅扭打後所留下的血跡。他根本沒有打理自己的外表。影望心想這個囚犯是不是完全不在乎他偷來的這副軀體。

灰毛的目光射向藥草。「你還是巫醫貓嗎？」

「為什麼不是？」影望試著不去理會他的話中帶刺。「我還以為在你成功地幫我傳話之後，你的族貓可能會重新思考以後是不是還能繼續相信你。」

「我當時又不知道是在幫你傳話。」影望滿腔怒火。這個冒牌貨當初就很清楚被他利用來傳話的貓兒以後會有什麼下場。

灰毛表情像被逗樂了似的。影望的憤怒化為憎恨。他把金盞花和蕁麻葉咬進嘴裡，嚼成藥泥。他巴不得當初是帶橡樹葉來，而不是金盞花，才好讓灰毛嘗嘗敷藥後的刺痛滋味。但他隨即把這想法甩開。**我畢竟是巫醫貓，不管蛾翅或水塘光……甚或我的父親說過什麼，我都得保持巫醫貓該有的雅量與風度。**

他把藥泥吐在腳爪上，然後朝灰毛腰腹處最大的一個傷口點頭示意。「那裡會不會很痛？」他問道。

「沒你想的那麼痛。」灰毛目不轉睛地看著他。

影望盡量無視他的目光，朝他趨近，將藥泥敷在傷口上，邊塗邊檢查傷口有沒有腫起來。還好傷口看起來很乾，應該很快就能癒合。

「為什麼不是水塘光來治療。」灰毛問道。

「他很忙。」影望朝鼠尾草鼻和薄荷皮看了一眼。他們會好奇冒牌貨跟他在聊什麼嗎？「我只是來這裡幫你處理傷口而已。」

灰毛一定有注意到他剛剛瞄了那兩名守衛。「你是擔心被誤會我們是朋友嗎？」

「我沒有擔心！」影望坐起來。「不會有貓兒認定我是你的朋友。」

「但你幫了我這麼多忙！」灰毛故意睜大炯亮的眼。「你的族貓不擔心你會再幫我一次嗎？」

「他們知道我現在曉得你是誰了，還有你的目的何在，所以絕對不會再幫你。」影望不客氣地回答。

「我的目的何在？」

「你的目的就是要傷害我們！」

灰毛若有所思地看著他好一會兒，然後又開口道。「我們有點像欸，我是說我和你。」他放柔語調說道。

「不，我們不像，」**這個戰士是腦袋裡長蜜蜂了嗎？**「一點都不像。」

「你確定？」灰毛歪著頭說道。「我們兩個都跟部族合不來。」

「我沒有這問題。」影望怒瞪他。

灰毛看起來不太相信。「其他影族貓都能聽到貓靈的聲音嗎？」

「水塘光可以。」

「但是他聽不到像我這種貓靈的聲音。」灰毛一臉興味。「你的族貓在得知你當初是幫我傳話，而不是幫星族時，他們有說什麼嗎？」

「我那時候以為你是星族貓。」

「我相信你的族貓一定覺得這理由很可以，」灰毛喃喃說道。「所以才放心派你來照顧我？」

影望沮喪到忍不住低吼。灰毛生前就是這麼討厭嗎？他怒瞪冒牌貨。他雖然還在使用棘星的軀體，但看起來一點也不像棘星，那副神情活脫是一隻鬼祟的惡棍貓。「為什麼？」他斷聲道。

灰毛表情不解。「什麼為什麼？」

影望硬生吞下那股怒氣。「你當初為什麼挑中我？」

灰毛皺起眉頭，好像正在認真思索這個問題。

影望看著他，爪子戳進地上，以免自己忍不住發抖。

灰毛最後終於回答。「你很年輕，個性又敏感，」他直接告訴他。「而且已經能跟星族溝通。再加上你是虎星的兒子。要是有誰敢質疑你，得先過虎星那一關才行。而虎星的個性頑固又死心塌地，不管你的異象聽起來有多怪誕，他都一定會挺你到底。」灰毛聞了聞影望抹在他腰腹上的藥膏。

影望情緒激動到肚子微微刺痛，他聽到灰毛說他能聽見星族的聲音，這才放下心來。但仍不免悲從中來，胸口像著了火似地發燙。這麼多個月來，他一直以為自己是特別的……但原來一點也不。他只是年輕又愚蠢。虎星和鴿翅都錯了，又或者他們只是刻意迎合和遷就他。他從來就不特別。他以前怎麼沒有察覺到自己被利用了？「你根本無所謂我會有什麼下場，對吧？」他難過地說道。

灰毛瞇起眼睛。「我當時沒想那麼多。」

「那現在呢？」影望看著他。「我這一輩子都被你毀了，難道你一點都不感到內疚嗎？」

「我從來不會覺得內疚。」灰毛告訴他。「我也不認為你這一輩子被我毀了。」

「你有。」

「也許你該停止自怨自艾。」灰毛冷冷地說道。「你還是巫醫貓，不是嗎？」

巫醫貓的見習生，影望難過地想道。

灰毛又追加了一句。「你天生就是巫醫貓的料啊。」

「我是嗎？」影望豎起耳朵。

「你還是小貓的時候，就看得到來自星族的異象，」灰毛提醒他。「而且你的體質敏感到也能聽見我的聲音。」他停頓一下，彷彿正在思索。「我挑中你幫我傳話的這一招，或許比我當初設想得還要聰明。」

影望傾身向前，渴望聽到更多。原來還是有貓兒相信他是可造之材的。雖然他知道灰毛是個騙子，但是他在星族的那段期間也許曾學到什麼陽間貓兒不可能知道的本事。

「我開始相信你以後一定會有一番作為，」灰毛壓低聲音。「很不同凡響的作為。」

第六章

葉星的窩穴悶不通風。才一個晚上，天空就布滿厚重的烏雲，似乎把連日來的燠熱都往地面壓縮，熱到根躍全身也跟著發癢。他本來想在外面找葉星談這件事，但外頭的空氣並沒有比較沁涼，而樹又堅持他們必須私下談。他不想驚動族貓們。

葉星一臉期待地眨眨眼睛看著根躍，琥珀色的眼睛在幽暗的窩穴裡閃閃發亮。根躍看了樹一眼，希望由他開口，但是樹跟葉星一樣滿臉企盼地看著他。

根躍抬起下巴，提醒自己現在是戰士了，可以代表自己說話。「我們一直沒看到任何亡靈。」他開口道。

「所以呢？」葉星表情不解。

「在戰役過後……」根躍心想要是有事先演練過怎麼說就好了。「這麼多貓兒陣亡了，我們本來以為在守夜儀式上會看到很多亡靈。」他搜尋葉星的目光。後者正盯著他看，眼神陰鬱，面帶愁容。**她會覺得我很怪嗎？竟然想看到亡靈。**

「他們不是去星族了嗎？」葉星似乎並不明白。

「但是棘星在第一次遭受攻擊後，我有看到亡靈。」根躍解釋。「當時死的是松果足和莖葉。而我看到棘星……」

「最近呢？」葉星傾身向前。

「都沒有。」根躍垂下目光。**我的說明太糟糕了。**「這個月都沒有看到棘星。」

葉星的肩膀垮了下來。根躍深吸一口氣，再度開口。

「在灰毛偷了棘星的軀體後，我還看得到亡靈，」他喵聲道，「譬如棘星和莖葉。當時他們的靈體仍待在林子裡。但這一次，陣亡的戰士們似乎一個都沒出現。」

「這不是件好事嗎？」葉星好像還是不懂。「這表示他們都找到路前往星族了。」

根躍瞪著她。她仍然沒聽出重點。

樹很有禮貌地垂下頭。「我認為這不太可能。」

「但是死去的戰士都會去星族啊，這是很自然的。」葉星眨眨眼睛看著他。

「可是我們跟星族失聯很久了，」樹又補充道。「所以這些亡靈可能沒地方可去。」他遲疑了一下，這時葉星閉上了眼睛。

她好像終於懂了。「你認為他們也到不了星族。」

「我不知道，」樹喵聲道。「但看來很有可能，不是嗎？」他沒有等對方回答。「如果這是真的，那麼死去戰士的靈體應該還留在森林裡，可以讓我們看到。」他瞄了根躍一眼。

「這就是為什麼我們以為會在守夜儀式上看見他們，」根躍喵聲道。「結果一個也沒出現。」

「也許只是不想參加自己的守夜儀式。」葉星似乎抱定主意要樂觀一點。

根躍有點同情他的族長。他不想害她難過，但她必須知道真相。「我們從小島回來的路上遇到一隻寵物貓的靈體。」他告訴她。「她說有看過好幾位戰士的靈體，但是那些靈體忽隱忽現。」他一臉嚴肅地迎視她的目光。「她說他們看起來很害怕。」

樹傾身向前。「我想他們正在消失……」

「化為烏有。」根躍把他父親沒說的話說完，喵聲沙啞。

葉星凝視他們好一會兒，最後嘆口氣。「你們必須告訴其它部族。」她喵聲道，「他們必須知道死去的族貓出了什麼事。」

根躍的心頓時一沉。光是把這件事告訴她就已經夠難了。

「我會傳話給各族族長，今天過來跟我碰面。」葉星繼續說道。「我們晚上到小島集合。你和樹再告訴他們剛剛的事情。」

根躍向葉星垂頭答應。「好吧。」他喵聲道，然後看了樹一眼，慶幸他父親也會一起去。

✦✦✦

「……所以我們的看法是他們可能正逐漸消逝。」根躍一臉擔心地環顧族長們。他們都帶了自己的巫醫貓前來。湖面上的陽光正在消失，他們全都豎耳傾聽。離他們幾條尾巴外的湖水正舔著岸邊，部族貓齊聚小島盡頭，離空地有一小段距離，可能是不想破壞昨天守夜後的靜甯氛圍。

沁涼的微風將窒悶的熱氣一掃而空，但也預告了暴風雨的即將來襲，遠處荒原上方已經烏鴉鴉一片。根躍蓬起全身毛髮，等著他們任何一位開口。

虎星蠕動著腳。奇怪的是，影族族長看起來頗為滿意的樣子，就好像這消息多少解決了他的一樁心事。「如果這是真的，亡靈正在消失，我們就應該能確定棘星的靈體早已化為烏有。」

松鼠飛不敢相信地瞪著他看。「你怎麼能說出這種話？」

兔星的頸毛豎了起來。「如果陣亡戰士靈體正在消失，」風族族長低吼道，「我們一定要幫助他們才行。」

「怎麼幫？」葉星把問題丟給巫醫貓們。

柳光對她眨眨眼睛，似乎沒聽到她在問什麼，顯然是還沒從剛聽到的那則消息裡回神。「就算星族棄我們而去，也不可能不顧戰士的亡靈啊。」

隼翔瞪大眼睛。「沒有了星族，我們要怎麼幫他們？」

「我們一定要更努力地跟星族取得聯繫。」斑願喵聲道。

松鴉羽的盲眼瞪視著前方。「我們能試的都試過了。」

虎星甩著尾巴。「灰毛是這一切的主因。只要處理掉他，問題就都解決了。」

根躍心跳加快。影族族長的語氣帶著決然，其他族長互看彼此。

「早在我們聽說這個消息之前，你就一心想殺了我的伴侶貓，」松鼠飛吼道。「所以你別想說這是為了部族好。」

虎星對上她的目光。「那個殺害棘星的兇手被我們留活口到現在。」

「那是因為他占據了棘星的軀體啊。」松鼠飛爭辯道。

「可是聽起來棘星好像已經不需要它了。」虎星臉色陰鬱地說道。

「這一點我們並不確定。」葉星走到兩位戰士中間，背上的毛全聳了起來。

根躍倒抽口氣，因為虎星的目光突然掃向他。

「你說過上次見到棘星，已經是一個月前的事了，對吧？」影族族長質問他。

根躍遲疑了一下，他看到松鼠飛眼裡的悲痛。「是的。」他小聲說道。

虎星彈動尾巴。「你們都聽到了吧？」他瞪看其他族長。「要是四分之一個月前才陣亡的戰士靈體都已經快消失了，那麼棘星應該早就化為烏有了。那我們為什麼還要留灰毛這個活口呢？搞不好就是他阻攔我們跟星族的聯繫。我們應該殺了他，把問題解決掉，這樣一切就都會回到常軌。」

兔星皺著眉頭。「你確定有這麼簡單嗎？」

「我當然不確定。」虎星不客氣地說道。「但是你們也聽到灰毛的威脅了。他保證會讓我們不得安寧，不管是生者還是死者。所以我們必須阻止他！」

霧星若有所思地偏著頭。「虎星說得也有道理。就算我們來不及救棘星回來，或許至少還能阻止其他亡靈的消失。」

「可是根躍並不是見到棘星的最後一隻貓。」松鼠飛表情煎熬，前爪磨著地面。「影望有看見他出現在黑暗森林裡，說他的靈體還停留在附近某處。」她絕望地看著松鴉羽，但後者不發一語，她只好又把目光掃向其他巫醫貓。她全身繃得很緊。「影望在哪裡？」她現在才注意到影族少了一隻巫醫貓嗎？

虎星蠕動著腳。「影望決定暫時把重心轉移到訓練課程和醫術的精進上。」

蛾翅垂下頭。「他覺得自己被升格得太快了，需要回頭去練好基本功。」

松鼠飛貼平耳朵。「他是因為幫灰毛傳話才被懲罰的吧？」

「當然不是。」虎星喵聲道。根躍瞇起眼睛。影族族長回答得太快了。

松鼠飛似乎也不相信。「如果有誰該對影望不滿，那也應該是我。」她喵聲道，「但是我沒有。畢竟他當時以為自己是在做對的事情。更何況他那麼年輕，怎麼可能分辨得出來？」

「沒錯，」蛾翅說道。「他是太年輕了，所以還不夠格擔任全職的巫醫貓。多點額外的訓練對他有益無害。」

根躍為影望感到難過。過去幾個月來，他們走得很近。被貶回見習生，這是多麼大的恥辱啊。而這一切的問題又不是影望的錯，灰毛才是始作俑者。暗色戰士騙過了所有部族貓。

松鼠飛的尾巴不悅地甩動著。「不管你們對影望做了什麼樣的決定，都改變不了一件事實……他曾在黑暗森林裡看到棘星，這表示他的靈體仍在。所以我們不能傷了灰毛，除非我們能找到一個機會讓棘星取回自己的軀體。」

虎星嘟囔道：「那妳希望我們等多久？一個月？兩個月？到底多久才夠？」

「等多久？」松鼠飛瞪著影族族長看。

樹在根躍旁邊不安地蠕動。兔星看著地面，尷尬的沉默籠罩著這群貓。直接質問松鼠飛要到什麼時候才能準備好要放棄一生的至愛，這樣的問題並不公平。但是其他族長的說法也不無道理。灰毛曾威脅他不會放過任何生者或死者。而且現在看起來好像所有亡靈都快化為烏有。他們一定得趕在這些隕落的戰士悉數消失前做點什麼才行。

松鼠飛轉向葉星。「妳認為我們應該在棘星還有機會回來的時候就殺了灰毛嗎？」

葉星避開雷族戰士的目光。「如果我們想阻止我們的戰士亡靈完全消失不見，可能沒有時間再等下去了。」

虎星眼神哀求地看著松鼠飛。「除了殺死這個我們確信是問題禍根的貓之外，我們還有什麼其他辦法？」

赤楊心上前一步，環顧貓兒們，尾巴緊張地抽動著。「其實我們並不知道殺死棘星的肉體，是不是就能殺死灰毛。」

「你這話什麼意思？」霧星豎起耳朵。

「灰毛真的需要棘星的軀體嗎？」赤楊心問道。「影望說他曾看到灰毛的靈體離開那副軀體。萬一殺了棘星的結果只是把灰毛從一副軀體趕到另一副軀體身上呢？」

根躍瞪著巫醫貓看。這表示灰毛永遠殺不死嗎？恐懼爬滿他全身，這時赤楊心還在繼續說。

「要是灰毛沒死，我們就等於誤殺了棘星。」

虎星突然沉默了下來。

兔星眨眨眼睛。「搞不好殺了棘星的軀體，反而能讓棘星回來也說不定。」

霧星往前傾身。「你在戰場上身亡後，又找到路回到自己的軀體。為什麼棘星不能也這樣呢？」

兔星熱切地點點頭。「他可能是在等他的軀體死掉，才能回來。」

「要是不是呢？」松鼠飛不客氣地說道。「要是他沒辦法回到自己的軀體呢？到時怎麼辦？」

虎星的目光暗了下來。「那我們就知道他是真的消失了。」

松鼠飛突然縮起身子，彷彿影族族長剛伸爪朝她揮了過來。

根躍的思緒翻騰。虎星會冒險去殺害一族之長嗎？要是他毀了棘星的軀體之後，卻發現灰毛的靈體仍在繼續作亂，那怎麼辦？影族族長不會這麼魯莽行事吧……

葉星抬起下巴。「在我們做出任何行動之前，都必須先查清楚棘星是不是真的完全消失了。」

松鼠飛似乎聽不太進去。她全身不停抽動，似乎正在努力不讓自己發抖。松鴉羽朝她靠近，緊貼著她，這時葉星用詢問的目光環視其他族長。

「我們確定等他回來的時間已經等得夠久了嗎？」天族族長問道。

「他曾經有很多機會可以現身，」虎星嘟囔道。「我們的巫醫貓數量比以前還要多，」他的目光射向樹和根躍，「更何況還加上這兩位。」影族族長的語氣令根躍覺得尷尬，至少別的貓兒不像虎星那樣鄙視他和他父親所具備的異能。「所以如果他還在的話，其中一位一定看得到他。」

霧星表情不安。「也許他真的消失了。」

松鼠飛在發抖，而且是毫不掩飾地發抖。她的眼神空洞絕望。「你們都認為應該殺了棘星？」

「我們應該有所行動了。」虎星輕聲說道。

「萬一你錯了呢？」她眼神責難地怒瞪著他。「你什麼都不知道！你剛也承認你並不確定，但你卻想殺了他，賭賭看能不能解決那些你根本也弄不明白的問題。」

根躍覺得心跳快到就像是要從喉嚨裡蹦出來。「她說得對。」這場會議之所以召開全是因為他的緣故，所以他不能隨便讓任何一位族長做出可能奪去棘星生機的決定，他一定要讓他們清楚知道風險何在。他繼續說道，暗自希望聲音不要發抖。「我是第一個見到棘星靈體的貓兒。一開始我也不想看見他，但是他一直跟著我，始終沒有放棄，直到我肯承認看得到他為止。所以他怎麼可能輕言放棄？他曾經很努力地想讓我看見他，我當然也不可能輕易地放棄他。我希望我可以懂得更多，也希望自己知道究竟發生了什麼事。但我畢竟不是專家……」已經不知道要再說什麼的根躍眼神哀求地看著族長們。「拜託你們，再給他一點時間。」

樹走上前去。「根躍說得沒錯，我們必須確定自己在做什麼。」根躍感激地對他父親眨眨眼睛。「其實還有別的貓兒比我們更懂在外遊蕩的亡靈。」樹繼續說道。「你們都知道我在說誰。」

根躍恍然大悟，心跳得厲害。「姊妹幫？」那是一群奇怪的母貓……是他和樹的親戚……她們天生具有通靈的能力，把通靈視為平常生活的一部份。

虎星翻了翻白眼。「一群麻煩製造者。」

樹沒理他。「我也不確定她們能否幫得上忙，但至少知道究竟出了什麼事。」他的目光掃過巫醫貓。「你們通曉星族，但姊妹幫通曉的是仍在我們林子四處遊蕩的亡靈。若要說有誰能查出棘星是否真的完全消失，那絕對非她們莫屬。」他迎視影族族長鄙夷的目光。「我們需要一些建言，」他喵聲道，「而她們是最適合的建言者。」

葉星皺起眉頭。「但是那場戰役之前，我們也試過她們的其中一種儀式，」她提醒他們，「結果並不管用，為什麼還要再試一次呢？」

「我們又不是想召喚棘星。」樹告訴她。「只是想查清楚他到底還在不在湖邊。」

根躍點點頭，目光盡量避開松鼠飛，後者正緊咬著牙根，彷彿正在忍受被誰用爪子狠刮的那種痛苦。「再說模仿姊妹幫的儀式跟請她們親自主持，兩者畢竟大不同。」他喵聲道。「她們知道怎麼做。」

樹點點頭。「而且她們的法力強多了。」

隼翔冷哼一聲。「惡棍貓的法力絕對不可能強過星族。」

「姊妹幫不是惡棍貓！」松鼠飛激動地說道。

樹仍盯著隼翔。「星族現在不在我們身邊，」他提醒他。「我們需要找到各種可能的協助。」

松鼠飛的尾巴不停抽動。「樹的主意不錯。」她喵聲道，「我跟姊妹幫打過交道，我信任她們。而且棘星的這件事不管她們最後的說法是什麼，我一定都會尊重。」她表情不屑地看了虎星一眼。「哪怕她們說他已經完全消失了。」

兔星表情半信半疑。「為什麼要找局外者來幫忙解決我們的問題呢？」

「要是她們的介入反而把事情搞得更糟，那怎麼辦？」霧星附和道。

葉星看了她一眼。「會比一個亡靈占據一族之長的軀體到處作亂來得糟嗎？」

沒有貓兒回答。根躍蓬起毛髮。風愈來愈冷。對岸已經開始下雨，雨滴零星落在湖面上。族長們似乎都沒注意到。他們面無表情地原地站著，毛髮貼平。

「好吧，」葉星決然地點個頭。「我們就找姊妹幫來幫忙吧。畢竟要處理的是我們根本不懂的問題，萬一我們做錯了決定，恐怕一輩子都無法原諒自己。我們恐怕得再多花點時間，先聽聽看那些習慣跟亡靈打交道的貓兒們怎麼說。」

虎星有點不高興，但沒有出言反對。兔星和霧星互看一眼。葉星看他們沒說話，於是繼續說道。

「樹，」她對黃色公貓眨眨眼睛。「你知道我們可以上哪兒找到姊妹幫嗎？」

「不太確定，」他告訴她，「不過綠葉季算是到了，她們一定會找個地方躲開兩腳獸，這表示她們可能會越過丘陵。」他的目光望向森林彼端，那裡是林子和荒原的接壤處，再過去就是月池。

松鼠飛靠了過來。「她們走多遠了？」

「我不確定，」樹告訴她。「但姊妹幫這個團體很難不被注意到，一定會有貓兒看到她們經過。」

霧星的毛髮蓬了起來。「愈快找到她們愈好。」她明快地說道。

虎星低吼。「那只會害問題拖得更久。」

「就算再拖一陣子，也總比犯下無法彌補的錯誤來得好。」兔星告訴他。「我們先去找姊妹幫吧，看她們怎麼說，再把灰毛的事情一勞永逸地解決掉。」

根躍真希望問題有那麼簡單。他不免好奇父親真能如其所願地很快找到姊妹幫嗎？蛾翅一臉心事重重。「要是姊妹幫也找不到棘星呢？」

「那就只剩下一條路了，」虎星喵聲道，而這時他身後的湖面正消失在灰濛濛的水霧裡。「那就是殺了灰毛。這條路可能是我們唯一的希望。」

松鼠飛彎起爪子，戳進地裡，彷彿正在穩住自己。

兔星附和地垂下頭。「不過運氣好的話，也許棘星能重獲新生，重返陽間。就像我在上次戰役那樣起死回生。」

「好吧，」葉星點點頭。「我們先去找姊妹幫來幫忙。」

「她們不能進影族的領地。」虎星低吼。

兔星鼓起胸膛。「風族也不行。」

葉星表情疲憊。「好吧，那麼她們也許能進天族的領地。」

「只能跟天族貓對話。」霧星又追加一句。

葉星等到其他族長都一致同意後，才對樹點頭示意。「你什麼時候出發？」

黃色公貓迎視她的目光。「我沒有要去，」他告訴她。「我不欠姊妹幫什麼，她們也不欠我什麼。這是目前我跟她們的相處模式。」

根躍瞪著他父親看，大雨這時開始滂沱打在貓群四周的地面上。「你一定得去！你是她們的親戚，一定比誰都能說服她們過來幫忙。」

樹眨眨眼睛看著他。「你也是她們的親戚啊，而且不像我跟她們那樣有那麼多恩怨。」

「你要我去？」根躍甩掉眼裡的雨滴。「我從小就沒見過她們，也從沒離開過部族。你覺得我辦得到嗎？」

「你當然辦得到。」樹目光溫暖地看著他。「這個任務交給你來辦，我會比較放心。」

他真的相信我。根躍清楚感受到這份肩負在身上的重擔，很沉很重。**我相信我應該可以辦到。**「好吧，」他朝葉星轉身。「我會找到姊妹幫。」

她的眼睛一亮。「謝謝你，根躍。」根躍忍不住自豪。她則繼續說道：「帶針爪跟你一起去。」她甩掉鬍鬚上的雨滴。「她也是姊妹幫的親戚，希望她們會跟你們兩個一塊回來。」天族族長把鼻吻轉向其他族長。「有其他部族想派員參加這次的任務嗎？」

虎星和兔星都迴避她的目光，霧星沒有開口，但松鼠飛挺起身子。

「鬃霜也跟他們一起去吧，」雷族族長喵聲道，「還有點毛。」

根躍對雷族族長眨眨眼睛。她的語氣聽起來很篤定。「可是點毛不是還沒走出來嗎？她還在難過莖葉的死。」

「交給她這個任務可以幫忙提醒她，她是一個戰士，族貓需要她振作起來。」松鼠飛告訴他。「鬃霜路上會幫忙照顧她的。」

根躍的肚子裡像有蝴蝶撲撲拍翅。他又可以跟鬃霜朝夕相處了。他很想按壓下這個亢奮的念頭，暗中希望他們沒注意到他的竊喜。和她朝夕相處會不會害他很難專心工作？**不會啦。**他們現在都是戰士了，而且被託付了重要的任務。他們絕對不會讓私下的感情礙到正事。再說他們又不是獨處，點毛和針爪也會去啊。

我們是朋友！他和鬃霜已經決定日後只當朋友。他站在雨中。其他貓兒為了躲雨，都開始朝林子走去。**只希望我的意志夠堅定。**

第七章

鬃霜快步走到坡頂，迎面撲來的野風挾帶著許多新奇的氣味，不再只有湖水、松樹或石楠，這令她興奮不已。她滿心歡喜。這是她第一次踏出部族的領地。過去兩天來的大雨已經浸溼了森林和荒原，但還好及時停住，讓他們可以展開旅程。此刻，隊伍終於將森林拋在後面。前方是陽光遍灑的山谷和草坡，一路朝藍色的天際線綿亙。

自從松鼠飛告訴她，她可以跟根躍一起出發去找姊妹幫，她便興奮到全身毛髮一直滋滋作響。戰役過後，她本來以為他們往後只能在大集會上見了。哪怕他們都曾承認對彼此有好感，但她還是只能聽天由命地乖乖待在雷族，他則繼續待在天族。可是突然間，永遠成不了伴侶貓的這件事變得不重要了。未來幾天，他們都會在一起。這樣就夠了。她得小心約束自己，一定做得到的，對吧？畢竟她已經不再是腦袋長毛的見習生了，她是戰士，部族得靠她把姊妹幫帶回來。她會全神貫注在這件事情上。她幾乎敢肯定這個任務一定會成功，因為她和根躍向來合作無間……默契好到就像同族貓一樣。**同族貓**！這個想法宛若溫熱的蜂蜜令她心頭甜滋滋的。

她回頭望著後面的根躍、點毛和針爪。「景色好美哦！」她喊道。

一定是風把她的話吹走了，因為他們好像都沒聽到她在說什麼。根躍緊跟著點毛，後者的目光幾乎沒離開過地面，針爪則一臉提防地四處張望，好像深怕有狐狸跟蹤他們。她的心頓時一沉，難道他們一點都不興奮嗎？

罪惡感突然戳進她的肚子。只有她覺得遠離部族是件開心的事嗎？自從翻爪和其他貓兒離開後，雷族似乎就變得一籌莫展，營地裡的每一寸地方似乎都在提醒鬃霜，灰毛曾假冒棘星的身份在族裡作亂了幾個月，害族貓們反目成仇。她知道雷族裡的每位戰士都很慚愧自己做過的事。因為灰毛的關係，他們都用狐狸心在彼此爭鬥。能暫時離開那片林子，令她有種如釋重負的感覺……她總算踏上一條可以導正一切的道路了。

她甩甩毛髮，快步朝他們走回去。「前面看起來是一片開闊的野地。」她回報道。「我沒有看到兩腳獸，只有零星幾座窩穴。」

根躍抬起鼻吻，眼神炯亮地說道。「姊妹幫一定是走這條路，」他喵聲道，「搞不好日落前就可以找到她們。」

針爪嘴裡嘟囔。「你昨天晚上不是這麼說的。」她喵聲道，「在我們離開前，你說我們在落葉季之前都可能找不到她們。」

鬃霜不高興地抽動毛髮。「他只是不想讓妳抱太大希望。」她甩著尾巴。「妳也知道根躍生性謹慎。」

根躍盯著前方。「我們先專心找她們吧。樹告訴我先去找一隻叫做煎餅的寵物貓，他認識姊妹幫，會告訴我們是不是……」他的聲音愈說愈小，這時他們已經抵達坡頂。他凝視著前方的山谷和草坡。是眼前的這幅景色令他屏息嗎？

鬃霜一臉企盼地看著他。

「好開闊哦！」他小聲說道。

點毛的目光越過山谷。「我都不知道領地外面還有這麼大片的土地。」她小聲地說道。

針爪眨眨眼睛。「你們真的認為我們可以在那麼大的地方找到姊妹幫嗎？」

「我們一定得找到。」鬚霜告訴她，並抱定決心樂觀到底。她還記得那些體型魁梧的母貓。她還是見習生的時候，她們曾來過部族的領地。「要查出棘星靈體的下落，就只能靠她們了。」

針爪甩著尾巴。「從哪裡找起呢？」

「我們先沿那條路走下去。」鬚霜點頭示意一處長滿蕨叢的山谷。「下面有兩腳獸的巢穴，煎餅可能在那裡。」

針爪一臉惱怒地瞪著她。「這支隊伍是根躍在指揮，」她喵聲道。「由他來決定我們該走哪一條路。我知道妳向來習慣差遣自己的族貓，但在這支隊伍裡，根躍才是隊長。」

鬚霜眨眨眼睛看著她。「我們大家都可以發表意見啊，」她不客氣地回嗆。「每隻貓都提出建言，也沒有害處啊。」她試圖捕捉根躍的目光，希望他能挺她，但他卻望著山谷。

「樹說過煎餅是住在一座山谷的兩腳獸巢穴裡，而那座山谷在月池的另一頭。」他若有所思地說道。「所以鬚霜也許是對的，那裡可能就是煎餅所住的兩腳獸巢穴。」

一股得意的感覺宛若星火在鬚霜全身上下爆裂開來，針爪氣呼呼地蓬起毛髮，怒氣沖沖地大步走開。「謝謝你挺我。」她趁點毛跟在天族戰士後面走掉的時候這樣對根躍低聲說道。

根躍不好意思到全身微微刺癢。「要找到姊妹幫，可能得再多花點時間，」他避開對方的目光。「所以我們最好盡量和平相處。」

好吧，鬃霜跟著根躍快步走在她們後面，**但我只是看在她是你妹妹的份上哦。**針爪若真要耍起脾氣來，簡直就像吞了胡蜂一樣無賴。鬃霜下定決心要好好享受這趟旅程，不被任何事情打壞心情。她抬起目光，望向地平線。不管姊妹幫流浪到哪裡，他們都會找到的。這是自從那場戰役過後，她第一次重拾起信心。這是她必須完成的使命。她一定要解救雷族，把星族找回來。

等到太陽落到地平線的下方，她的腳已經痠痛不已。暮色在山腰上罩上一層深藍色的暗影，她跟著根躍和針爪沿著山脊走，再往下進入另一座山谷。她已經記不清楚為了尋找煎餅，他們爬過了多少座丘陵，到訪過多少座兩腳獸的小巢穴。一路上他們遇到三隻體型豐腴、嬌生慣養的寵物貓。其中一隻當了貓后，快要生小貓了，另一隻是脾氣很壞的母貓，第三隻是公貓，但對方聞起來的味道跟她平常認識的公貓不太一樣，他的前額跟年輕的見習生一樣很窄。他們都沒見過什麼魁梧的陌生母貓成群結隊地經過巢穴，也沒聽過叫做煎餅的寵物貓。

搞不好我們走錯路了。疑慮像蟲子一樣開始啃蝕鬃霜的肚子。早知道她當初就該讓根躍自己決定走哪條路。**我為什麼執意要他聽我的？**此刻的他正走在針爪旁邊，一整天下來幾乎都與針爪同行。鬃霜很失望他們沒能找時間私下聊聊，不過她想這樣也好，反正他們早就同意未來不會當伴侶貓，不是嗎？所以現在還是不要走太近，可能會比較好過一點。

「老鼠屎！」點毛的喵聲痛苦。

鬃霜心頭一驚。她受傷了嗎？她趕緊轉身想幫忙，卻見對方絆了一跤，停了下來，抬起前爪。「怎麼了？」

「沒事，」點毛舔著腳爪，然後小心翼翼地踩在草地上。「我沒看到有個坑。」她朝地上一個小洞點頭示意，那八成是隻小動物挖的。

鬃霜看見點毛眼裡的疲憊，於是喊道：「根躍！」

根躍轉過身來，瞪大眼睛。「你們兩個還好嗎？」

「點毛傷到腳爪了。」鬃霜告訴他。

「沒有很嚴重。」點毛趕忙說道。

「我們可以快點紮營嗎？她累了。」鬃霜喵聲道，無視點毛的否認。「我的腳墊也好痛。」她很不想提到自己的腳爪也在痛，可是點毛現在需要休息。天知道他們還得再走多少天。一開始就把隊員搞到精疲力竭，這樣一點幫助也沒有。

根躍環顧山谷。這片草坡一路綿亙到樹林裡一座兩腳獸的小窩穴。山腰有一株枝葉款擺的柳樹，離他們只有幾根樹身長的距離。根躍朝那兒點頭示意。「也許我們可以在那裡紮營。」

針爪已經朝柳樹走去。她一路低頭嗅聞，穿過垂生的柳葉枝條。「樹根中間有可以做臥鋪的空間。」她在裡面喊道。

根躍跟著走進去，鬃霜也跟在後面，點毛尾隨其後。從裡面看，垂生的枝葉屏蔽出一小片狹長的草地，像是隱身在瀑布後方的洞穴。樹根間裸著一畦沙坑。隱密性足夠防範外界的侵擾，要建幾個臥鋪並不難。

「這裡看起來很適合過夜。」根躍喵聲道。

「我去狩獵。」鬃霜提議道。

根躍搖搖頭。「我跟針爪去。」他靦腆地低頭看著自己的腳。「我們從小就一起狩獵，所以很有默契。」

針爪揮著尾巴。「我們會抓到足夠大家吃的獵物。」她喵聲道。「妳和點毛負責製作臥鋪。」

鬃霜強逼自己不要豎起毛髮。**我們又不是歸你們管的見習生。**

「不然你們可以去那座兩腳獸窩穴查探一下。」根躍提議道，「搞不好煎餅在那裡。」

「好的。」鬃霜垂首答應。對於能否找到煎餅，她其實不抱任何希望。「但要是路上有看到獵物，我們也會順便抓回來。」她補充道。「以防萬一你們什麼也沒抓到。」

針爪喵嗚一笑。「我們會抓到的。」她很有自信地說道，說完就逕自穿過垂生的柳葉枝條。

「祝你們好運。」根躍喊道，同時跟在妹妹後面離開。

鬚霜盡量不理會心裡泛起的一絲絲妒意，低頭穿過垂柳葉枝條，步下山坡，朝兩腳獸窩穴走去。

點毛追上她。「等等我！」

鬚霜看見她的族貓沒有跛行，暗自慶幸。「妳的腳好了嗎？」

「我本來就跟妳說過沒什麼大礙。」

「我們路上一定要小心，」鬚霜告訴她。「千萬別受傷，畢竟身邊沒有巫醫貓。」

「我知道。」點毛望著前方。

「不讓我們狩獵，實在是個恥辱。」鬚霜喵聲道。「我想這附近一定有一些不錯的獵物。」點毛沒回答，於是她繼續說道。「不過還好天族貓喜歡吃的獵物跟我們一樣。因為要是根躍和針爪是河族貓，抓回來的一定是魚而不是老鼠。而且他們也不是影族貓。」她做個鬼臉。「我聽說影族戰士很愛吃青蛙。」

鬚霜看了她的族貓一眼，希望能得到回應。但點毛連鬍鬚都沒抽動一下。松鼠飛的話言猶在耳。**點毛需要做點事情，才能走出傷痛。**要是能讓她時時記住此行的目的，也許會好過一點。「如果我們能找到姊妹幫，搞不好就能協助棘星盡早回來。」點毛沒有回答，鬚霜又緊接著說：「要是能在這裡找到煎餅，那就太好了，他一定可以告訴我們姊妹幫去了哪裡，然後……」

點毛突然打斷。「不要再說了，專心找他就行了。」

鬃霜的心頓時一沉。難道她怎麼樣都沒辦法逗朋友開心？她不發一語地往前走。也許憂傷不是那種可以急著解決的問題。

一堵石牆隱現在大片蕨叢後方。**兩腳獸的邊界**。她輕彈尾巴，示意點毛，然後蹲低身子。點毛快步跟在後面，肚皮輕刷過地面。她們停下來，鬃霜嗅聞空氣。貓的氣味幾乎被甜膩的花香味完全覆蓋，這裡的花香味比湖邊聞到的都來得濃郁。她對點毛點點頭，然後靜悄悄地跳上圍牆。毛髮輕刷牆面，點毛也跳上來站在旁邊。她們雙雙掃視兩腳獸窩穴四周平坦的草地。其中一側的暗處有窸窣的動靜。**是煎餅嗎？**

鬃霜胸口燃起一線希望，趕緊跳下去，落地在柔軟的草地上，然後伸個懶腰。「盡量表現得友善一點。」她對著落地在旁邊的點毛低聲說道。

「我知道。」點毛瞪她一眼。「這已經是我們的第四次經驗了。」

鬃霜覺得有點不好意思，全身微微刺癢。「我只是想小心一點。」她帶路穿過草地，保持毛髮的服貼，同時豎起耳朵，像在招呼老朋友一樣。「嘿。」她們一接近窩穴，她就喵聲道。月亮已經在丘陵後方升起，她瞇起眼睛，擋住耀眼的月光，窺看暗處。那裡有東西在動。她點頭示意點毛別再前進，然後再次開口。「我們只是經過這裡，」她語調輕快地說道。「我們在找一個朋友。」

她靜靜等候，心跳不免加速，耳裡聽到爪子刮著地面的聲音。她希望對方是隻友善的寵物貓，她已經累到沒力氣打架了。這時暗處出現一雙又圓又亮的眼睛炯炯看著她，接著一股新奇的味道迎面撲來。那是濃郁的花香味，但她也在裡頭聞到了狗的味道。

她的毛髮瞬間倒豎，低吼聲倏地從暗處傳來。一定是因為那隻狗在花園裡滾過，氣味才被掩蓋。她現在看得到牠的輪廓了，一條身材結實、亢奮到全身微微顫抖的狗。

牠的長嚎聲瞬間劃破空氣。鬃霜緊挨著點毛。「快逃！」點毛轉身拔腿就跑，驚恐的氣味從毛髮滲出。鬃霜緊跟在後，疾奔越過草地，速度飛快到腳下一片模糊。

狗吠聲在她們後方爆開。笨重的腳爪重搥地面，熱呼呼的鼻息噴在她的尾尖，惡臭的口氣令她作嘔。點毛在她前面一路疾奔，再一躍而上，停在牆頭回頭看了鬃霜一眼，就從牆的另一邊跳下去。鬃霜也跟在她後面跳，只希望那隻狗沒有追上來。

她跟著點毛奔上斜坡，還好點毛跑的方向刻意避開柳樹。因為萬一被狗發現足跡，可能會一路尾隨到他們臨時駐紮的營地。這時她發現狗兒的吠叫聲仍停留在牆後，這才渾身顫抖地吁了口氣。一頭兩腳獸的喊叫聲劃破空氣，瞬間吸引了她的注意。她回頭一看，月光下有個身影正趨近那條狗兒，然後伸爪勾住狗兒，將牠拖進窩穴裡。

鬃霜站在原地，氣喘吁吁，毛髮慢慢服貼下來。點毛大步走到她旁邊。這隻毛色灰白相間的母貓大口喘氣，眼裡閃著驚恐。她們瞪著那棟兩腳獸窩穴。這時鬃霜聽見斜坡上方草叢颼颼作響，她的心頓時抽緊，難不成這裡的狗不只一隻？她趕忙轉身過去，原來有兩隻小貓朝她衝來，蓬鬆的毛髮在月光下顯得蒼白。

兩隻小貓在她們面前剎住腳步，亢奮地眨著大眼睛。

「你們有看到斯派克嗎？」大隻一點的小貓問道。

「牠有嚇到你們嗎？」另一隻問道。

兩隻小貓都喵嗚叫，好像這件事挺好笑的。

鬃霜眨眨眼睛，疑惑看著他們。這兩隻小貓為什麼會覺得那條狗很好笑？「牠在追我們欸！」

「牠可能只是想打招呼。」大隻一點的小貓說道。

「斯派克喜歡貓。」另一隻小貓告訴她們。「我們跟牠住在一起。」

鬃霜貼平耳朵，一臉驚恐。「貓不能跟狗住在一起。」

「為什麼不能？」兩隻小貓都看著她。

鬃霜只是瞪著他們，沒有回答。這兩隻小貓真怪。

點毛甩甩毛髮。「為什麼斯派克身上有花香味？」她問道。

「我們的兩腳獸幫牠洗過澡了。」大隻一點的小貓解釋道。

鬃霜不禁渾身發抖。原來兩腳獸對狗比對貓還要殘酷。「這附近有住一隻叫做煎餅的貓嗎？」

小貓互看彼此。「他以前住這裡，」大隻一點的小貓說道，「可是現在不在了。」

「我們是他的小貓。」另一隻告訴她。「我叫培根。」

「我叫雞蛋。」

鬃霜想捕捉點毛的目光。**這是她聽過最蠢的寵物貓名字。**可是點毛似乎不覺得這有什麼……她看起來巴不得現在就躺在臥鋪裡睡覺。

「你們想玩捉迷藏嗎？」培根熱切地問道。

「謝了，不想。」點毛告訴他。「我們在找幾個朋友。」

「我們可以當你們的朋友啊。」雞蛋告訴她。

「我們在找老朋友。」點毛一臉疲憊地說道，「不是新朋友。」

雞蛋一臉垂頭喪氣。

鬃霜對點毛使了一個警告的眼色。這些小貓或許知道一些有用的消息。「我相信跟你們做朋友一定很棒。」她補充說道，「但是我們不能久留，我們有任務在身……」

點毛不耐煩地抽動著尾巴。「你們有看到體型魁梧、全身毛茸茸的母貓嗎？」

小貓若有所思地互看一眼。

「沒有欸，」雞蛋說道，「我想我們沒看過。」

點毛欠身過去。「那公貓呢？」

鬃霜看見小貓皺起眉頭，顯然正在努力回想。她試著給他們一點提示。「他們可能都取了一個很好笑的名字，譬如石頭啊，枝葉啊……」

培根的耳朵豎了起來。「葉子！」

鬃霜的心猛地一跳。葉子的確像是姊妹幫會幫小貓取的名字。

雞蛋興奮地抬起蓬鬆的尾巴。「我們認識一隻叫做葉子的公貓。」他喵聲道，「他有停下來，陪我們玩了一次捉迷藏。」

「你們確定不想玩捉迷藏嗎？」培根問道。「真的很好玩欸。」

「不，謝了。」鬃霜告訴他。

點毛背上的毛如波起伏。「葉子有說他是從哪裡來，或者要到哪裡去嗎？」

「他說他從貓群裡溜出來的，他們要趁天候溫暖的時候去河邊紮營。」雞蛋回答。

「哪條河？」點毛問道。

「他說是那個方向。」雞蛋朝長滿羊齒植物的山腰點頭示意。

鬃霜的腳爪忍不住蠕動。她等不及要回柳樹那裡告訴根躍，他們沒有走錯方向。現在他們只要找到那條河，再沿著河找就行了。

她只希望能說服得了姊妹幫跟他們回湖邊去。這時她的腦袋突然有股可怕的念頭，萬一姊妹幫拒絕跟他們回去，那該怎麼辦？

✦✦✦

「她們當然會來。」針爪在鬃霜說出她的擔憂之後，這樣說道。毛色黑白相間的母貓心滿意足地坐了回去，推開她吃剩的老鼠。

「為什麼會？」鬃霜幾乎沒碰根躍和針爪帶回來的獵物。一想到姊妹幫搞不好會拒絕，就令她擔憂到胃抽緊。

「我們會說服她們的。」針爪半閉著眼睛。

根躍撕了一塊畫眉鳥的肉，放在鬃霜面前。「針爪想要做的事情，沒有辦不到的。」他語調挖苦地低聲說道。「要說有誰能說服姊妹幫跟我們回去，那一定非她莫屬。」他把肉塊推近一點。「妳不也說服過部族戰士群起反抗灰毛嗎？」他提醒她。
「所以你們當中一定有一個可以讓姊妹幫清楚知道這是一件正確的事，值得去做。」
鬃霜眨眨眼睛看著他。月亮已經高掛柳樹上方。月光如水，從柳葉間滲了下來。之前說累到吃不下的點毛已經在鬃霜為她準備的蕨葉鋪裡先睡了。鬃霜還在臥鋪旁邊幫她擱了一隻老鼠，醒來後就可以吃。「可是她們沒有理由來幫棘星啊，她喵聲道，「或者幫我們。畢竟她們上次想在湖邊安頓下來的時候，他對她們的態度很不好，哪怕只是想住一陣子而已。要是她們還在記恨……」
「吃吧，」根躍又把那塊肉推了過去。「妳明天需要體力。我們還不知道那條河離這兒有多遠。」
「又或者姊妹幫是多久之前經過這裡的。」針爪補充道。
「我們一定會找到她們。」根躍用一種堅定的眼神看著她倆。「而且我們一定能說服她們跟我們一起回去。」
鬃霜很想相信他。他是那麼努力地想安慰她一切都會沒事，這一點令她很感動。她搜尋他的目光。他真的相信嗎？只見他雙眼炯亮，看起來很有信心。她咬了一口鼠肉，肚子這時竟突然叫了，活像忽然想起原來自己有多餓一樣。她又咬了一口，迫不及待地把鼠肉吞下肚。
根躍喵嗚笑了起來，隨即把剩下的畫眉鳥勾過來。他說得沒錯，他跟針爪真的是很有默契的狩獵夥伴。他們帶回的獵物數量足夠一整個窩穴的戰士吃飽，所以還剩下很多可以明天早上享用。

針爪伸個懶腰。「我想睡了。」

「這營地需要有貓兒看守。」根躍喵聲道。

鬃霜吞下一口食物。「我輪第一班好了。」

「好。」針爪打個呵欠。

鬃霜看了點毛一眼，心想自己是不是也該幫點毛代班。灰白色母貓看起來累壞了。

「我留在這裡。」根躍說道。「我還不累。」

「你不是應該盡量多睡點嗎？」針爪站起來，走到她的臥鋪那裡，伸爪耙著上頭的蕨葉，想弄得鬆軟一點。

根躍沒有回答，反而告訴她：「輪到妳的時候，我會叫醒妳。」

她看了他一眼，沒再爭辯，直接蜷伏在臥鋪裡，閉上眼睛。

鬃霜才吃完畫眉鳥，就聽到那隻毛色黑白相間的母貓已經呼吸沉重地進入夢鄉。鬃霜吞下最後一口肉，伸舌舔了舔。「你不需要陪我。」她告訴根躍。

「我想要陪妳。」他起身，穿過垂生的柳葉枝條，走到外面去。

鬃霜也跟著走出去，心臟像小鳥拍翅一樣在胸口撲撲作響。她突然覺得尷尬，他們要聊什麼呢？也許他們不應該聊的。他們已經同意只當朋友，再無其它。可是月光下只當朋友實在好難哦。尤其一靠近根躍，就令她全身發麻。也許她應該叫醒點毛，跟她換班才對。

根躍坐在柳樹外面的草地上，眺望山谷。四周的蕨葉在徐徐微風中款款擺動，宛若湖水正攪動岸邊的石子那樣颼颼作響。鬃霜在他旁邊肢體僵硬地坐下來。她一直想跟他單獨相處，現在得償所願，卻覺得跟她想像得不一樣。她本來以為會很美好，可是他似乎變得陌生了。他的毛髮真是光亮，頭顱變寬了，肩膀也是。她強忍住，不讓自己全身顫抖，並試圖回想當初把見習生的他從湖裡救起來時，他那副乾癟的模樣，或者那個曾經穿越雷族邊界，妄想送獵物給她、舉止笨拙的見習生。

他蓬起毛髮抵禦寒氣，身上的毛輕輕與她摩擦。在觸到的剎那，她全身上下活像被電流竄過。她盡量不讓自己緊張地縮起身子，索性瞪著前方看，不敢迎視他的目光。

「能暫時遠離部族，感覺輕鬆很多，對吧？」根躍喵聲道。

她感覺到他正看著她，於是把尾巴緊緊圍在腳邊，但仍忍不住想到雷族現在出走了幾個戰士。「我在想……」

「妳怎麼了？」

她感覺得到他的目光像熾熱的陽光灑在她身上。她緩緩轉過頭去面對他。

「我們族裡有幾隻貓離開了。」他瞪大眼睛，但沒有說話。「最近發生了這麼多事，族裡的戰士並非每一個都認定自己應該繼續待下去。他們決定『出去走走』，天知道這代表什麼意思……」

她感覺到他的尾巴輕輕擱在她的背上，頓時夜裡的寒氣像邊界的入侵者一樣被趕走了。「天啊……」他靠過去，腰身緊貼著她。「妳認為他們還會回來嗎？」

「我不知道，」她承認道。「我希望他們會回來，但是……我不知道。就連灰紋也離開了，這是松鼠飛最難過的一點。」

根躍默默坐在她旁邊好一會兒，最後低聲說道：「她一定很擔心。」

她點點頭。「是啊，但……我很高興我們能一起待在這裡。」

他的目光溫暖，始終沒有移開。「這裡的月亮好像比較大。」他輕聲說道。

「是啊，」鬃霜的肩膀放鬆了。「是比較大。」坐在根躍旁邊，毛髮與他的輕觸，突然感覺一切都是那麼的自然，就像睡覺一樣天經地義。**我想得沒錯**，她開心地想道，**一切都是那麼地美好**。

第八章

影望伸個懶腰，從臥鋪裡爬出來。晨光從巫醫窩的入口滲進來，他朝藥草庫走去，蛾翅和水塘光已經離開。他們是出去採集藥草嗎？還是有族貓需要他們醫治？影望滿腹沮喪。他們以前都會告訴他行程是什麼，但現在他不再有巫醫的資格，他們就變得總是交頭接耳地低聲說話，活像擔心被他聽到似的。他再也不知道族貓去了哪裡，或者有哪些族貓正在生病。

不過至少他們還是放手讓他醫治一隻貓。影望朝藥草庫走去，心想囚犯今天需要什麼藥草呢？**不是罌粟籽，也不是金盞花。**灰毛的傷口癒合良好，不再發炎。也許他可以拿點金菊黃和酸模來幫忙傷口加速癒合。他蹲在藥草庫旁邊，伸爪進去。

「你在做什麼？」蛾翅突如其來的叫聲嚇了他一跳，他趕緊轉身過來。只見她站在窩穴入口，對他皺著眉頭。

「我在幫灰毛拿藥草。」影望不安到全身發燙，活像被逮到在偷生鮮獵物堆裡的食物一樣。

「我有留給你一捆藥草。」蛾翅朝窩穴邊緣一捆用葉片裹起來的藥草點頭示意。

「裡面有金菊黃嗎？」影望問道，「或者酸模？」

「你要的東西都在裡面了。」蛾翅叼起來，拿了過來，丟在他腳下。「你這陣子最好不要去碰藥草庫。」

他對她眨著眼睛，活像她的爪子狠劃過他的鼻吻。水塘光以前鼓勵他要仔細檢查藥草庫裡的藥草，才會知道各種藥草放在哪個角落。「可是我還是巫醫貓的見習生啊。」他提醒她。

「你需要在我們監督下做事，」她慍色說道。「所以別去碰藥草庫，除非我或水塘光要求你去。」她從他旁邊走過去，窺看藥草庫，好像在檢查他有沒有把它弄亂。

憤怒的影望一把抓起那捆藥草，大步走出窩穴外面。

他從雪鳥和焦毛旁邊經過，他們正在空地邊緣的長草叢裡分食一隻老鼠。熾火和莓心在附近玩格鬥遊戲。鷗撲和穴躍正從戰士窩裡拉出一團舊臥鋪。影望不安地抽動全身，他們都在瞪著他看嗎？他兩眼緊盯著空心樹。現在全族的貓兒應該都知道他不再有巫醫貓的身份。這令他覺得活像全身無毛地走在營地裡。

今天早上是風皮和莎草鬚在看守荊棘圍場。這兩名風族戰士跟其他影族貓比起來，感覺體型小了一點，毛色十分光滑。

風皮伸了一個大懶腰，彷彿覺得這坐姿令他全身僵硬似的。「我真想快點回到荒原，享受野風吹在身上的感覺。」

「還有陽光。」莎草鬚神往地說道。「這座森林讓我覺得像是住在地底下。」她看了松樹林上面那似有若無的天空藍。「我真訝異影族貓的爪間怎麼沒長青苔？」

風皮發出喵嗚笑聲，但一看到影望朝他走來，趕緊止住，直挺挺地坐起來，莎草鬚也趕緊坐直，眼睛看著前方。

影望的腳爪隱約刺癢。他們是因為有影族貓接近，才打住談話嗎？**還是因為我來**

了，才不敢再說下去？愈走愈近的他感覺一股寒意流竄全身。他原本在想是不是影族裡的每隻貓兒都已經知道他被降級，根本沒想到這消息搞不好也在其它部族傳播開了。**莫非所有部族貓都知道了？**他經過的時候，跟他們點頭招呼了一下，「嘿。」

「嗨。」風皮的回答很含糊。

莎草鬚嘟囔出聲，避開影望的目光。

影望快步從旁經過，不自覺地縮起身子。他現在很確定，**所有部族貓都知道我是個不成材的巫醫貓了，他們在怪我把灰毛引進雷族。**他滿腦子都是悲情。灰毛這時從空心樹裡鑽了出來。

暗色戰士對著影望眨眨眼睛，好像很高興見到他。至少還有一隻貓很歡迎他的到來。「嗨，影望，」他等影望丟下嘴裡的那捆藥草之後，就過去坐在圍場牆邊一塊曬得到陽光的地方。「你今天拿了什麼東西來給我？」

我還不知道，影望打開包在外面的葉片，頓時火大，因為他看到裡面只有幾片溼掉的蕁麻葉。這種枯萎的葉子根本起不了什麼藥效。但不管怎麼樣，他還是得處理，幫灰毛那幾處被刮得很嚴重的傷口製作藥膏塗抹，於是只能憤憤不平地嚼著蕁麻葉。

灰毛趴在地上等候，這已經成了每日的例行工作。「我需要做點運動。」他心不在焉地說道。

影望把藥泥吐在被打開的葉片上，再用腳爪沾起一點藥泥。「在你傷口完全好之前，最好多休息。」

的傷口上。

「我需要鍛練自己。」灰毛抱怨道。

「為什麼？」影望伸出一隻腳爪撥開灰毛腰側上的毛髮，再把藥泥塗抹在那道很長的傷口上。

「五大部族不可能永遠把我關在這裡。」灰毛喵聲道。

他們會把你關到他們想到方法讓棘星取回自己的軀體為止，影望心想。他到現在還是覺得，醫治一位借用別隻貓軀體說話的戰士很怪。

灰毛又開口了。「你有聽到雷族那邊的消息嗎？」

影望愣在原地。**他為什麼想知道？**「沒有。」他回答。族長們和巫醫貓們三天前曾在小島碰面開會，但沒邀他參加。他硬生吞下那股怨氣。

「松鼠飛怎麼樣了？」灰毛瞇起眼睛，帶著興味。

「沒聽誰提起過。」影望心生提防。這位暗色戰士有什麼盤算？

「你覺得她會再來看我嗎？」

他是想找機會報復這位曾玩弄他的雷族族長嗎？影望又用腳爪沾了一點藥泥，塗在灰毛頸背上的傷口。「你竟然還會想見她。」他漫不經心地說道。

「她上次也是不得已才會那麼做。」灰毛搖搖頭。「一定是其他族長逼她出賣我的。」他移動身子，好讓影望可以幫他的後腿塗藥。「她說的每一句話都會被他們聽進耳裡，要是當時不出賣我，就會被他們關起來。」他的雙眼發亮，好似想到松鼠飛若能陪他一起被關在空心樹裡，會有多美好。

影望用後腿坐下來。灰毛真的相信她不是存心出賣他嗎？「我不認為松鼠飛會再來看你。」

「如果她肯來，也許我們可以把事情講清楚。」灰毛若有所思地瞟動著目光。「搞不好可以達成什麼協議。」

影望瞪大眼睛。灰毛瘋了嗎？「達成什麼協議？」

「如果她同意跟我一起走，我就不會在這裡繼續惹事生非。」他的目光突然落在影望身上。影望頓時緊張起來，因為他看見對方眼裡堅定的決心。「這樣就沒有貓兒會受罪了。」暗色戰士的語調邪惡。

影望轉過身去，用腳爪沾了更多藥泥，然後繞到灰毛後面，把藥塗在他尾巴的傷口上。「要是松鼠飛不想跟你走呢？」他試探性地問道。

「她一定會的，」灰毛發出低吼。「她是戰士，願意為她的部族赴湯蹈火。」

影望覺得反胃。灰毛顯然想帶松鼠飛遠走高飛，完全不在乎她的意願。他以為可以靠要脅部族來脅迫她同意？**她會願意犧牲自己嗎？**影望的心頓時抽緊。**也許她會願意。**他把最後一坨藥泥塗在灰毛破掉的耳尖上。這件事絕對不能讓松鼠飛知道。五大部族也絕對不會同意她靠犧牲自己來拯救部族。一定有別的辦法。他重新捲好葉片。「我弄完了。」他告訴灰毛。

灰毛站起來，看了看剛剛被影望處理過的傷口一眼。「你還是一位好巫醫。」他喵聲道。「但如果他們不准你再行醫，就算醫術再好，也沒什麼用啊。」

「我不是在醫治你嗎？」影望迎視他的目光，拒絕被他煽動挑撥。

「可是等我走了之後呢？」灰毛追問道，「你還能做什麼？你打算後半輩子都去幫忙清理其他貓兒的臥鋪嗎？」

「當然不是。」但疑慮像蟲子一樣在影望肚子裡爬來爬去。虎星和水塘光最後一定會讓他回去當巫醫，對吧？「等星族回來……」

灰毛一臉興味地抽動著鬍鬚。「星族不會回來了。」

「祂們會回來。」**祂們必須回來。**

「你真的認為你的族貓還會再相信你從星族那裡聽來的任何旨意嗎？」灰毛的目光緊盯著影望。

影望緊張地吞吞口水。**他們真的不會相信了嗎？**

灰毛欠身過去。「而且看起來你也當不成戰士。」他低聲道，「你沒受過訓練，一點戰技都不懂。」

「我可以學！」影望挺起胸膛。

「我在想你可以當個調解者吧，」灰毛冷笑一聲。「反正就是樹自稱的那個頭銜，他就是靠這樣待在部族裡白吃白喝。」

影望瞪著冒牌貨。「你為什麼這麼愛糟蹋其他的貓？」

「你絕對想不到我們兩個其實很像。」灰毛低聲道。

「不，我們不像。」影望甩著尾巴。

灰毛歪著頭，顯然對影望的憤怒無動於衷。「我是一個不是戰士的戰士，而你是一個不是巫醫的巫醫貓。」

「你意思是你以前是戰士，而且早就死了。」影望咬起地上葉片，大步走出圍場。

「我不覺得自己死了，這都得感謝這個身體！」灰毛在他後面喊道。

影望沒理他，他快步經過風皮和莎草鬚旁邊，後兩者仍站在外面守衛。風皮一臉驚訝地對他眨眨眼睛。風族戰士看他的神情活像是他身上有兩條尾巴似的。

影望呸掉嘴裡的葉片。「看什麼看？」他火大地問道。

風皮一臉好奇。「他們真的准你單獨治療他嗎？」他朝灰毛的方向點頭示意，後者已經走到圍場後面，在暗處躺了下來。

「當然。」

風皮一臉不確定地看了他的族貓一眼。

影望霍地轉身，怒瞪著莎草鬚。「你們有什麼意見嗎？」

「我們只是在想，你不是已經不當巫醫貓了嗎？」莎草鬚喵聲道。

所以其他部族真的都已經知道虎星把他降級了。影望憤怒到腳爪充血。「但我還是巫醫貓的見習生啊！」難不成他每遇到一隻貓就要解釋一遍嗎？

莎草鬚皺起眉頭。「可是你殺了棘星。」

風皮點點頭。「你把族長都殺了，以後誰還敢找你治病啊？」

影望的嘴巴發乾，羞愧取代了憤怒。他覺得頭暈目眩，於是垂下目光，快步離開，只留下那只葉片在兩位風族戰士的腳邊。**大家都這麼想嗎？是我殺了棘星？**影望還沒走到巫醫窩，就突然停下腳步。何苦呢？反正他不再屬於這裡，也不再屬於任何地方了。

要是棘星回來了，他們就會知道我沒有殺害他。可是影望曉得棘星的靈體不見了。就算他已經把他從黑暗森林裡的藤蔓裡救出來，棘星也沒回到陽間的森林裡。萬一他永遠消失了，**那就代表我真的殺了他。**

陷入思緒的影望茫然地看著他的同窩手足光躍拖著一團舊臥鋪從戰士窩裡出來。她把它丟在穴躍和鷗撲堆出來的臥鋪堆裡，然後開始拆解。**沒有貓兒會原諒我的，我在這裡沒有未來，還不如去當獨行貓算了。**

絕望宛若霧靄籠罩在他四周，嗆得他快要無法呼吸。

「影望？」光躍的喵聲突如其來地劃破那層可悲的霧靄。「你還好嗎？」

他看見她朝他走過來，哪怕都已經走到他面前，正在舔著他的前額，還是覺她好遙遠。「你看起來很失落。」她喵聲道，然後挨得更近一點。

他對她眨眨眼睛，對上她的目光，那層霧靄才漸漸褪去。

「你想要找點事情做嗎？」她溫柔地問道。

他麻木地點點頭。

她退後一步，甩掉身上的蕨葉碎屑。「熾火和我打算跟穴躍和鷗撲去狩獵。你要跟我們一起去嗎？」

影望看著那堆被拆了一半的臥鋪。「你們不是得先清乾淨窩穴嗎？」

光躍哼了一聲。「我們又不是見習生，」她喵聲道。影望皺起眉頭，她才又趕緊補充：「我意思是我們可以晚點再弄。」她回頭去看，鷗撲正把新鮮的蕨葉拖進營地。「影望可以跟我們一起去狩獵嗎？」

鷗撲丟下嘴裡的蕨葉，眼睛發亮。「歡迎他來試試看啊。」

「試試看什麼？」穴躍跟在她後面快步走進營地，身上扛著更多蕨葉。

「影望要跟我們一起去狩獵。」鷗撲告訴他。

黑色戰士的表情是懊惱嗎？

熾火從窩穴裡探出頭來，鬍鬚上沾著蕨葉的碎屑。「我們現在要去狩獵了嗎？」

「是啊，」光躍迫不及待地喵嗚說道。「我們今天的清理工作已經做得差不多了。」

影望終於感受到一絲快樂的曙光，他的悲情緩緩消失，胸口溢滿感恩。「謝謝妳，光躍。」

「也許我們可以教你一兩招。」她喵聲道，然後率先走出營地。

影望跟在後面。「你們可以教我很多，我對狩獵一竅不通。」

鷗撲走在他們後面。「你要學的第一件事就是學會如何動也不動地坐著。」

他們一走進森林，熾火和穴躍就呈扇狀散開。影望看到他們正在嗅聞空氣。他們已經在搜找獵物了嗎？他模仿他們張開嘴巴，讓空氣覆上舌頭。但他聞到的是生長在營地附近的薄荷，還有一畦從蕨葉叢裡冒出來的紫草。這時另一種味道輕觸他舌尖，是鼠尾草嗎？他都不知道它長在離營地這麼近的地方。

「有兔子！」穴躍的吼聲嚇了影望一跳，只見黑色戰士突然跑走，衝進一大片蕨葉叢裡，熾火火速跟在後面，繞到另一頭。

「他們這麼大聲，不會嚇跑獵物嗎？」影望對光躍低聲說道。

「牠已經發現我們了。」他的同窩手足目光緊跟著遠在前方樹叢間的一個模糊灰影。原來有隻兔子正衝向荊棘叢裡。光躍亢奮到全身毛髮豎得筆直，目光須臾不離獵物，但又不忘跟他解釋：「牠正在逃竄，你有注意到熾火的方法嗎？」她朝毛色黃白相間的公貓方向點頭示意。實在很難相信當初熾火是在兩腳獸那裡出生的。此刻的他活像一隻俯衝而下的老鷹在林地飛奔，他選了林子裡最近的捷徑，繞過隆起的脊地，穴躍則是一躍而過，兔子就在他前方幾條尾巴之外的地方。

「為什麼穴躍不直接逮住牠？」影望問道。如果黑色戰士現在就撲上去，一定抓得到那隻兔子。

「等一下。」光躍看著她的同窩手足，全身像石頭一樣動也不動。

熾火已經改弦易轍，突然加快速度，想轉向堵住兔子的去向。影望心想，**萬一兔子及時鑽進那坨纏生又長滿刺的荊棘叢裡，他們就沒輒了。**這時熾火進入穴躍的視線裡，後者一看到他，立刻騰空跳起，兔子見狀趕緊轉向，但熾火早就包抄上來，身手矯健地堵住兔子的去路，趕在牠衝進安全的荊棘避難所之前撲上去。

穴躍急剎腳步，開心地彈著尾巴，熾火張嘴一咬，當場格殺，再叼起兔子的頸背。

光躍喵嗚笑道：「穴躍不確定自己能否逮住牠，」狩獵結束，她開始向影望解釋。「但他知道熾火能夠堵住牠的去向，穩紮穩打的狩獵方法會比速戰速決來得更有效。」

影望眨眨眼睛看著他妹妹，他從來不知道她對狩獵這種事這麼精通。

「來吧，」她喵聲道，一臉開心地離開原地。「我們去幫忙埋兔子，等回程時再挖出來。」

影望退到一邊，看著光躍在松樹樹根間挖鑿鬆軟的泥土，熾火把兔子放進洞裡，再用土蓋住，然後離開。鷗撲快步地繞著那棵樹轉，白色尾巴不停彈動，顯然十分滿意。狩獵隊似乎都很開心。影望從來不知道當戰士是這麼有趣的事。他向來習慣獨自工作，採集藥草，或者照顧病貓。跟他們比起來，他的巫醫貓生涯好像孤僻多了，尤其現在他們只准他治療一個傷患。

「妳會教我怎麼嗅出獵物嗎？」他低聲對著再度帶隊穿過林子的光躍說道。「我聞到的只有藥草。」

她喵嗚笑道。「我都沒想到欸。」她停了下來，嗅聞空氣。「你有聞到我聞到的味道嗎？」

影望停在她旁邊，張開嘴巴。

鷗撲、熾火和穴躍也在他們後面停下來。

「我們在找什麼？」鷗撲低聲問道。

「我們在聞獵物。」光躍告訴他。

穴躍吸了吸鼻子。「我聞到……」

「噓！」光躍打斷他。「影望需要練習一下。」

影望深吸一口氣，試著不去注意空氣中濃郁的酸模味。他聞到酸模底下有另一種麝香味……或者類似麝香的味道。他全神貫注，努力回想生鮮獵物堆裡有哪種食物是這種味道。他想起來了，亢奮的感覺在他爪間滋滋作響。「老鼠？」

光躍開心地彈動尾巴。「沒錯。」她朝松樹林裡的一株山毛櫸點頭示意。「你通常會在山毛櫸附近找到老鼠。」她告訴他。「牠們會吃那裡的堅果，所以在禿葉季的時候，那兒很適合狩獵，因為到時莓果變得稀少。」

「你看。」穴躍嘶聲道。黑色戰士垂下尾巴，他正瞪著幾株樹身距離外的藍莓灌木叢看。有四隻麻雀正在葉叢間跳來跳去，啄食逐漸成熟的果實。

光躍點點頭，隊伍默不出聲地小心穿過林地。鷗撲和熾火繞著麻雀散開，顯然打算從藍莓灌木叢的兩邊包抄過去。影望挨近光躍，幾乎不敢呼吸。他不想嚇走小鳥。他們愈走愈近，這時光躍點頭示意。「你先退後。」她告訴他，她的命令聲音小到就像在低語。

影望等在一旁，其他貓兒這時已經圍住那幾隻渾然不知的小鳥。他心跳加速。他們要怎麼趕在麻雀拍翅飛離之前抓住牠們呢？狩獵隊偷偷摸摸地接近，直到離獵物只剩幾條尾巴的距離。現在只要再走幾步，便能抵達可以飛撲獵物的範圍內了。旁觀的影望被眼前景象深深吸引，真希望他們立刻撲上去抓住獵物。

突然間，耳邊傳來嗡嗡聲響。一隻蜜蜂拂過他的耳毛，他心裡一驚，蜂鳴聲大到他幾乎聽不到自己的尖叫聲。他嚇得往後一彈，毛髮全聳了起來。麻雀被他嚇到，瞬間吱喳尖叫，奮力拍翅，羽毛凌亂地一溜煙飛進林子裡。

穴躍朝他轉身，隔著林子怒瞪他。「你這個鼠腦袋！」

「對不起。」影望眨眨眼睛看著黑色公貓，惶惶不安。他回頭看了一眼，希望蜜蜂已經飛走。還好沒再見到蜜蜂的蹤影。

「沒關係，」光躍朝影望走回來，喵聲鎮定。「我們還會再找到獵物。」

穴躍嘴裡嘟囔，和鷗撲、熾火跟在光躍後面走回來。「你是被什麼嚇到啊？」

影望看著地面。「一隻蜜蜂在我耳邊嗡嗡叫。」

熾火抽動著鬍鬚。「一隻蜜蜂？」影望看得出來他正極力忍住笑意。

「那隻蜜蜂很大。」影望很是防備地說道。

鷗撲眼裡閃過興味。「蜜蜂是戰士最大的天敵。」

「比狐狸還要危險。」熾火揶揄道。

影望懊惱地看他們一眼。至少他們是覺得好笑，不像穴躍到現在都還怒瞪著他。

「我想有的貓就算毀了一場狩獵也無所謂，」公貓倖倖然地嘀咕道。「反正他們可以愛怎麼樣就怎樣。」

光躍愣住。「你這話什麼意思？」

「沒什麼意思。」穴躍繃著臉別開目光。

光躍怒瞪他。「你給我說清楚！」

穴躍遲疑了一下，目光移回棕色虎斑母貓身上。「我不確定這樣開口批評虎星的孩子是不是明智之舉。」

光躍瞪著他，好像不知道自己該怎麼回答。鷗撲和熾火不安地蠕動著腳。

穴躍轉過身去。「走吧，」他低吼，「我們再去抓點獵物。不抓的話，部族會餓肚子的。」

影望的四隻腳感覺像被凍結在地上。**影族貓都很討厭我嗎？**沮喪像冰涼的水漫上他全身。他本來以為沒有族貓因棘星的死而質疑他，是因為喜歡和尊敬他，所以願意原諒他。但也許他們根本就沒原諒他。他們之所以保持沉默，可能是擔心虎星不高興。影望突然害怕起來，覺得自己很沒本事。難道族貓們都很討厭他，只是他沒有意識到？

第九章

根躍帶著隊伍從林子裡走出來時，幾乎沒注意到天空已經下起毛毛雨。他滿腦子都在想著鬚霜。她現在走在隊伍的最後面，緊緊跟在點毛身邊。因為那隻毛色灰白相間的母貓說她反胃，而且沒走多久就又累了。這時的他們已經聽從煎餅的小貓所提議的方向，攀爬過多座丘陵，而且一座比一座高。

針爪走在他旁邊，沮喪地瞪著聳立在前方的山坡。「我們現在應該已經找到那條河了吧。」她懊惱地說道。「你覺得那兩隻小貓到底知不知道葉子是走哪個方向啊。」

根躍表情茫然地循著她的目光往前看。昨晚陪鬚霜擔任守衛的時候，他興奮到全身毛髮微微刺癢，現在哪怕毛髮已經被雨淋得都貼在身上，那種刺癢的感覺也還在。他提醒自己他們只是朋友，但是仍無法阻止他的心跳得跟一隻頑皮的小貓一樣。遠離部族，在月光下與鬚霜獨處，那樣的片刻是如此的美好。

針爪用鼻吻戳他肩膀。「你在想她，是不是？」

根躍眨眨眼睛看著他妹妹，但又忍不住內疚地回頭看了鬚霜一眼。

「我就知道！」針爪一臉不悅。「你要忘了她。你們兩個根本不可能。」

「我們只是朋友。」根躍堅稱道。

「朋友不會像發痴的兔子一樣老盯著對方。」針爪不客氣地說道。「我昨晚不該讓你們一起守衛的。」她扭頭過來。「你們之間有發生什麼事嗎？」

「沒有，」根躍很是防備地聳起毛髮。「我告訴過妳，我們只是朋友。」

針爪眼神警告地瞪他一眼。「等我們回到家，拜託你在自家部族裡找個**朋友**好不好？」她的語氣沒有生氣，反而是擔心。「如果你再這樣跟鬃霜糾纏下去，一定會出問題的。」

「可是我找不到像她一樣的貓兒。」根躍反駁道。「她個性堅強，又經歷過這麼多事情。再說戰士守則也許會改變啊。部族之間現在愈來愈懂得合作，妳永遠不知道也許有一天……」

針爪用表情制止他再說下去。「如果你認為這些部族總有一天會准你和鬃霜配成一對，你就是在愚弄她跟你自己。」

「妳又不懂。」根躍火大地加快腳步，突然往前疾奔，衝上坡頂。但是一看到山腳下的景象，心情頓時一沉。

針爪追了上來。「你看到那條河了嗎？」

根躍俯視著那些擠在山谷裡的兩腳獸巢穴。沒有河的蹤影。視線裡盡是一堆巍峨的灰色巢穴。他從沒見過面積這麼大的兩腳獸地盤。「姊妹幫不可能來這裡。」他失望地說道。

針爪緊張地刨抓著地面。「小貓一定搞錯了。」

「搞不好是我們誤解他們的意思了。」根躍瞪著那些浸在雨中、櫛比鱗次的兩腳獸巢穴。鬃霜和點毛在他們旁邊停下來。

點毛全身被雨淋溼的毛髮頓時豎成針狀。「我們沒有要下去那裡吧？」

根躍看著她。他能說什麼呢？他們不能輕言放棄。「我想我們得下去。」

鬃霜看著山谷，瞪大眼睛。「可是沒有看到河啊。」

針爪甩著尾巴。「我們當初不該聽信那兩隻小貓的話。」

「也許我們可以改走另一條路。」點毛回頭看著來時路。

根躍挺起身子。「這是唯一的路，」他堅稱道，「我們必須繼續往前走。那條河搞不好就在下面某個地方。我們只要找到路從兩腳獸巢穴中間穿過去就行了。」他看著其他貓兒。

鬃霜迎視他的目光。「我們都已經走這麼遠了。」她附和道。「我們就繼續走吧。」她朝第一棟兩腳獸巢穴前面的木籬笆前進。根躍跟上去，暗地感激她的相挺。

兩腳獸地盤的邊緣並不難走，因為籬笆隔開了灰色的岩石巢穴，提供了方便行走的通道，隊伍就循著通道駕輕就熟地快步走在路脊上，他們從一條路脊跳到另一條路脊，不用穿越狹長草地，這令根躍如釋重負，因為那裡的狗臭味就跟兩腳獸的臭味一樣濃烈。可是走到最後，成排的籬笆不再。根躍停下腳步，心跳開始加快，因為他看到有一條轟雷路像條河似地夾在巢穴中間，硬是把通道給截斷。他們沒有別條路可以走，只能穿越它。

轟雷路旁躺滿正在睡覺的怪獸。他跳上草地，匍匐接近。針爪跟在後面，瞇起眼睛，這時遠處傳來低吼聲。

根躍循著她的目光看見一頭怪獸正轉過街角，轟隆隆地朝他們奔來，他的心頓時抽緊。只見怪獸的怒目射穿雨水。「小心！」他趕忙用鼻頭頂開針爪，拿身體護著她，以免被濺起的髒水噴到。

她渾身發抖。「我討厭兩腳獸地盤。」

他們甩掉身上的汙水，這時鬃霜和點毛也來了。點毛緊張地覷著轟雷路。「也許我們應該回頭。」

「我們不能放棄。」鬃霜告訴她。

根躍看了天空一眼，本來希望可以從太陽的位置看出他們正朝哪個方向走。他皺起眉頭，搜看雲層，渴望找到比較亮的雲塊，表示太陽正努力地從那裡探出頭來。但是什麼也沒有，只有灰濛濛的雲靄，而且一塊比一塊陰沉。他抬起下巴，試圖表現出自信的語氣。「我們繼續走吧。」

他沿著轟雷路四處張望，發現路上空無一物，頓時鬆了口氣，趕緊帶頭衝過去，腳下岩石刮著他的腳爪。針爪跟在後面，鬃霜和點毛也尾隨其後。到了轟雷路的對面之後，他就再帶隊沿著兩腳獸的一條岩石路走。這裡的巢穴比較大，而且愈深入兩腳獸地盤，巢穴就愈高聳，走到最後，根躍都覺得自己好像走進櫛比鱗次的石頭林裡。

但是這條路竟然通到另一條更寬的轟雷路，根躍胸口猛地抽緊。這裡沒有睡覺的怪獸，每一頭都很清醒地發出隆隆聲響，牠們沿著灰色的帶狀岩石路面，四處巡邏，一頭接著一頭。

雨水從巍然高聳的兩腳獸巢穴棟距之間潑灑下來，然後再從集水的岩架急速墜落。兩腳獸們步履艱難地沿著路面行走，全都低頭看著自己的腳爪，似乎對彼此視而不見，也無視各種怪獸和這支戰士隊伍。

鬃霜捕捉到根躍的目光。「我們要怎麼穿越呢？」

根躍眨眨眼睛看著她。「我們會想到辦法的。」他保證道。就在他說話的同時，離他們一棵樹身長度之外的巢穴入口突然卡答作響，兩腳獸蜂擁而出，步上岩石路面，朝他們走來。

「小心！」針爪低身閃開，貼著巢穴的牆面蹲下來，兩腳獸在他們四周竄走。

根躍的身子緊貼地面，只求別被兩腳獸踩到。這時他聽到一聲尖叫，嚇得他差點喘不過氣來，趕緊扭頭去看，卻見鬃霜和點毛腳步踉蹌地站在兩腳獸通道的路緣上，驚恐地瞪大眼睛，被各據一方的怪獸和兩腳獸夾在中間。一條湍流的汙水從她們旁邊奔流而過，不時濺上路面，噴在她們的腳爪上。

「待在那裡別動！」他下令道。

他衝向她們，穿梭急奔在兩腳獸的腳下，點毛卻在這時腳一個踩滑，從路緣跌了下去。她放聲尖叫，摔進水裡。根躍朝她撲過去，還好鬃霜及時抓住夥伴的頸背。她牢牢抓住，但汙水漫過了她的鼻吻。一頭兩腳獸欠身下去，朝她伸出粉紅色的腳爪。根躍趕緊伸爪猛拍它。兩腳獸嗥叫一聲，爪子縮了回去。根躍連忙伸爪勾住點毛的毛皮。

一頭怪獸呼嘯而過，濺起一堵水牆，潑打在他身上。他呸掉嘴裡的髒水，對上鬃霜的目光。她用力撐住點毛的頸背。這時另一頭怪獸突然轉向朝他們衝來，她神情驚恐萬分。根躍嚇得趕緊猛地一個使力，硬是把點毛拖了上來。

他放開爪子，雷族母貓的腳爪在地上胡亂刨抓了一會兒，這才好不容易站穩。「謝謝你。」她上氣不接下氣，卻突然腿軟，癱在地上。

鬃霜用肩膀從旁邊頂起她的族貓，根躍低身繞過去，從另一邊撐住她。然後兩邊攙扶點毛繞過兩腳獸。兩腳獸在他們經過時都像受驚的鴿子一樣又跳又叫的。

「這裡太危險了！」針爪一等到他們便放聲大吼，蓋過怪獸的隆隆聲響。

根躍甩掉身上的水。「我們只要挨著牆邊走，就不會有事。」他保證道，但卻暗自希望這是真的。

鬃霜嗅聞族貓的毛髮。「妳還好嗎？」

點毛瞪著她看，驚魂未甫的她全身僵硬，開始發抖。「我沒事。」她沙啞地說道。「我們快點離開這裡。」她一臉企盼地望著根躍。

「走吧，」他沿著岩石路面快步前進，全程緊挨牆面，直到兩腳獸的數量開始稀落，才停下腳步，轉身面對隊員們。「我們必須穿越這條轟雷路。」

「怎麼穿越？」針爪瞪著路上川流不息的怪獸。

根躍的思緒翻騰。要一路閃躲地越過它，實在太危險，但沒有別條路可走。

「你們看！」鬃霜望著一棵枝幹全無的樹，樹頂竟有三顆眼睛。就在紅色眼睛亮起來示警時，怪獸們竟服從指令地全都停了下來，轟雷路上於是出現缺口。

「快點！」鬃霜衝上前去。「我們可以過了！」她衝到靜止不動的怪獸面前，後者全都看著那幾個有顏色的眼睛。

根躍瞪著她看，緊張到頸部充血，點毛和針爪已經追在她後面。他強忍住驚慌的情緒，追了上去，辛辣的臭味嗆得他的肺快要爆開來。他們才剛跑到路的對面，樹上的眼睛就又眨了眨，變成綠光，怪獸開始咆哮，再度前衝。

根躍瞪著鬃霜。「妳差點丟了小命欸！」

她抬起鼻吻。「只有靠這個方法才能過來。」

他喘到上氣不接下氣。她怎麼這麼莽撞？但話說回來，她比他們來得勇敢多了。他瞪著她看。「要是妳死了。」這個念頭令他心慌。「我怎麼辦？」

她兩眼晶亮地迎視他的目光。「對不起，」她低聲道。「我只是想快點越過那條路。」

針爪掃視前方的兩腳獸巢穴。「現在要走哪一條？」她問道。

根躍把目光從鬃霜身上移開，心裡隱約痛楚，他不能再讓她冒險。「跟我走。」他帶著她們走另一條路，暗地希望自己沒有挑錯。

他們繼續往前走，盡量壓低身子，而且很快就學會紅色眼睛代表怪獸會停下來，不久之後，他們穿越轟雷路竟變得就像過河一樣簡單。又過了沒多久，根躍就發現自己竟然已經習慣兩腳獸的存在，就像習慣了森林裡的樹木一樣。每次閃躲兩腳獸時，也不再緊張到心跳加速。

鬃霜捕捉到他的目光。「我們走的方向沒錯嗎？」雨滴從她的長鬍鬚滴落，雖然語調輕快，但看得出她眼裡的疑慮。

「我想應該沒錯。」根躍真希望自己的語氣可以再肯定一點。他已經盡量把路上每一個轉彎的點和穿越的路口都牢牢記住。不過他們八成快走到底了，因為巢穴愈來愈小，活像兩腳獸已經對建造巢穴感到厭煩，就連轟雷路的路面也愈來愈窄。怪獸愈來愈罕見，巢穴棟距的間隔也拉大了，最後每座巢穴的四周都出現被圍籬圍住的草皮。

雨勢變小了，根躍的肩膀終於不再緊繃。頭上的雲層正在消散，露出塊狀的藍天。太陽仍高掛天上。他每走一步就越是肯定就快要離開兩腳獸地盤。他看到巢穴後面的那一片東西是樹林嗎？

「我們試試看這個方向。」他沿著一條兩邊都是巢穴的路面走，一走到底，就跳上籬笆，等其他隊員趕上。根躍喜出望外。原來這片環繞著兩腳獸巢穴的草皮可以一路綿亙到一道比他們營地圍牆還要高的樹籬那裡。樹籬後方有樹木探出頭來。「那裡看起來像是樹林欸。」

鬃霜從他旁邊爬上來。「那條河可能就在樹林後面。」

點毛也跟在針爪後面爬上籬笆，用那雙疲憊凹陷的眼睛瞪看前方。根躍瞄了雷族戰士一眼。她病了嗎？他對她有責任。他對整支隊伍都有責任。但是這裡沒有巫醫貓，他突然覺得離家好遠。

「來吧。」鬃霜跳到草地上，開始朝樹籬前進。

「小心點！」根躍繃緊神經。他們都還沒探查過這裡有沒有兩腳獸呢。

鬃霜回頭看他。「我們就快到了。」她朝空地的盡頭走過去，根躍沒有選擇，只能跟上去。點毛和針爪也跟在他後面輕輕跳到草皮上。他趕忙追上鬃霜。

這時她已經走到樹籬那裡，正沿著底部嗅聞，想找一個可以通往樹林的缺口。他走了過去，卻見她一臉失望地抬起頭來。「沒有洞可以鑽過去。」

根躍的心跳加速。他掃視樹籬底部。樹籬的枝條間一定有縫隙啊。這時他看到樹叢裡交疊著發亮的灰色網狀物，心裡頓時一涼。他用腳爪觸摸，立刻明白那是兩腳獸製作的網狀物，堅硬到根本咬不破。針爪和點毛也來了。他嘟囔說道：「我們得回頭試走別條路了。」都已經這麼近了，卻得被迫回頭，沮喪不已的他也只能往回走。

但就在他快走到空地中央時，一股熟悉的氣味輕覆他鼻頭。他愣在原地。鬃霜八成也聞到了。他感覺到她的身子輕輕擦過他的，於是扭頭去看，只見她瞪大眼睛，表情緊張地四處張望。

針爪背上的毛髮全聳得筆直。「我聞到狗味。」

可怕的吼叫聲震動了四周的空氣。根躍的心跳快到像要直接迸出胸口。「快逃！」他正要朝籬笆的方向逃，但是來不及了，一條白色大狗從巢穴裡竄了出來，朝他們衝過來，阻斷他們的逃生之路。「快跟我來！」根躍倏地轉身，不顧一切地就往樹籬奔過去。也許他們可以攀上它的枝條，從樹頂上面鑽過去。就在他思緒翻騰的時候，空地的另一頭也突然炸出兇惡的狗吠聲。第二條狗衝了出來，亮出利牙，眼裡閃著亢奮的光。

根躍霍地轉身，差點撞上緊跟在後的鬃霜和針爪。點毛愣站在草皮中央，全身毛髮聳得筆直，她的目光來回掃射兩條狗，牠們正從兩邊逼近這支嚇壞的隊伍。

根躍嚇得快要喘不過氣來，如果他沒辦法移動點毛，他們可能就得在這裡正面迎戰了，而這是一場他沒有把握的戰役。他們需要有地方躲藏。他環目四顧，尋找空地的逃生出口。這時看見兩腳獸巢穴旁邊倚著一棟木造的小窩穴，窩穴旁邊疊放了一堆雜物。如果他們能跑得那麼遠，搞不好就能爬上去，躲開兩條狗的攻擊。

他猛地扭頭回去，看見那兩條狗進逼的速度很快。「我們快跑去那棟窩穴！」他站在原地讓其他貓兒先跑，然後才追在後面。他不敢回頭，但他感覺得到沉重的腳步撞擊聲微微撼動著地面。

針爪率先抵達兩腳獸的雜物堆，她很快爬上去，跳上木造的窩穴。鬃霜趕忙用鼻吻推點毛上去，然後也跟著爬上去，再轉身查看已經快跑到這裡的根躍。

根躍看見她眼裡閃過驚恐，頓時感覺到自己的尾巴被熱氣噴到，後腿趕緊一蹬，跳上雜物堆，手忙腳亂地爬了上去。雜物堆在他腳下搖搖晃晃，他的心臟跳到快爆開。這時他的頸背被一隻爪子勾住，鬃霜牢牢抓住了他，他的四隻腳爪騰空亂扒了一會兒，最後被拉上窩穴頂端。

點毛可憐兮兮地蹲在她旁邊，針爪轉頭瞪著那堵樹籬。

「謝謝妳拉我上來。」根躍對鬃霜眨眨眼睛。

「還不用謝我。」她看著那兩條狗。小一點的那條正攀著雜物堆在跳。牠亢奮地不停吠叫，好不容易爬上其中一塊突起物，又朝上面另一塊猛跳。每跳一次，就離那塊可以攀上窩頂的扶手處更近。

根躍驚愕地瞪看那條狗。要是牠爬上來了，他們打得過牠嗎？他看了鬃霜一眼。就算打得過，他們當中也可能有成員受傷，而巫醫貓又不在身邊可以救治他們。因為只要被咬一口，都可能遭到感染。他絕望地看著樹籬後方的樹林。他們都已經這麼接近了！

這時他突然愣住！草皮盡頭有個鬼祟的黑影。是他想像出來的嗎？一隻體型魁梧的灰色公貓正朝他們走來，兩眼緊盯著那兩條狗。根躍看著他，這時公貓突然瞄了他一眼，微微點頭地回應他。

根躍皺起眉頭，一臉不解。**他在做什麼？**

鬃霜循著他的目光望過去，瞄到了那隻公貓，驚詫地抽動著耳朵。「他瘋了嗎？」公貓趁兩條狗拚了命地想攀上雜物堆的時候，偷偷摸摸地靠近。**牠們還沒聞到他的氣味**，根躍屏住呼吸。

突然間，公貓蓬起全身毛髮。他彈動尾巴打出信號，朝樹籬的一個角落快速瞄了一眼。「那裡有個洞！」他向根躍大喊道，「狗鑽不過去！」

狗兒聽見他的聲音，霍地轉身，不懷好意地瞪著他。公貓衝上前去，齜牙低吼地從牠們旁邊急奔而過。牠們聳起頸毛，緊追在後，公貓趕緊逃往兩腳獸巢穴側邊的籬笆。他一躍而上，對著那兩條猛撲著木板、憤怒咆哮的狗兒放聲嘶吼。

根躍掃視那堵樹籬，看到有個角落有暗影。那是洞嗎？他們必須冒險一試，總不能一直靠那隻公貓來引開注意吧。「快跟我來！」他從木造窩穴頂部跳下去，砰地落地，隨即往那邊跑，並不時回頭查看同伴們有沒有跟上。點毛和針爪尾隨其後，鬃霜也跟在後面。

根躍穿過草地，加速急奔，腳下草葉模糊成一片，最後在樹籬旁邊急刹住腳步。公貓說得沒錯，這裡有個很小的洞，原來那裡銀色的網子被磨穿了，根躍很輕易就鑽了過去，出了洞就是樹林。點毛也跟在他後面把自己拉出來。針爪和鬃霜尾隨其後。她們都因為過度驚恐而瞪大炯亮的眼睛。

根躍總算吁了口氣，如釋重負，但樹籬後方又傳來重踏草地的隆隆腳步聲。他感覺到喉嚨收緊。那兩條狗想要跟過來。根躍往後退，神情驚惶望著那個洞。公貓說的是真的嗎？這個洞對牠們來說算太小嗎？這時葉叢之間出現灰色毛髮，公貓一溜煙鑽了過來，眼神洋洋得意。在他後方，有龐大的身軀正在撞擊樹籬，震得銀色網狀物咯咯作響。甚至有一個鼻吻探了進來，憤怒地捲起舌頭。

公貓突然轉過身，伸爪猛砍狗的鼻吻。對方痛得尖叫，立刻消失不見。公貓又轉身回來面對他們，喵嗚地笑。

根躍對他眨眨眼睛。他是寵物貓嗎？**不可能，他太悍了。**而且體型很魁梧，肩膀又寬又結實，那身柔軟光亮的毛髮豐厚到令他想起樹。

公貓的目光掃過這幾隻貓。「你們沒事吧？」

根躍緊張地看了隊員們一眼，後者一個接一個點頭，他才如釋重負。

「你救了我們一命！」鬃霜眼神崇拜地看著公貓。

根躍強壓下心裡隱約的妒意，穩住呼吸。

公貓的鬍鬚很是興味地抽動著。「這兩條狗未來一個月都會氣呼呼的。」

點毛眨眨眼睛看著他。「牠們可能會把你撕成兩半。」

鬃霜揮動尾巴。「你好有膽識哦。」

公貓聳聳肩。「我以前就對付過牠們，」他告訴她。「牠們只是叫聲很吵，但其實有點遲鈍。」他的目光掃視這支隊伍。「你們看起來不像小喵咪。」

「小喵咪？」鬃霜眨眨眼睛看著他，一臉不解。

「他的意思是寵物貓。」根躍解釋道，他記得姊妹幫都是這樣稱呼那些跟兩腳獸住在一起的貓兒。**他一定就是我們在找的那隻貓。**

公貓仍看著他們。「你們來這裡做什麼？」

針爪蠕動著腳。「我們在找一隻貓。」

「他叫葉子。」鬃霜告訴他。

公貓驚訝地豎起耳朵。「我就是葉子。」他喵聲道。

根躍的心臟就像胸口有條魚突然用力彈跳一樣。**我們找到他了。**

葉子看起來一臉不解。「你們為什麼要找我？」

「我們想找到姊妹幫，」鬃霜告訴他。「我們想你可能知道她們的下落。」

公貓瞇起眼睛。「我怎麼會知道呢？」

「因為你看起來很像是她們……」鬃霜愈說愈小聲，目光逗留在這隻長相英俊的公貓身上。

根躍彈動尾巴。「你看起來就像她們其中一員。」他唐突地幫鬃霜接完這句話。公貓喵嗚地笑。「你看起來也很像她們其中一員。」他說道。

「我們算是親戚，」根躍朝針爪點頭示意。「她也是，我們是兄妹。」

葉子瞪大眼睛。「真高興看見姊妹幫開枝散葉了。」他的目光突然射向點毛：「妳也是她們的親戚嗎？」

點毛的毛髮蓬了起來。「當然不是。」

他一臉失望。「真可惜，新生小貓向來很能告慰我們的祖靈。」

「新生小貓？」點毛愣住。

「妳要生小貓了，不是嗎？」葉子瞇起眼睛，好像正在更仔細地打量她。

根躍對雷族母貓驚詫地眨著眼睛。他現在才注意到她的腰腹看起來有點隆起。難道這就是她老是疲倦的原因？

點毛驚慌地搖著頭。「我不能有小貓。」

鬃霜的眼神瞬間一暗。「妳有莖葉的小貓了？」**她一定是很難過她的朋友沒能活著見到自己的小貓**，根躍心想道。然後又見她突然甩打起尾巴。「妳懷的孩子讓他延續了生命。」她兩眼發亮。「妳會在妳的小貓身上每天看見他。」

點毛表情驚恐。「我要怎麼獨自撫養他們長大？」

「妳不會孤單的。」鬃霜提醒她。「在部族裡，沒有貓兒是孤單的，而且我會幫妳。」

「部族？」葉子豎起耳朵。「你們是戰士？」

根躍點點頭，葉子表情立刻顯得提防。「為什麼部族貓要來找姊妹幫？你們不是把她們趕出營地了嗎？」

根躍迎視他的目光。「那是很久以前的事了，」他喵聲道。「我們現在需要她們的幫忙。」

「我們失去了一隻族貓。」針爪解釋道，「我們希望姊妹幫可以幫我們找到他。」

葉子露出疑色。「為什麼她們會知道他在哪裡？」

因為她們看得到靈體，但是根躍不想跟他解釋棘星和灰毛的事情。「他們游蕩到太遠的地方了。」他很快說道，「也許姊妹幫知道的比我們多。你曉得她們現在在哪裡嗎？」

葉子歪著頭。「她們正沿著一條河旅行。」

針爪欠身過去。「我們找那條河找了一整天了，都沒看到。」

「你們都沒聽到嗎？」葉子豎起耳朵。

根躍豎耳傾聽，除了林間有風聲嘆息之外，什麼也沒聽到。

「河在這片樹林的後面。」葉子朝樹林點頭示意。「姊妹幫是朝太陽升起之處走的。」他猶豫了一下。「我可以幫你們確定她們的位置，不過會耗掉一點時間。」

根躍眨眨眼睛。「怎麼確定？」

葉子聳聳肩。「我會請教大地，大地會告訴我。」

根躍瞪大眼睛。這隻公貓在說什麼？「大地又不會說話。」

「它會跟我對話，」葉子喵聲道。「也會跟所有出生在姊妹幫的公貓對話。」

根躍瞪著他。

「我秀給你看。」葉子走到林間，停在一棵橡樹底下。根躍好奇地跟過去，看見他把腳爪小心翼翼地深踩進土裡，一次踩出一隻腳，活像正在擺出什麼馬步似的，然後閉上眼睛，四條腿慢慢僵硬，但背上的肌肉漸漸放鬆，毛髮貼服在身上。

鬃霜走到根躍旁邊。「跟大地對話就是這樣子嗎？」

「我猜是吧。」他低聲說道。**樹也會嗎？**他很好奇。**如果我也是被姊妹幫養大，那我也會嗎？**根躍蜷縮起腳爪，踩進柔軟的土裡。如果樹聽得到大地的聲音，那麼為什麼他父親不乾脆自己問姊妹幫在哪裡，也好省去他們的長途跋涉？沮喪的情緒像漣漪似地在根躍的毛髮上漫了開來。

點毛快步走開，坐在一棵山毛櫸底下。她的目光飄忽，似乎陷入沉思。針爪開始嗅聞附近一叢羊齒植物。她們似乎都對葉子的儀式不感興趣。但根躍的目光始終無法從公貓身上移開。

葉子紋風不動。上方有小鳥吱吱在叫，天上的雲也散開了。過了一會兒，鬃霜轉頭瞄了點毛一眼，走過去找她，挨在她旁邊，好像在問她好不好。但點毛卻用尾巴揮開她，鬚霜垂下頭，離開點毛，去找正在搜尋獵物的針爪。太陽開始落入樹林後方，暮色在枝幹和葉叢間慢慢聚攏。根躍心想他是不是應該過去幫忙狩獵，留些空間給葉子跟大地單獨對話。

但葉子的眼睛這時突然睜開。「我知道她們在哪裡了。」

根躍的心跳加速。他喊隊員們過來，並豎起耳朵。鬚霜快步走了回來。點毛抬頭張望，但沒有移動身子。已經深入樹林的針爪則從林子裡衝出來。

葉子一臉鎮定，眨眨眼睛看著他。

「她們在哪裡？」根躍追問道。

「你們必須過河，」葉子告訴他。「可能有點危險，不過不用急。陽光肚子裡懷有小貓，所以姊妹幫至少有一個月不會再移動位置。」

根躍緊張到腳爪微微刺癢。「所以我們追得上她們？」

葉子看著根躍。「如果你們願意的話，我可以帶你們去找她們。」

「那太好了……」

針爪打斷他的話。「我可以跟你談一下嗎？」針爪捕捉根躍的目光，很是提防地看了葉子一眼。「私下談。」她沒有等對方回答，就逕自把根躍從公貓那裡推開。「你真的打算聽信一隻陌生的貓？」他們一走遠，她就嘶聲說道。「我們才剛認識他。」

「他救了我們一命。」根躍提醒她。

「是啊，可是他怪怪的。」針爪喵聲道。

鬃霜快步過去找他們，一靠近就低聲說道：「他是很好心地幫忙我們逃離狗兒的虎口啦，但我不確定我們是不是應該就這樣相信他。貓兒不可能跟大地對話的。」

「他腦袋裡長蜜蜂了。」針爪附和道。

「這是我們唯一的辦法了。」根躍爭辯道。她們到現在還不明白嗎？有些貓兒就是具有其他貓兒沒有的特殊體質？**譬如可以看見亡靈**。「為什麼我們不跟著他，看看他能帶我們到哪裡？」

「你語氣就像小麻雀一樣。」針爪不客氣地回嗆。「你為什麼要跟著一隻才認識沒多久的貓？」

根躍瞪著她看。看來她的目光狹隘到只看得到自己的爪子和尾巴，其他什麼也參不透。「妳有更好的主意嗎？」他反問道。結果針爪生起悶氣，不再說話，他才又繼續說道：「那好，趁妳還沒把我們唯一的線索趕跑之前，我們先看看會有什麼進展。」這時他看到葉子朝他們快步走來，頓時感到很不好意思，毛髮跟著微微刺癢，暗地希望鬃霜和針爪別冒然開口貶損對方。

葉子垂下頭。「對不起，打擾了，」他喵聲道。「我看得出來你們不相信我，這我能理解。我們也許是親戚，」他看了根躍一眼，「卻選擇了不同的道路。」

根躍垂頭回禮，感恩葉子的諒解。

葉子繼續說道：「我沒有理由騙你們。不過你們可能很難說服姊妹幫，請她們協助你們。」他警告道。「畢竟是部族貓趕她們離開營地在先。不過就像你說的，那已經是好久以前的事了。再說你的親戚在戰役過後也曾經收容我的親戚，不僅幫他們療傷，還照顧他們的孩子。要不是他們幫忙，我和我的同窩手足早就跟我母親月光一樣命喪黃泉了。」

根躍驚訝地瞪著他看。他聽樹說過，如果部族貓沒有對姊妹幫宣戰，月光也不會死。「你怎麼這麼寬宏大量？」

「我不會以偏概全去論斷所有貓兒。」葉子告訴他。「如果你的部族遇到麻煩，我是不可能坐視不管的。我願意告訴你到哪裡去找姊妹幫，你們自己去。」

根躍垂下頭，很是感激他的不計較。

鬃霜眼神熱絡地看著那隻公貓。「你今晚要跟我們一起紮營嗎？我們會狩獵，分食獵物。」

葉子開心地對她眨眨眼睛。「謝謝妳，」他喵聲道，「我很樂意。」

第十章

鬃霜瞇起眼睛擋住刺眼的晨光，目送葉子穿過草地。陽光下，他的輪廓染著一層光暈，當他轉身頷首告別時，看上去就像發光的貓靈。公貓的目光鎖在根躍身上好一會兒，她看見天族戰士根躍抬起尾巴恭敬行禮，身上毛髮如漣漪起伏。

鬃霜的心漲滿愛意。根躍對部族忠心耿耿，但是面對一隻跟獨行貓沒什麼兩樣的公貓時，竟也願意敞開心胸接納對方。快樂的喵嗚聲在她喉間蠢動，但是被硬生吞下，而且還趕在針爪或點毛捕捉到她的表情之前，先從根躍身上移開目光。

她其實不擔心點毛會起疑，畢竟後者剛剛穿越野地時，一直都很無精打采。鬃霜心想她可能連葉子已經走了的這件事情都沒注意到。她這位族貓自從被公貓告知懷孕後，就變得魂不守舍，活像在知道真相的那一刻起，一顆心就飄走了。她應該有感受到一絲喜悅吧？小貓代表全新的開始，不是嗎？這也表示有一部份的莖葉會繼續活下去。

鬃霜朝點毛走近，滿是同情拿尾巴輕撫她的背脊。但點毛連看都不看她一眼，就逕行走開。顯然她還沒準備好分享自己的心情。

「我們離開前先去狩獵吧。」針爪的目光掃過野地。「這裡看起來像是廣闊的領地，不屬於任何部族，只屬於我們的。」

鬃霜突然覺得在這裡是件很開心的事。和暖的微風徐徐吹拂著她的毛髮。在這個地方不用擔心部族的邊界問題，也沒有壞脾氣的老戰士對他們頤指氣使。這次的任務真是太有趣了。她甩甩毛髮。「我跟點毛一起去狩獵。」她喵聲道。

「這主意好！」針爪已經準備要離開。「同部族的貓兒一起狩獵，往往會有不錯的成績。」她的目光意有所指地掃向根躍。「你要跟我一起去嗎？」

「我今天想跟點毛和鬃霜一起狩獵。」他告訴她。「我想學點雷族的狩獵技巧。」

針爪吸吸鼻子，「隨便你。」隨即蓬起毛髮，快步走下山坡，朝一處綴滿野花的草地走去。

點毛瞥了她的背影一眼。「我今天也想單獨狩獵。」

鬃霜眨眨眼睛看著她。「妳確定？」

「我需要時間好好想想。」點毛語氣堅定地告訴她。

鬃霜看著點毛離開，腳爪微微刺癢。她應該讓點毛獨自狩獵嗎？畢竟這是一塊陌生的領地。

根躍的喵聲打斷了她翻湧的思緒。「如果妳願意的話，我們可以一起狩獵。」他提議道。

「謝謝，」也許點毛真的需要一點時間好好想想。狩獵搞不好能幫忙她重新振作起精神，接受懷孕的事實。她對根躍眨眨眼睛。「你想走哪條路？」

根躍朝不遠處的山毛櫸樹林點頭示意。「那裡會有老鼠。」

「或兔子。」鬃霜瞇起眼睛。草叢裡的洞是兔子洞嗎？根躍穿過野地，她跟了上去。根躍抬眼望向遠方。他在尋找葉子的蹤影嗎？「你很欣賞他，對不對？」

「他算是我的親戚。」根躍雙眼炯亮。「而且他讓我想到了樹。」

鬃霜想起昨夜葉子跟根躍一塊狩獵的樣子：包括他們低頭穿過長草叢、抬起鼻吻、挺起肩膀的模樣，還有他們發現獵物時，蹲伏下去的姿勢。「而他讓我想到了你。」

「是真的嗎？」根躍一臉欣喜地對她眨著眼睛。鬃霜一顆心竟快樂到微微地刺痛起來。他似乎很自豪能有葉子這樣的親戚。根躍揮著尾巴。「只要一想到如果我是被姊妹幫撫養長大，就有可能也在外面流浪，那種感覺其實有點怪。」

鬃霜看了他一眼。「你不會討厭孤單的感覺嗎？」

根躍皺起眉頭。「我不知道欸。葉子好像蠻享受的。」

鬃霜強忍住，不敢讓自己發抖。「我無法想像不住在部族的生活。部族就像我身體的一部份，就算是親戚也比不上。而且要是少了戰士守則，你要怎麼撐下去呢？」

「姊妹幫應該也有自己的守則，」根躍直言道。「她們在送別公貓之前，都會先讓他們學會那套守則，不然他們就跟獨行貓沒什麼兩樣了。」

「他們不就是獨行貓嗎？」鬃霜爭辯道。

「當然不是！」根躍的鼻吻霍地轉過來。「葉子顯然比獨行貓強多了。大地會跟他對話，搞不好也會教他生存的方式。」

鬃霜沒被說服。大地從來不曾跟她對話，也不曾和部族裡的任何一隻貓對過話。但是她沒說破，反而聳聳肩。「我想我比較喜歡住在部族裡。」

「就算現在有了很大的變化，妳還是喜歡住在部族裡？」根躍問道。

鬃霜很是防備地聳起毛髮。她不願去想雷族裡的裂痕。翻爪離開了，灰紋、刺爪、以及其他貓兒也都離開了。但也許他們只是想到外面走走，好好想清楚，這並沒有什麼不對。點毛剛剛不也這樣嗎？「現在是松鼠飛在當家，一切都會慢慢回到常軌。」她告訴他。

根躍皺起眉頭。「可是星族還沒承認。」

「也許還沒，但是她一定會拿出自己最好的表現。」鬃霜厲聲回答。「她會盡最大的努力，直到把棘星找回來為止。」

「要是我們沒辦法把他找回來呢？」根躍輕聲問道。「要是情況沒有改善呢？妳有想過離開雷族嗎？」

「當然沒有。」為什麼他一直談到未來？沒有貓兒會知道未來是什麼，可是一定會變得更好。畢竟部族已經熬過這麼多風雨了。「我會永遠效忠雷族。」她語氣堅定地告訴他。「我絕不會因為任何事情而離開雷族。」她這麼說的同時，心裡竟隱約疑慮。**我說的是真的嗎？**儘管她很想否認，但雷族的確變了，不再是她從小長大的那個部族。

根躍再度眺望遠方，毛髮服貼在背上。「如果我們能說服姊妹幫跟我們一起回去，如果她們願意幫我們找回棘星，一切就有可能重回常軌。」

「我們必須先找到她們。」鬃霜突然焦急了起來。

「葉子有告訴我們她們在哪裡。」根躍提醒她。「我對他有信心。」

鬃霜停下腳步。「要是她們不肯跟我們回去呢？」她心跳開始加速。「或者她們肯跟我們回去，但是她們找不到棘星，那該怎麼辦？」

根躍迎視她的目光。「我們得先找到她們，再靜觀其變。」這時他突然愣住，鼻頭不停抽動。「妳有聞到嗎？」

鬃霜大氣不敢喘。「聞到什麼？」她低聲問道。有什麼東西在跟蹤他們嗎？

根躍的眼神亢奮。「是兔子！」

他的目光從她旁邊掠過，鬃霜也循著他的目光搜找。幾株樹身距離外的草叢裡閃現灰色身影。她立刻蹲下來，全神貫注在獵物身上。她剛剛的擔憂瞬間消失了，訓練有素地悄聲移動腳爪，穿過草叢。她抽動尾巴，示意根躍從另一頭過去包抄牠。不過他早就先走過去了，活像意念相通似的。鬃霜得意極了，她跟針爪一樣可以和根躍很有默契地一塊狩獵。

他們在兔子的兩側悄聲移動，每個腳步都對應得天衣無縫，宛若彼此的水中倒影。兔子正在一塊長滿蒲公英的草地上啃食，長長的耳朵不停抽動，豎耳傾聽四周的危險聲響。**牠還沒聽到我們的聲音。**鬃霜全身肌肉都在亢奮，開始流口水。再走幾步，他們就能展開攻擊了。她愈走愈近，尾巴保持不動，離地面一根鬍鬚之距。**再走三步就好了。**她捕捉到根躍的目光，知道他已經準備好了。他們互相對望。她抬起一隻腳爪，準備撲上去。

突然一聲尖叫劃穿草地，撕裂空氣。鬃霜的毛髮瞬間倒豎，她認出那是族貓的痛苦叫聲。**點毛出事了！**

她趕忙轉身，掃視草地。點毛一定在樹籬後面。鬃霜的全身血液彷彿凝結成冰，因為那尖叫聲又出現了。她忙不迭地衝過去，一路疾奔，越過野地，耳邊聽見有腳步聲緊跟在後，根躍突然從她旁邊衝過去，她趕緊加快腳步，只見他一溜煙地鑽進樹籬的縫隙，她趕忙跟上，然後從洞裡鑽出空地，全身警戒提防，毛髮豎得筆直。點毛正在奮力擺脫一隻老鷹的尖長利爪。她的腰腹被老鷹攫住。巨大的鷹翅不停拍打，試圖拖走地面上的她。眼神驚惶的點毛伸長爪子，緊抓住地面。

針爪正朝他們衝過去，根躍則立刻撲上老鷹，抓住牠的翅膀。老鷹頓失平衡，尖聲大叫，更使勁地抓住點毛，雷族戰士身上到處是血，鬃霜看見點毛眼神痛苦。

於是她撲上另一隻翅膀，爪子埋進羽毛，戳進肉裡，深可見骨。老鷹霍地扭頭，兇惡地瞪她，速度比蛇還快地猛力一啄。鳥喙戳進她的肉裡，硬生拔掉一團毛。她的頸子頓時痛如火焚。但仍緊緊巴住，咬牙忍痛，沒有哭嚎出聲。可是老鷹太強壯了，翅膀猛力一拍，將她甩開，她在草地上一路翻滾。

根躍蹲低身子，貼著地面，耳朵滲出鮮血。針爪總算趕到，連忙繞到後面，尖牙戳進老鷹的大腿。老鷹立時鬆爪，點毛砰地跌在地上，腰腹盡是斑斑血痕和爪印。

「點毛！」鬃霜跑向她，針爪也趕緊退後。但點毛眼露兇光，霍地轉身，又撲上正掙扎著想竄飛上去的老鷹。

妳在做什麼？鬃霜不敢相信自己的眼睛。

根躍一臉驚愕瞪著她。「放牠走！」

但點毛好像沒聽見，她衝到老鷹那雙不停拍打的翅膀底下，伸出利爪巴住牠的下腹，將牠拖回地面。老鷹狠命回擊，尖爪劃過她身上，鳥喙啄進她的肩膀，但她死命扭動身子掙脫，揮出利爪劃牠脖子。

鬃霜嚇呆了，腳爪像被凍結在地上。「快停下來！」

「我就快打敗牠了！」點毛嘶聲喊道，眼神狂野。

點毛瘋了嗎？老鷹早就用牠的力氣證明他們根本逮不到牠。

點毛的爪子戳進老鷹的腹部。猛力拍擊翅膀正要升空的老鷹，眼神閃過不解。

鬃霜嚇得嘴巴發乾，她看見點毛的後腿也開始跟著離地。「快放掉牠！」她的吼聲劃破空氣。這時老鷹又猛拍一次翅膀，終於找回平衡，一腳踢開點毛，盤旋升空，點毛倒落草地。

鬃霜衝到點毛旁邊，暗自慶幸她還能蹣跚爬起來。「妳到底在想什麼啊？」

點毛的腰腹淌出鮮血，頸毛也是血跡斑斑。她怒瞪著鬃霜，好像感覺不到任何一絲痛楚。「我差一點就抓到牠了。」她齜牙低吼。

「妳是腦袋長蜜蜂了嗎？」針爪的眼睛瞪得跟貓頭鷹一樣大。根躍快步朝她們過來。「牠的體型太大了，我們抓不到的。」

「我本來可以……」點毛突然喘不過氣，腳跟著一軟。

鬃霜嚇得心臟快要跳出來。「妳怎麼了？」她欠身朝點毛探出鼻吻。

「我沒事，」點毛咬牙低吼。「不過我的肩膀好像扭傷了。」

針爪哼了一聲。「如果只有扭傷，就算萬幸了。」她斥責道。「妳差點被吃掉，妳知道嗎？」她快步走到點毛旁邊，怒瞪著她，這時點毛已經把身子撐成坐姿，正在歇口氣。「妳的小貓怎麼辦？妳有想到他們嗎？妳現在不只是拿自己的性命在冒險，妳懂嗎？雷族戰士都是這樣搞的嗎？連那種抓不到的危險獵物也要追上去？要是妳走不動了，我們怎麼去找姊妹幫啊？」

點毛眼神兇惡地對上天族母貓的目光。「我很好，可以嗎？」她厲聲說道。

根躍鑽到她們中間。「吵架對我們一點幫助也沒有。」他把針爪帶開。「我們留鬃霜在這裡照顧點毛，我們先去抓點獵物回來。」他把她往樹籬的方向推。「隔壁的草叢裡有兔子。」

氣呼呼的針爪暗聲咒罵，但也只能被他帶著穿過樹籬，不再去理會點毛和鬃霜。

鬃霜趕緊幫忙舔淨點毛腰腹上的傷口，清楚知道那裡面還有未出生的小貓。他們沒受傷吧？到底是什麼原因害她的同伴舉止變得這麼魯莽？她不發一語地舔洗點毛的傷口，直到後者痛得擠眉皺臉，縮起身子，才住口。

鬃霜用後腿坐了下來。「這不像妳，妳通常不會這樣衝動行事。」她輕聲說道。

「我在狩獵。」點毛嘟囔道。

戰士不會去抓老鷹當獵物。「我知道妳很有膽識，但妳並不笨。」她喵聲道。「更何況現在妳又懷有小貓，不是應該更小心嗎？」

點毛瞇起眼睛。「要是我不想要有小貓呢？」

「不想要？」鬃霜貼平耳朵。怎麼可能？點毛比誰都愛小貓的父親。「可是他們是莖葉的骨肉啊。」她喵聲道。

「他不在了，不是嗎？」點毛不客氣地說道。「我們本來以為可以一起撫養小貓長大，安穩地住在雷族裡。但這已經是不可能的事了。」她的眼神益發落寞。「莖葉死了，雷族也不再是個安全的部族。」

鬃霜很是心疼她。她能理解何以點毛覺得害怕。他們的部族的確變得不一樣了。但不表示他們應該輕言放棄。「我保證一切都會慢慢好轉。」她溫柔地告訴她。只是她自己也不知道能不能信守這個承諾。

點毛的眼神突然悲傷。「要是小貓的出生只會不斷提醒我已經失去的一切，那該怎麼辦？」

鬃霜挨近她，蹭著她的面頰。「妳要把注意力放在妳會擁有的未來，而不是曾失去的一切。」她說道。「小貓們很幸運，因為他們有一個像莖葉那麼勇敢的父親，願意為拯救部族犧牲性命。」她抽回身子，凝視點毛那雙淚眼，繼續說道：「一切都會沒事的。小貓的存在代表妳跟莖葉是切不斷的，他會從星族那裡看顧妳。」

「星族已經不見了！」點毛對她眨眨眼睛。

「我們會把他們找回來。」鬃霜看著點毛。「部族也會幫忙妳一起撫養小貓。我保證我會盡其所能地保護他們。在他們長大能夠照顧自己之前，不會讓他們挨餓，也不會讓他們遇到任何危險。我們會保護他們的安全。」她在這麼說的同時，竟有一股恐懼緩緩在她全身流竄。她說的話，她都做得到嗎？

兔子的氣味迎面撲來，她轉身看見針爪和根躍正鑽出樹籬。根躍嘴裡叼著一隻肥碩的兔子，丟在鬃霜的腳邊。「她還好嗎？」他瞄了點毛一眼，後者趴了下來，垂頭看著地面。

「她沒事了。」鬃霜喃喃說道。但她才說完，樹籬後方就響起腳步聲。一股陌生的氣味迎面撲來。她很是提防地聳起全身毛髮，這時一隻魁梧的黃色母貓低頭擠進樹籬，從枝葉叢裡鑽了出來，毛髮賁張。

對方眼裡閃著怒光。「你們離我們的營地這麼近，是想做什麼？」她質問道。

鬃霜挨近點毛，爪子出鞘。她絕不讓任何獨行貓傷害她的同伴。

根躍卻抬起尾巴，欣喜地瞪大眼睛。「妳是姊妹幫的！」鬃霜驚訝地眨眨眼睛，看見根躍快步過去招呼黃色母貓。「我們一直在找你們！葉子告訴我們，你們就在附近。」

母貓很是提防地往後退，隨即點個頭。「我叫日昇，」她簡單說道。「你們見過葉子？」她的體格粗壯，毛髮豐厚到鬃霜都不免好奇她要怎麼梳理那麼多毛髮。鬃霜只是一逕瞪著對方看，針爪這時也點頭招呼。

「是啊，他活得很好。」針爪回答道，然後朝鬃霜和點毛轉身，兩眼炯亮，開心地喵嗚說道：「我們辦到了……我們找到姊妹幫了！」

第十一章

影望可憐兮兮地跟著狩獵隊回到營地。他知道他應該抬起尾巴，盡量表現出開心的模樣，就像他的族貓們一樣，但問題是他嘴上叼的那兩隻老鼠根本不是他抓的，是光躍，他只是幫忙帶回家，因為她嘴裡叼了一隻很肥碩的松鼠，是在溝渠附近捉到的。

狩獵隊裡除了他以外，每隻貓兒都有斬獲。他一路慚愧地走回來。隊員們都很同情他。板岩毛安慰他，說他才狩獵了第二次而已。熾火也告訴他，當初他從兩腳獸的城市搬到森林裡時，起初也覺得狩獵很難。可是自從影望不再有資格行醫之後，就一直擺脫不掉自己很沒用的這種感覺。

他穿過空地，跟著光躍和熾火走到生鮮獵物堆那裡。板岩毛和焦毛已經把他們抓來的獵物放在其他獵物旁邊。他在經過巫醫窩的時候，又不免心痛了一下。到底還要多久，虎星才准他再當巫醫貓？要是他一輩子都這樣被卡住呢？既當不成治療者，也當不了戰士，那該怎麼辦？

他試著讓自己樂觀起來。天族和雷族正在尋找姊妹幫來幫忙搜找棘星的靈體。但要是姊妹幫也幫不了忙呢？潛伏在影望肚子裡的那股恐懼念頭又在蠢蠢欲動，他的思緒翻騰不已。**帶棘星去荒原，根本是個愚蠢的點子，是我殺了他，所有的部族都不會原諒我的。我再也當不了巫醫貓。**影望覺得頭昏腦脹，他把老鼠丟在生鮮獵物堆上，轉身離開。

「你今天有比較進步哦。」光躍擋住他的去向，很是鼓勵地對他眨眨眼睛。

「才沒有呢。」影望看著自己的腳。

「聞到兔子氣味的是你欸。」光躍告訴他。「比上次進步太多了。」

影望迎視她的目光，很是感激她的善意。但是這聽起來有點像憐憫，反而害他更難過。「謝謝妳，光躍。」他垂下頭，逕自穿過空地。不過在某隻貓面前，至少他還是有用處的。

他快步走到荊棘圍場那裡，對擔任守衛的白翅和櫻桃落點頭招呼。兩隻雷族貓互看一眼。

櫻桃落朝空心樹彈動尾巴。「他在睡覺。」

「他睡一整天了。」白翅補充道。

他們是很不滿暗色戰士竟然可以心安理得地在窩裡睡覺嗎？但是他們的眼神並沒有洩露出任何情緒，只是毛髮不安地聳了起來。也許令他們不自在的是他們的族長被當成囚犯關在這裡，但同時他們也很清楚族長的體內住著另一隻貓。

「連螺紋皮送食物來給他吃，他都沒醒來。」櫻桃落朝仍被擱在空心樹外面的那隻老鼠點頭示意。

影望頓時緊張起來。灰毛還好嗎？自覺對他有責任的影望趕緊穿過荊棘圍場，朝陰暗的窩裡窺看。灰毛蜷伏在裡面，腹部隨著呼吸起伏，只是有些短淺，全身跟石頭一樣動也不動。影望把一隻腳爪伸進去，輕觸他的肩膀，發現對方身上沒有發熱，這才鬆了口氣。還好他沒生病。**不過每次我來這裡，他都會醒來啊，**影望緊張地抽動耳朵。**他在**

做夢嗎？他想起他先前利用死莓來讓自己昏睡的經驗。這方法能讓他的靈體進入黑暗森林。**灰毛也會這麼做嗎？**

他甩開這念頭。**別瞎操心了**，他告訴自己，**他只是在休息。**

灰毛八成是聽到了他的聲響，耳朵微微抽動，在那個當下，灰毛看起來很像是虎星。影望的心突然抽緊。**要是灰毛當時竊取的是虎星的身軀，不知道會怎樣？**他吞吞口水，**好險他沒有**，不然灰毛就等於騙他殺害自己的父親了。

灰毛抬起頭，眨眨眼睛。「嗨。」他的眼神亮了起來，好像很開心見到影望。

影望不安地退後一步。他寧願灰毛見到他像見到宿敵一樣，而不是朋友。灰毛從空心樹裡鑽出來，影望只能強迫自己別聳起毛髮。

「你今天來得很晚，」灰毛說道，「害我都開始想你了。」

「我去狩獵。」影望告訴他。

灰毛的目光掃過他全身，好像在找某樣東西。「你沒帶藥草來，難道你不用再治療我了嗎？」

「你不需要藥草。」影望告訴他。「你的傷口已經快好了。」

「所以你才去狩獵？」灰毛瞇起眼睛。「因為沒有貓兒要讓你醫治嗎？」

「我是為了幫助我的部族才去狩獵的。」影望情緒激動地告訴他。

「我相信他們一定很感激。」灰毛表情打趣地抽動著鬍鬚。「可是你又不懂怎麼當戰士。你知道要怎麼走路才不會出聲嗎？你有辦法聞出風向嗎？」

「我正在學習。」

「做一個戰士得懂很多你以前沒想過的事。」

影望抬起下巴。「水塘光有教過我出外採集藥草時，該如何保持警戒。」

灰毛看起來無動於衷。「我希望他沒有教你要神經質一點。」他喵聲道。「森林裡有太多東西可能害貓兒受到驚嚇。譬如狐狸、貓頭鷹，甚至蝴蝶或……蜜蜂啦。」他的眼神頓時銳利起來。「狩獵隊最忌諱的就是戰士每次聽到一點聲響就大吼大叫的。」

影望當場愣住，暗色戰士怎麼知道他被蜜蜂嚇到？**你的靈體在暗中監視我嗎？**他強忍住，不讓身體發抖，但身上仍像有甲蟲在爬。他無所畏懼地瞪著灰毛，心想不管冒牌貨知道什麼，他都一概不回答。「我需要檢查一下你的傷疤。」

他繞著灰毛轉，用鼻吻輕觸對方身上結痂的傷口，不停嗅聞，確保沒有出現任何感染，也沒有發熱的跡象。最後他用後腿坐下來，這時灰毛對上他的目光。

「你是一個很有天份的治療者，」暗色戰士喵聲道。「我的傷口才能好得這麼快。只可惜部族再也不信任你了。」

影望頓時一把怒火。「這是誰的錯呢？」

「我當時只是想回到陽間。」灰毛別開目光，但影望覺得他好像看見暗色戰士的眼裡閃過一絲內疚。「我沒想到這會害到你。」他的聲音沙啞。「我很抱歉你不能再當巫醫貓。」**他是在自責嗎？**這時灰毛看著他，聲音又變得篤定起來。「不過只要有虎星保護你，你在影族還是有一席之地的。」

影望瞪著他看，原來他是這樣想的。族貓是看在他父親是族長的份上才繼續容忍他？影望站了起來。「我會告訴水塘光，你的傷已經好了。」他轉身背對暗色戰士，走出圍場。

「要再來看我哦，」灰毛喊道。「因為只有你肯跟我說話了。」

影望沒有回頭。他經過白翅和櫻桃落旁邊時，刻意避開目光，暗地希望他們沒聽到灰毛剛剛說的話。不安像蝨子一樣爬在他全身上下。這是真的嗎？他之所以能繼續待在影族裡，全是靠虎星在罩他？他停下腳步，環顧空地。如果少了虎星的保護，他會是什麼下場？

✦✦✦

影望撐起身子，從山脊上翻爬過去，進到月池座落的山谷裡，慶幸自己終於抵達目的地。自從他被灰毛攻擊以後，這還是他首度回到這裡，因此他每一步都走得危危顫顫。暗色戰士當初差點殺了他。這個可怕的經驗害影望就算到了今天，只要看見荒原裡有黑影閃過或灌木叢裡有獵物窸窣作響，都還是會嚇得不敢呼吸。不過他很高興水塘光和蛾翅這次准他同行，他已經失去了全職巫醫貓的資格，本來很擔心他們不會讓他來。

雖然虎星曾說他仍然是巫醫貓見習生，但影望不確定這話是否當真。畢竟水塘光再也不准他治療除了灰毛之外的任何貓兒，而且也沒在傳授他任何醫術。不過虎星在拜託水塘光一路上要多多照顧影望時，表情是很堅決的，因此大家都很清楚他是非要影望跟他們一起來不可。

水塘光和蛾翅曾告訴影望，在穿過森林時一定要跟緊他們，但是他們談話的時候卻刻意將他排除在外，只顧著自己交頭接耳。害他心裡很受傷，也覺得很沒面子。他猜他們一定是在討論病患或者想要新嘗試的療法。

他跟著他們繞著蜿蜒的小路走，腳下的岩石路面早已在荏苒歲月下被無以數計的貓腳印給磨平了。最後他停在月池邊。其他巫醫貓已經到了。四周峭壁沐浴在星光下，閃閃發亮。他們對待他的態度會像對待全職的巫醫貓嗎？還是他得退到後面，學見習生那樣閉上嘴巴？**我想說什麼就說什麼**，他心裡這樣桀驁不馴地想道，巴不得自己真有那股勇氣。

松鴉羽懊惱地搖搖頭。「你們遲到了。」他告訴水塘光。

「月亮還高掛夜空。」水塘光很有禮貌地垂下頭，蛾翅則看了柳光一眼。影望瞇起眼睛。這位前任的河族巫醫貓一定覺得彆扭，因為她是代表影族前來參加這場會議。

柳光表情難過地盯看蛾翅好一會兒，然後才唐突地點個頭，走到水邊去。「我們開始吧。」她用鼻子輕觸水池，其他巫醫貓也跟著照做。

影望鬆了口氣，心想還好他們沒有先交談，畢竟有太多事情他不想多說，另外他猜巫醫貓們應該也都很急著想知道這次能否與星族連繫上。他在水塘光旁邊坐下來，向前伸長鼻吻。冰冷的池水頓時刺痛他的鼻子，但是沒有影像出現，也沒有聲音響起，而這種一無所獲的失望感已經快要習以為常。星族還是沒有蹤影。

他們等了許久，但還是一樣。影望抬起頭，看見其他貓兒陸續坐了起來。難道他們真以為這次星族已經回來了，哪怕森林跟往常一樣一點改變都沒有？灰毛仍占據著雷族族長的軀體。棘星的魂魄仍然無影無蹤？

松鴉羽甩掉鼻頭上的水。「我們必須習慣星族已經永遠消失的事實。」

柳光毛髮倒豎。「這不是真的！祂們不可能棄我們而去。」

「也許是我們棄祂們而去。」隼翔低吼道。

「你這話是什麼意思？」柳光眨眨眼睛看著他。「這幾個月來，我們一直試著連絡祂們。」

隼翔迎視她的目光。「可能是我們悖離戰士守則太久，才會斷了連繫。」

蛾翅嘴裡嘀咕。「祂們在不在，到底有什麼差別？」她反問道。「真的會改變我們的生活方式嗎？」

「當然會！」躁片瞪著她看。「沒有祖靈的引導，身為戰士又有何意義呢？」

蛾翅一臉冷靜地看著他。「我們還是一樣住在一起，彼此照顧啊，」她回答道。「這樣還不夠嗎？」

其他貓兒面面相覷。

夠嗎？影望皺起眉頭。全心全意地照顧自己的族貓向來是他的夢想，只要水塘光和蛾翅肯放手讓他去做。他並不需要星族來幫他解決族貓的傷口感染問題，不是嗎？

赤楊心看著星光點點的夜空。「以前是星族在帶領五大部族。現在沒有了祂們，我們一樣會找到自己的路。只是如果無法與祖靈交通，天知道未來會變成什麼樣子。」

斑願在冰冷的岩石上甩著尾巴。「試著揣測以後會發生什麼事，一點意義也沒有。」她喵聲道，「我們必須找到一個可行的辦法。」隼翔和赤楊心低聲附和，於是她繼續說道：「我一直在想灰毛這件事。如果是他切斷了我們跟星族的連繫管道……」

「一定是他，」柳光打斷。「他一出現，星族就消失了，這未免太巧合了。」

斑願點點頭。「所以可能只有他才能告訴我們如何重建連繫的管道。」

松鴉羽冷哼一聲。「妳真的相信他會願意幫忙？」

沒有貓兒說話，但影望猜得到他們在想什麼。灰毛憑什麼要幫五大部族？

水塘光若有所思地瞇起眼睛提問。「你們認為是星族走得太遠，才害我們連繫不上嗎？還是有什麼東西阻擋了我們之間的連繫？」他轉頭看著影望。「你不是說有看到什麼嗎？」

影望的嘴巴發乾。水塘光說的是他之前看到的黑暗森林異象。

「你曾看到星族和五大部族之間隔了一層屏障？」水塘光追問道。

影望感覺到其他巫醫貓的目光像火光一樣烙在他身上。他看著前方，試圖保持語氣的平靜。「我是有看到，」他喵聲道，同時心裡不免好奇他們還會相信他嗎？畢竟他分享過那麼多後來證明是假的異象。「我在吃了死莓就昏迷了，然後跟著棘星的聲音潛進月池裡。」他看到松鴉羽的藍色盲眼瞇了起來，不免猶豫了一下。**我只是把我看見的告**

訴你，你們不相信，我也沒辦法。他強迫自己繼續說下去。「結果我進到黑暗森林，那裡有一堵牆，就像營地圍籬一樣，把它跟星族隔了開來。」

松鴉羽冷哼一聲。「黑暗森林和星族中間當然會有一道屏障。」

「可是它也擋住了月池，把星族和我們之間的那條路給堵住了。」影望堅稱道。

柳光走近他，眼裡閃著好奇。「你是怎麼找路穿過去的？」

「我找不到。」影望對她歉然地眨眨眼睛。「我只是用盡方法幫忙棘星從荊棘叢裡脫身。」

蛾翅抬起下巴。「這聽起來根本一派胡言。」她喵聲道。

「所有事情聽在妳耳裡都是一派胡言。」松鴉羽不客氣地說道。

蛾翅氣得蓬起毛髮，但沒有回嗆。

「搞不好這整件事又是他自己想像出來的。」隼翔暗示道。他看著影望。「你怎麼確定那一定是異象？你以前也搞錯過啊。」

「這你就得自己判斷了。」影望抬起鼻吻。如果他們不打算相信他，他也懶得說服他們。他能做的只是把知道的說出來。「我也有看到灰毛，是在另一個異象裡。我看到他的靈體離開了棘星的軀體。」

隼翔表情無動於衷。「我們早就知道灰毛竊取了棘星的軀體。」

「但你們不知道的是，如果他想要，是可以離開棘星的軀體。」影望告訴他。

「誰知道這是真的還假的。」松鴉羽嘟囔道。

說道。

「我有看到！」影望氣急敗壞。

松鴉羽貼平耳朵。「你看過的事情可多了。」

赤楊心在他同伴旁邊蠕動著腳。「也許我們不應該請教影望這些事情。」他輕聲說道。

影望的心一沉。**原來他們後悔當初聽信我的話**。他真希望石頭可以突然裂開，把他吞進去。他寧願躲在黑暗森林裡，也不要在這裡。

松鴉羽甩甩身子。「沒有星族的引導，我們就只能用猜的。我們先把重心擺在我們能控制的事情上面吧，譬如族貓們的健康。」他轉身面對其他貓兒。「雷族這個月狀況還不錯。百合心得了白咳症，但痊癒得很快，沒有感染給族貓。」

「燼足也得了白咳症。」隼翔打岔道。

「石翅也是。」水塘光補充道。「不過還算輕微。」

石翅？影望蓬起全身毛髮抵禦夜風。他怎麼不知道有族貓病了。他瞄了水塘光一眼。他跟他導師以前關係很好，他無法想像導師竟沒告訴他這件事情。灰毛的話言猶在耳。影族以後還會相信他的醫術嗎？

水塘光繼續說道：「灰毛的傷勢一直是由影望在照料。」

「真是浪費藥草。」柳光低聲嘟囔。

「那副軀體還是棘星的。」松鴉羽提醒她。

赤楊心的眼裡射出怒火。「灰毛根本不應該竊取。」

他在怪我嗎？影望心虛地別開臉。

斑願揮著尾巴。「我們無法改變過去。」

躁片點點頭。「我們就先專注在眼前的事務上吧。」他環顧其他貓兒。「天族貓口興旺，」他報告道。「花蜜歌生了兩隻可愛的小貓，叫做小蜜蜂和小甲蟲。母子均安。這是她的第一胎，不過很順利。」

「很高興聽到這樣的好消息，」柳光喵聲道。「河族也一切平安，只不過有幾隻貓肚子不舒服。這個月我一直忙著採集水薄荷。」她的目光掃向蛾翅。「如果能多個幫手，那就好了。」蛾翅沒有答腔。柳光傾身向前。「蛾翅，大家都很想念妳，希望妳能回來。」

影望心中燃起希望。如果蛾翅離開影族，水塘光也許就會回心轉意，准許他再回去當巫醫貓。

蛾翅冷冷地看著她的前族貓。「除非冰翅和兔光也能回去，否則我不會回去的。」

「要是霧星永遠不改變原來的決定呢？」柳光眼神悲傷地說。「妳就一輩子留在影族嗎？」

影望緊張地看著蛾翅。部族貓可以這麼輕易地換部族效忠嗎？

但是蛾翅沒有退縮，「影族對待我比河族來得好。」她冷冷說道。「我現在效忠的是虎星。」

影望的心一沉。蛾翅顯然很堅持自己的立場，她恐怕永遠都不會離開影族了。

隼翔蠕動著腳。「風族一切安好，但我同意柳光的說法，單靠一隻巫醫貓是很難經營巫醫窩的。」

松鴉羽冷哼一聲。「影族有很多巫醫貓，」他嘟囔道。「我相信他們很樂於把影望借給你用。」

「不，謝了。」隼翔的尾巴不安地抽動著。

影望毛髮下的身子不自覺地縮了起來。**竟然沒有部族肯要我。**

「我一直在考慮收一個見習生。」隼翔繼續說道。

影望訝異地眨著眼睛看著風族巫醫貓。他能夠在沒有星族的允許下擅自收個見習生嗎？

「哨掌好像對藥草很感興趣，」隼翔說道。「他一直在幫忙我照料燼足，看來很有天份。」

「你可以自己做主嗎？」影望脫口而出。「不是應該由星族告訴你該找誰來當見習生嗎？」

「至少我可以先訓練他，」隼翔告訴他。「要學的東西太多了，」他對上影望的目光。「你一定比別的貓更能體悟這一點。」

影望看著自己的腳，不安地聳起毛髮。他不該開口的。

松鴉羽垂下頭。「影望所言有理。」他喵聲道。「現在這個時機適合挑選見習生嗎？」

柳光點點頭。「最好等到星族回來再說。」

「胡說，」蛾翅惱火地彈動尾巴。「不管有沒有星族監督，貓兒都能學會如何製造藥膏。」

水塘光蠕動著腳。「花楸星並沒有等星族同意，就先封我為影族的巫醫貓了。」

「那不一樣，」柳光爭辯道，「當時他沒有選擇，影族那時連個巫醫貓都沒有。」

「我們族貓的性命難道比等候星族歸來還重要嗎？」蛾翅爭辯道。

「可是用錯藥草會比沒藥草可用更危險。」赤楊心皺起眉頭。「我認為翻爪那件事就證明了這一點。」

「我是不會讓哨掌自己無師自通的，」隼翔不客氣地說，「我會教他，再說……」他冷冷地環顧其他貓兒，「這是我的選擇，不是你們的。」

「但你不是擔心我們會離星族愈來愈遠嗎？」柳光很是堅持。「如果祂們發現你收了不被祂們認可的見習生……」

就在這些巫醫貓還在爭執不休時，影望的思緒卻飄向了星族，半輪月亮的月光閃爍在水面上。五大部族在沒有了星族之後，會不會把所有時間都拿來爭執什麼可以做和什麼不可以做？他的心在胸口裡不安地跳動著。他們要怎麼樣才能知道什麼是對？什麼是錯的呢？

第十二章

這些都是我的親戚。根躍站在河邊空地上看著姊妹幫。他能清楚看出來何以他和樹的外表這麼不同於部族貓。他和樹的體型比其他戰士來得高大。部族貓的體態矯健柔軟，相形之下，他們厚實許多。姊妹幫的體型也很魁梧，不只是因為毛髮豐厚，連肩膀也很寬，腳爪也比較粗重，看起來孔武有力。

備受其他母貓尊敬的那頭白色母貓自稱白雪。除此之外，日昇也引薦了其他幾隻母貓，包括叫做荊豆的薑黃色母貓，叫做風暴的虎斑母貓，一對叫做陣雪和麻雀、毛色黃白相間的姊妹花。而陽光是一隻豐滿的乳白色母貓，飛鷹則是體型很大的薑黃色母貓，另外還有兩隻年紀較輕的灰貓，分別叫做月亮和松鼠。他現在才知道日昇是樹的同窩手足。他試圖回想那場戰役過後，曾待在天族營地療傷復元的其他姊妹幫成員。雖然他有一些記憶，但是很模糊。更何況現在又有新的成員加入她們。當他帶著隊伍走進姊妹幫紮營的空地時，難免有種寡不敵眾的感覺。

空地四周的赤楊木颼颼作響，白雪眨眨眼睛看著他。她顯然正在思索他所帶來的消息。她會相信有死去的戰士竊取了族長的軀體，害得族長的靈體只能跟著其他死去的戰士四處流浪，也不知道跑到哪裡去了，根躍再也連繫不上他們？

他緊張地看了鬃霜一眼。她對他眨眨眼睛，用眼神鼓勵他。他心想還好有她在。自從日昇帶著他們走進姊妹幫的空地後，她便一直守在點毛旁邊保護她。陽光下，點毛的傷口歷歷可見。根躍注意到陣雪和飛鷹都瞄了這位毛色灰白相間的戰士一眼，眼裡露出憂色。但是沒有任何貓兒開口提議要協助。

針爪本來退到後面，讓根躍代表發言，但現在又走到前面，停在他旁邊。「我們走了很遠的路來找你們，因為五大部族出事了……」

白雪彈動尾巴，要她安靜。「五大部族出事也是他們的問題。」

根躍迎視她的目光。「妳說得對，」他喵聲道。「但我們認為姊妹幫會比任何貓兒都明白亡者對生者來說有多重要。」

白雪瞇起眼睛。「那些失蹤的靈體只是移動到別地方去了。」

鬃霜伸長鼻吻。「我們找不到他們，」她喵聲道，「我們跟星族也失去了連繫。」

「星族就是你們祖靈去的地方嗎？」白雪歪著頭問。

「是的。」鬃霜喵聲道。

點毛在她旁邊蠕動著腳。「你們的祖靈都去哪兒了？」她請教白雪。

「有些會留在原地一陣子，」白雪告訴她，「守著他們這輩子最放心不下的貓兒。但有些就消失了。也許是他們知道自己想去哪裡，也或許他們本來就知道該去哪裡。」

白色母貓聳聳肩。「不過就算他們知道，也不會說出來。」

點毛的眼睛亮了起來，過了一會兒才又別開目光。根躍猜她八成想到了莖葉，好奇如果跟星族失去了連絡，他會去哪裡。

白雪的目光掃過灰白色母貓的傷口。「讓我們來幫妳療傷。」她輕聲說道。

點毛抬起鼻吻。「傷口不深，」她告訴白色母貓，「它們自己會好。」

白雪沒有堅持，反而很有興味地看著點毛。根躍不免好奇白色母貓是不是跟葉子一樣看出了雷族戰士懷了小貓。白雪垂下頭，彷彿是在向點毛的驕傲致意，然後就改變話題。「你們想從我們這裡得到什麼？」她問道，目光又移回根躍身上。

「我們希望你們能跟我們回去，幫忙我們找到棘星的靈體。」根躍搜尋她的目光。她會願意幫忙嗎？

「我們現在哪兒都不能去，」白雪朝一位體型豐腴的乳白色母貓點頭示意。「陽光懷孕了。」

根躍看得出來那位貓后的腹部腫脹，好奇她什麼時候會生？「只要其中幾位跟我們一起回去就行了，其他成員還是可以待在這裡。」他提議道。

陽光爽朗地眨眨眼睛。「小貓還要半個月才出生，」她向白雪保證道，「我還是可以出外旅行。」

風暴冷冷地抽動尾巴。「我們憑什麼要幫助部族貓？當初月光的小貓還沒睜開眼，他們就把我們趕出營地了。」

「他們當時又不知道月光有小貓，」荊豆對她的夥伴眨眨眼睛。「後來知道了，就收容我們啦。」

最年輕的母貓月亮點點頭。「他們有一隻貓后還親餵了我和我的同窩手足。」她喵聲道，「如果不是他們，我們早就夭折了。」

她一定曾經跟我和針爪同睡在一床臥鋪裡。但根躍對她沒有任何印象，他嗅聞空氣，心想有沒有可能認出她的氣味，但還是認不出來，他失望地甩甩身子。

荊豆背上的毛聳了起來。「如果他們的部族沒有殺了月光，妳就不需要喝他們的奶了。」她不客氣地回道。

白雪迎視薑黃色母貓的目光。「月光是被落石砸死的。」

「也有一個部族貓被砸死了。」飛鷹補充道，「葉池就死在她旁邊。」

日昇的眼神暗了下來，面帶疑色。「也許棘星走了也好。」她嘟囔道。

鬃霜當場愣住。「為什麼？」她的語氣彷彿無法相信她所聽到的。

「當時我受了傷，他不肯讓他的巫醫貓治療我。」日昇告訴她。「要不是葉池違抗他的命令，我早就死了。」她瞪著鬃霜看。「雷族換個新族長，也許是件好事。」

根躍看見鬃霜縮張著爪子，趕緊向她使了一個警告的眼色。他們現在可冒犯不起姊妹幫。

月亮瞇起眼睛。「也許我們可以用交換的方式來幫助他們。」

根躍緊張地蠕動著腳。五大部族已經表明他們可以容忍姊妹幫的協助，但其實也不是那麼情願，所以根本不可能跟姊妹幫交換條件。

月亮繼續說出自己的想法。「他們有貓薄荷嗎？」她喵聲道，「也許他們可以分一些給我們。」

白雪吸吸鼻子說道。「如果我們去幫忙，也是基於道義而前去幫忙，不是為了交換藥草。」

「我很想再見到天族。」荊豆試探性說道。

飛鷹點點頭。「松鼠飛就跟姊妹幫一樣驍勇善戰，」她喵聲道，「我想向她表達我的敬意。」

姊妹幫成員看著彼此，眼神裡的疑色被興味取代。他們會來嗎？根躍抬起下巴，心想他必須先告訴她們，部族對她們來訪是有條件的。可是請她們幫忙就已經夠難了，要是再告訴她們來訪時一定得遵守部族的規定，恐怕會覺得倍受侮辱。但是他答應過葉星他會事先告知。於是他只好清清喉嚨。「我在想你們恐怕只能待在天族領地裡。」他歉然地說道。他不想直接告訴她們，影族、風族和河族都禁止她們與旗下的戰士對話。

荊豆憤怒地豎起毛髮，風暴也貼平耳朵。

日昇哼了一聲。「他們好大膽，竟敢限制我們的行動。」

「部族貓是認為我們得照著他們的規定來侍候他們嗎？」白雪怒瞪著根躍問道。

他的心頓時一沉。姊妹幫是不可能跟他們回去湖邊了。他眼神哀求地看著白雪，希望能想出一個得體的說法讓她明白部族貓其實比表面所見來的和善，但就在這時，空地邊緣突然出現一個宛若氤氳渺霧的微光身影，危顫顫地進入眼簾。根躍驚訝地瞪看。那是一隻體型魁梧的灰色母貓，她正穿過草地，最後停在正中央，全身微微透明……那是幽靈，虛無縹緲到像是隨時會被黑影吞沒。**一個靈體**，根躍的心跳加速，這時他看見姊妹幫的貓兒也都瞪著靈體看，心跳得更快了，原來他不是唯一看得到靈體的貓。

「月光。」白雪向靈體垂下頭。鬃霜倒抽口氣。針爪和點毛也都循著白色母貓的目光望過去，但眼神很是不解。

「她們有一個祖靈來了。」根躍看著月光。灰色母貓環顧空地，用溫暖的目光逐一掃視每隻貓，最後與根躍的眼神交會。他不由得興奮。「你是樹的小貓，對吧？」她喵聲道。

根躍緊張地點點頭。

月光喵嗚笑了。「我是他的母親。」

他倒抽口氣，驚訝到全身微微發抖。「我沒想到會見到妳。」

「真的嗎？」月光的鬍鬚很是興味地抽動著。「你不是也遺傳到他的特殊體質了嗎？」

根躍鞠個躬。「我是最近才知道我有這種體質。」他承認道。他感覺得到針爪、鬃霜和點毛都在瞪著他看。她們一定很好奇他到底在跟誰說話。

月光朝白雪轉過身去。「你們應該幫助他們。」她喵聲道。

她四周的姊妹幫成員互看彼此一眼。

白雪耳朵不停抽動。「可是聽起來好像自從他們上次把我們趕出營地之後，就還是死性不改。」

「松鼠飛和葉池有恩於我們，」月光喵聲道，「要是松鼠飛失去了她的伴侶貓，我們應該幫她找回來。這是我們欠她的。當初其他貓兒都棄我們於不顧時，只有她挺身而出幫忙。」

「可是他們說我們只能待在天族的領地裡。」荊豆很不高興地說道。

月光對他們眨眨眼睛。「部族貓就是愛訂下一堆規矩。」她喵聲道，「他們愛訂規矩就由他們去吧，你們又不會在那裡長住。」

「但是他們不尊重我們。」日昇爭辯道。

月光的眼神閃著戲謔的光。「我們稀罕他們的尊重嗎？」她再度環顧她的同營夥伴們。「難道你們不好奇到底出了什麼事嗎？」她問她們。「要是有什麼東西阻礙了亡靈在森林裡遊蕩，難道我們不想找出原因嗎？」

「想啊，」飛鷹點頭道，「如果這原因會影響到部族貓的祖靈，難保不久也可能影響到我們的祖靈。」

姊妹幫不安地蠕動著。

白雪垂下頭。「月光說得沒錯，」她喵聲道。「部族貓雖然傲慢又愚蠢，但是靈體失蹤的這件事對我們來說也一樣很重要。我們應該跟他們回去，找出問題所在。」

根躍的心情一振。「所以你們會跟我們回家？」他急切地環顧姊妹幫。也許她們能救回棘星。

陣雪和陽光點點頭。飛鷹停頓一下才說道：「沒錯。」

荊豆迎視白雪的目光。

白色母貓不發一語地回望她。

「我們會去。」荊豆告訴她。

月光甩著尾巴。「我很高興。」她轉過身，喵嗚地笑，對著點毛眨眨眼睛。「但首先我們得慶祝新生命的降臨。」

姊妹幫的成員互看彼此，然後才轉向點毛。

雷族母貓很是提防，全身毛髮微微抽動。「她們想要幹什麼？」

根躍走到雷族母貓身邊。「別擔心，」他低聲道，「她們知道妳懷孕了。我想她們只是想恭喜妳。」說完他的目光突然瞪大，因為有愈來愈多靈體開始出現，活像閃閃發亮的薄霧瀰漫在姊妹幫的每個成員之間，他們跟著姊妹幫緩緩靠近，將點毛團團圍住。點毛瞪著姊妹幫看，眼神驚恐。

根躍挨在她旁邊。「她們不會傷害妳的。」

白雪停在灰白色母貓面前。「我們正在召喚妳的祖靈，請祂們保佑妳的小貓福壽雙全。」白雪告訴她。「妳的小貓很特別。」這時她四周的姊妹幫和靈體全都抬起鼻吻，仰天喵嗚。她們的聲音熱情，充滿愛的力量，整座空地迴盪著她們的喵嗚聲。

點毛身子僵硬地挨在根躍旁邊，顯然對這場表演很是緊張。但姊妹幫繼續喵嗚吟唱，亡者、生者全都圍著她舞動，毛髮輕輕刷過這位雷族戰士，點毛這才漸漸放鬆，兩眼開始發亮，滿心感恩。這時姊妹幫的喵嗚唱轉成嚎叫，音量愈來愈大，直達天聽。

根躍的毛髮全聳了起來。她們的合唱似乎與他產生共鳴。鬃霜兩眼發亮，也快步走到她夥伴旁邊，跟著針爪一起抬高鼻吻，加入姊妹幫的合唱。

第十三章

太陽開始西沉到赤楊木樹林的後方，消失在枝幹間，鬃霜在草地上安頓好自己。姊妹幫的儀式令她覺得身心平靜。根躍和針爪跟著母貓們出外狩獵，留她在營地裡陪著點毛。

點毛平靜多了，彷彿姊妹幫為她的小貓所進行的合唱撫慰了她的心。這是自莖葉死後，她的眼神第一次陰霾盡掃。也許她已經準備好要接納他們的小貓了。她終於看出小貓帶來的喜悅嗎？鬃霜沒有問。點毛已經表明她想靜靜地坐一會兒，看著營地旁邊的河水慢慢流淌。

狩獵隊回來了，鬃霜對她們帶回來的獵物數量刮目相看。姊妹幫雖然看起來不像戰士，但狩獵技術毫不遜色。她本來以為體型魁梧的母貓動作肯定很慢，頂多捉到一些年紀大到跑不動的獵物，沒想到生鮮獵物洞裡全是美味多汁的老鼠和肥碩的小鳥。根躍和針爪也興高采烈地回來，全身毛髮蓬鬆，雙眼炯亮。針爪正在那裡覷著獵物看，根躍則快步走向鬃霜。

「她還好嗎？」他看了雷族貓后一眼，後者正從他旁邊經過，朝生鮮獵物洞走去。

「她看起來好多了。」鬃霜循著他的目光。

白雪丟了一隻兔子在點毛的腳邊。「妳多吃點。」她喵聲道。

點毛垂首致謝。就在她叼著兔子走到空地邊緣時，針爪也從獵物堆裡拿了一隻烏鶇，在貓后旁邊坐下來。

白雪帶來兩隻老鼠，攤在地上給根躍。「跟你們一起狩獵很愉快，」她喵聲道，

「樹把你教導得很好。」

「樹不是我的導師。」根躍告訴她。

白色母貓驚訝地眨眨眼睛。「部族裡的公貓不是要負責教小貓怎麼狩獵嗎？」

「我想樹是有教我一些技巧啦。」根躍承認道。

「這些技術大多是由我們的導師傳授的，」鬃霜解釋道。「我們六個月大的時候會當上見習生，每個見習生都會有一位戰士來負責教導狩獵技巧和戰技。」

白雪瞪大眼睛，但沒多說什麼，就轉身去拿自己的生鮮獵物，這時姊妹幫的成員也都圍坐在空地四周分食獵物。

根躍把其中一隻老鼠推到鬃霜面前，然後在她旁邊坐下來開始進食。

「謝謝你。」她把老鼠勾近一點，好開心能跟他在一起，她咬了一口鼠肉，尾巴與他的交疊。

日昇望著他們，目光落在那兩條交疊的尾巴上，眼神意味深長。

鬃霜突然愣了一下，好像突然意識到什麼，趕緊把尾巴從根躍那裡移開。

日昇眨眨眼睛看著她。「不用害羞，」她和飛鷹互看一眼，後者眼帶興味地抽動著鬍鬚。「我很高興見到我親戚的親戚找到一個顯然也很喜歡他的對象。」

鬃霜覺得好丟臉，她感覺得到針爪正用銳利的目光瞪著她。「我們只是朋友。」她趕緊說道。

日昇表情心疼地覷著她看，顯然沒被說服。

鬃霜的耳朵不停抽動。她喜歡根躍，她非常非常喜歡他，但是她不是有意要表現出來的。難道大家都注意到了嗎？她看了別的貓兒一眼。月亮的眼神像是心照不宣。飛鷹和風暴正專心分食那隻松鼠，但她懷疑她們是不是也暗地附和日昇的說法。莫非大家都以為他們是伴侶貓？「我們只是朋友。」她再度強調。

根躍把尾巴緊緊塞在身體旁邊。「我們是好朋友，」他喵聲附和道，「就只是好朋友。」

「他們只能當朋友。」毛色黑白相間的針爪說道，背上的毛全豎了起來。

日昇表情不解。「為什麼？」

「根躍絕不會背叛自己的部族。」針爪告訴她。

白雪瞇起眼睛。「這跟部族有什麼關係？」

鬃霜不安地蠕動身子。「戰士不能跟別族貓成為伴侶。」她沒有看著根躍，但她很清楚他就在她旁邊，只能逼著自己此刻千萬別蓬起毛髮。「我們只能當朋友，」她繼續說道，「不能當伴侶貓。」

正在吃松鼠的飛鷹抬眼問道：「那要是妳愛上別族的貓呢？」

「這是被禁止的。」鬃霜告訴她。

飛鷹瞪著她看。「可是要是妳就是愛上了呢，怎麼辦？」

針爪很不高興地彈動尾巴。「一位真正的戰士一定會把效忠部族這件事擺在第一位，」她喵聲道，「就算愛情也不能超越。」

「為什麼？」白雪的目光從針爪身上移向鬃霜。

鬃霜避開目光。「如果我們心繫別族的戰士，怎麼全心保衛自己的部族？」

「每個部族都有自己的邊界，」針爪補充道。「如果我們愛上的那隻貓是住在邊界的另一頭，我們就沒辦法全力防衛自己的邊界了。」

「所以你們只能愛住在自己邊界裡面的貓？」飛鷹皺起眉頭。

「這是誰訂的規矩？」白雪問道。

「這是戰士守則之一，」針爪告訴她。「也是凝聚部族，保障部族安全的辦法之一。」

風暴從松鼠身上撕下一塊肉。「這聽起來只會讓生活變得更艱難，而不是更輕鬆。」她邊說邊嚼著肉。

「戰士守則設立的目的本來就不是要讓你的生活變得更輕鬆，」針爪怒瞪她。「它是用來幫助我們成為更優秀的戰士。」

鬃霜皺起眉頭。如果她愛上根躍，真的會弱化她的戰士能力嗎？這怎麼可能？她絕對會誓死保護根躍和她的部族，這不是會讓她成為更厲害的戰士嗎？

針爪還沒說完。「我不懂你們憑什麼覺得自己很優越？」她挑釁地看著白雪。「姊妹幫也有一堆規矩啊，你們還不是不准公貓跟你們住在一起！」

根躍瞪了他妹妹一眼。鬃霜猜想他是在警告她，別找這些貓兒吵架，畢竟她們已經答應幫忙去找棘星了。

「是沒錯。」白雪歪著頭。「公貓是不能跟我們住在一起，但是我們從不規定旗下成員可以愛誰或不能愛誰。要是我們當中有誰想要離開，跟別隻公貓浪跡天涯，我們也從不攔阻。」她覷了針爪一眼。「日昇除了樹之外，還有另一個手足叫做寒冰，她離開了我們，跟她的伴侶貓走了。我們當然很想念她，可是我們不會氣她選擇了那隻貓。就算她日後想回來，我們也會毫無條件地歡迎她回來。可是妳的說法就很像是愛上一隻公貓便等於背叛自己的部族。」

「因為這本來就是背叛啊。」針爪不客氣地回道。

鬃霜覺得她有必要為部族的立場辯解。「寒冰也得離開這個團體，才能跟她的伴侶貓長相廝守。一旦她做出這樣的決定，你們也不會准她留下來啊。」

「說得沒錯，」針爪得意洋洋地甩著尾巴。「我們的規定跟你們的規定其實沒什麼差別。」

白雪冷靜地回望她一眼。「差別在於我們不會因為我們的成員心裡有了誰，就看不起對方。」

點毛突然撇下眼前的兔子，抬眼迎視白雪的目光。「戰士也沒有完全遵守守則啦。」鬃霜眨眨眼睛看著她。她不曉得這位貓后竟然有在聽她們的談話。其他貓兒全都朝點毛扭頭看，似乎很驚訝她開口了。

點毛若有所思地環顧他們。「以前也有不同部族的貓兒墜入愛河。」她喵聲道。「他們跟著自己的心走，所以鰭躍才會離開天族，到雷族跟嫩枝杈一起生活。」

「那不一樣，」針爪怒瞪著她。「他們是住在同一個部族的那一陣子才墜入愛河的。」

點毛冷靜地對她貶貶眼睛。「那鴿翅和虎星怎麼說？鴿翅為了成為他的伴侶貓而離開雷族。」

針爪吸吸鼻子，「這只證明了你不能愛上部族以外的貓。鰭躍和鴿翅都為了想跟自己所愛的貓兒廝守，而放棄了原生部族，我懷疑有誰會認定他們是真正的戰士。」

真是這樣嗎？鬃霜的胸口頓時抽緊。鴿翅和鰭躍確實很不同於其他貓兒，但那是因為他們做了多數戰士沒有勇氣做的事。

「我倒認為他們比誰都來得勇敢，因為他們是為了他們所堅信的信仰而打破守則。」她輕聲說道。

針爪的眼神憤慨。「守則就是守則！」她不客氣地回嗆，「它們的存在是有道理的。如果我們全都破壞守則，那就沒有所謂的部族和戰士了。」

根躍戳了戳他的老鼠。「針爪，小心妳的言詞，再說下去，妳恐怕就跟灰毛一樣只會滿嘴怒飆守則破壞者了。」

針爪當場愣住。「我的意思並不是他們應該被放逐，我的意思只是鰭躍和鴿翅製造了很多原本可以避開的問題。」

點毛的目光從戰士身上移開，茫然地看著河水。「要是莖葉是別族的貓，我也會一樣義無反顧地愛著他，」她的喵聲輕柔，「我才不管雷族怎麼想。」

鬃霜看著貓后，眼神感傷。原來點毛愛莖葉的程度甚過於愛自己的部族？這念頭令她緊張起來。她怎麼可以這樣？鬃霜的目光瞟向根躍。突然間，她覺得她對他的渴望已經到了無法忍受的地步。**我會為了他離開雷族嗎？**她甩開這念頭。**當然不會，雷族需要我。**為什麼她喜歡根躍就代表她得離開自己的部族？她曾聽說雖然松鼠飛和棘星撫養過獅焰和松鴉羽，但他們的親生父親其實是鴉羽，而鴉羽現在是風族的副族長。所以這表示他的族貓並不是很在意他在部族外面有另一段感情。所以她當然還是可以愛著根躍，但又不用離開雷族。

她的尾巴不停抽動。**我不應該一再幫自己找藉口。**她內疚地舔著自己的胸毛，暗地希望沒有貓兒猜出她的心思。她瞄了根躍一眼，但他只是愣忡地望著前方，腳爪不安地塞在身體底下。**他也覺得尷尬嗎？**

太陽消失了，營地籠罩在夜色裡。頭頂上方的星子熠熠閃爍。

白雪站起來伸個懶腰。

日昇吞下最後一口地鼠肉，也跟著起身。她向點毛點個頭，後者的眼睛已經閉上，頭顱垂了下來。「我們為你們準備了溫暖的臥鋪。」她朝山茱萸灌木叢裡的窩穴瞄了一眼。「點毛要盡量睡得久一點，我們明天還有很長的路要走。」

「我們都該去睡了。」白雪附和道。

空地四周的姊妹幫成員紛紛站了起來，開始朝環繞在營地邊緣的灌木叢走去。白雪向戰士們點頭致意，也跟在成員後面離開，風暴則快步走向點毛，用鼻子輕輕推她起來。點毛睡眼惺忪地跟著她走向山茱萸，消失在灌木叢裡。

針爪坐了起來，她覷看著根躍，這時姊妹幫都已經鑽進窩穴裡。「你要去睡了嗎？」

「等一下。」根躍告訴她。

針爪的目光不客氣掃向鬃霜。天族戰士顯然不想讓他倆在空盪盪的空地上獨處。鬃霜安坐在草地上，他們明天就要回家了，這會是她遠離部族的最後幾夜，她不想一覺把它睡掉。這裡的星星比雷族樹林上方的星星來得晶亮。而且她從來沒在河邊睡過。她對針爪眨眨眼睛。「我還沒吃完我的老鼠。」她還剩下最後幾口鼠肉。

但針爪很是堅持。「你們兩個都應該去睡了，明天還要長途旅行。」她喵聲道。

根躍瞪著她看。「妳不信任我們嗎？」他挑釁道。

她反瞪回來，毛髮如波起伏，然後才甩甩尾巴，避重就輕地說：「別待太晚。」隨即轉身離開。

「不會待很晚的。」他趁妹妹朝山茱萸灌木叢的窩穴走去時，對鬃霜眨眨眼睛。「她才沒那個膽指控我不忠呢。」

鬃霜趕緊別開目光。跟他單獨待在外面，總讓她覺得有罪惡感。但是草地聞起來如此甜美，河水聲又潺潺入耳，她的胸口宛若漲滿快樂的泡泡。

「妳最好把它吃完。」他朝剩下的鼠肉點個頭示意。「她可能會回來檢查。」他雙眼炯亮。

「我不餓。」鬃霜低聲說道。根躍朝她靠近，腰側貼著她。她興奮到只能盡量試著阻止自己別讓毛髮抽動。這種貼近彼此的感覺好溫暖。她倚著他，忍不住喉嚨喵嗚出聲。「我們不應該在外面待太久。」她聲音沙啞地說道。

根躍的鼻吻貼近她。「可是我們再一兩天就要回家了，到時恐怕會有一個月都見不到彼此。」

她拗不過他，也不想多爭辯。

他拿尾巴圈住她。「每次一想到鰭躍和鴿翅的例子，就覺得好怪，」他喃喃說道，「他們為了伴侶貓而換部族。」

她當場愣住。他是在暗示他們也可以這麼做嗎？

根躍若有所思地凝視著河水。「我不知道我能不能為了自己的伴侶貓而把父母和妹妹留在天族不管。」

她的心情頓時低落，這才明白原來自己一直暗地希望他可以為她捨棄一切。她突然有股罪惡感。她不該有這樣的念頭。這種要求太過份了。但反過來說，如果他是那種願意為了她而捨棄一切的戰士，她還會這麼愛他嗎？「我也沒辦法離開雷族。」她輕聲說道。「那是我出生和成長的地方。而且成為一名優秀的雷族戰士，一直是我最重要的目標。」她搜索他的表情，試圖解讀他的反應。她傷到他了嗎？「不管我的感覺是什麼，我一定都把部族放在第一位。」

「我懂。」他對她眨眨眼睛，眼底有月光在閃爍，綠色的眼睛又圓又亮。她回望他，心像被撕裂了一樣。**成為一名優秀的雷族戰士，一直是我最重要的目標。**但是在這裡……在河邊這裡，遠離部族……根躍的體溫滲進她全身毛髮，她不免開始懷疑以上那句話的真實性。

✦✦✦

鬃霜在姊妹幫營地入口旁邊來回踱步，點毛正在進食一隻畫眉，而姊妹幫正忙著拿蕨葉填塞通往窩穴的幾個入口，以免不在的期間被狐狸占據。今天早上陽光更豔，是適合旅行的好天氣。但是鬃霜看著姊妹幫為旅行做行前準備，心裡卻隱約有股不祥的預感，開始緊張了起來。

她停在根躍旁邊。「她們的成員好多。」她朝姊妹幫點頭示意。現在就連還不滿六個月的年輕母貓也都加入了她們，再加上那些把窩穴建在比較下游的其他姊妹幫成員。

「你確定葉星不會反對她們都進入天族領地嗎？」

「希望不會。」根躍顯得有點焦慮。「可是她也不能真的拒絕啊，畢竟她們是來幫我們忙的。」

「可是她們體型都好魁梧，」鬃霜補充道，「你的部族可能會覺得像是被入侵了。尤其你們的營地以前是她們的。」她聽見自己的聲音已經緊張到有點在發抖。「再說你們的領地裡有足夠獵物來餵這麼多張貓口嗎？」

根躍皺起眉頭。「也許我們可以說服她們不用全部都去？」

白雪的耳朵豎了起來，一定是聽到了他們的談話。「我們都是一起旅行的。」她語氣堅定地告訴他。

根躍的尾巴不停抽動，但沒有爭辯。「那就這樣吧。」他對鬃霜低聲道，這時白雪開始用尾巴示意同營夥伴往入口走。於是他也跟著低身鑽出營地，鬃霜尾隨其後。

針爪和點毛走在後面，姊妹幫也尾隨其後，灌木叢跟著颼颼作響。鬃霜回頭看了一眼。這麼多貓！等族長們帶戰士們去參加大集會時，看到這個陣仗，不知會作何感想？

她看著前方大片的草地。「我們數量這麼多，要怎麼穿過兩腳獸的地盤呢？」

「日昇說她知道有另外一條路。」根躍告訴她。

她感覺得到他的毛髮輕輕拂過她身上，但也突然意識到針爪在監看他們，四隻腳頓時沉重起來。遠離部族的這幾天感覺很特別，她跟根躍相處的這段時光將永遠深藏在她心裡。就在她領著姊妹幫穿過野地時，突然對後方那片原野無比依戀。她真的準備好回家了嗎？

第十四章

影望看著蛾翅從藥草庫裡慢慢拉出藥草，不由得沮喪到全身發癢。他一個月前才把酸模塗上蜂蜜、捲成一捆，存放在裡面，難道把它們拉出來之前，蛾翅都要這樣一片一片地檢查葉子有無發霉嗎？

蓍草葉得了白咳症，水塘光建議她睡在巫醫窩裡，以免吵到其他戰士。結果蓍草葉夜裡的咳嗽聲吵到影望幾乎大半夜都無法入睡，他有兩次差點就自作主張地去藥草庫幫生病的戰士拿蜂蜜。蛾翅和水塘光倒是完全不受影響，睡得很好。不過他其實也怕蛾翅會突然半夜醒來，發現他在她的藥草堆裡搜找蜂蜜，到時一定會怪在他頭上，說這裡根本沒他的事。

此刻晨間的陽光正漫進巫醫窩裡，蓍草葉還在等蛾翅找蜂蜜來解緩喉嚨痛。河族巫醫貓終於把有塗抹蜂蜜的酸模葉拉了出來。「也許我應該給她艾菊才對。」她大聲說出自己的疑慮，同時看了水塘光一眼。

正忙著拿蕨葉製作新鮮臥鋪的水塘光抬眼說道：「那就都給她吧，」他這樣提議，「反正也沒壞處。」

影望不耐地彈動尾巴。他其實早就可以拿蜂蜜給蓍草葉了，只是礙於水塘光和蛾翅的關係才沒主動幫忙。他還是去查看一下灰毛好了。運氣好的話，搞不好會碰到灰毛睏到不想跟他交談。他一臉惱怒地走出窩穴，難過他們竟然都沒問他要上哪兒去。**他們根本不在乎。**

他穿過空地，瞇起眼睛，抵禦早上刺眼的陽光。竹耳正獨自駐守在荊棘圍場的入口。影望皺起眉頭。松鼠飛今天只派一名守衛來嗎？雷族戰士不安地抽動毛髮。竹耳心虛地看了影望一眼，影望突然有不祥的預感。他加快腳步，豎直耳朵，聽見圍場內傳來吼聲。「出了什麼事？」他快步疾奔，竹耳上前來，試圖擋下他，他機靈地從旁邊鑽了過去。

就在荊棘圍籬的後方，獅焰正進逼灰毛。金色戰士貼平耳朵，後背拱起，兇惡地嘶聲作響。灰毛縮起身子，緊挨著空心樹的樹根。

「你這個膽小鬼！」獅焰吼道。「當年我和我弟弟小時候還不能自我防衛時，你就試圖殺害我們。現在你又使計謀害棘星，你連公平決鬥都不敢。」

灰毛的眼睛瞇成一條細縫，眼神憎惡。「你們沒辦法把棘星帶回來的，」他奚落他。「他永遠回不來了。」

獅焰的毛髮聳了起來。「把他的身體還給他，你這個兇手！」

灰毛捕捉到影望的目光，眼神閃現陰險的光。「謀害他的兇手又不是只有我。」

獅焰發出怒吼，撲上囚犯，利爪勾住對方肩膀，扳倒在地，爪子劃過肚皮。灰毛防備地揮出爪子，但被嘶聲一吼的獅焰撞開，還往他臉上打了一拳。灰毛不停扭動，好不容易掙脫，身子緊緊貼著空心樹。但獅焰仍不停揮爪，一拳接一拳地打在他身上，連影望都聞到了血腥味。「你給我從棘星身體裡出來！」

「快住手！」影望衝向獅焰，金色戰士又朝灰毛的鼻吻揮出一拳，差點打中影望，還好他低身閃過。

獅焰這時突然遲疑了一下，灰毛趁機後腿飛踢，正中獅焰的肚子。獅焰瞇起眼睛，用後腿撐起身子。「我要宰了你！」

「不要打了！」影望趕在雷族戰士再度發動攻勢前，擋在雷族戰士前面。

獅焰當場愣住，兩眼瞪著他。「你為什麼要保護他？」

「你不能殺了棘星的軀體，」驚恐像電流一樣在影望全身上下流竄。「這樣就沒辦法讓他回來了。」**那我就真的成為兇手了！**他眼神哀求地看著獅焰。

「殺了他也許可以給棘星一個機會活過來。」獅焰嘶聲說道。

「可是只有灰毛知道我們要怎麼才能跟星族重新連繫上啊。」影望補充道。

「我們根本就不確定。」

「但這是我們現在唯一的希望。」影望面對暴怒中的雷族戰士，呼吸急促，耳朵充血，彷彿聽到自己的心臟撲通撲通地跳。他堅不退讓，但這時卻發現通往荊棘圍場的入口擠滿影族貓，他們全都詫異地瞪大眼睛。**你們為什麼不出手幫忙？**影望無聲地哀求，但他知道這根本沒用。沒有貓兒肯費心救灰毛一命。

他把目光移回獅焰身上。戰士的腰腹劇烈起伏，憤怒扭曲了他的表情。「如果你現在殺了灰毛，就可能永遠失去棘星。」

獅焰好不容易讓頸毛服貼下來，眼神頓時一暗。難道他覺得這一切已經太遲？影望吞吞口水。**是有可能太遲了**，他心想道，全身也因恐懼而微微顫抖。

「你不能永遠保護他。」獅焰退了回去。

影望砰地一聲坐在地上，總算鬆了口氣，灰毛趁機從他身邊溜開，甩甩身上毛髮，鮮血跟著滴了下來。

暗色戰士瞄了擠在入口的眾多影族戰士一眼，然後目光射向影望。「謝謝你救了我。」

我不要你的感謝！影望這時看見他的族貓互看彼此，心頓時涼了。焦毛疑色地瞇起眼睛。麻雀尾齜牙咧嘴。「我救的是棘星！」影望只好不客氣地反嗆道，「不是你！」他穿過圍場，哪怕族貓們的瞠視宛若利爪劃穿他，他也不予理會。但他回頭看了灰毛一眼。「你的傷口，我不會再管了，」他吼道。「你自己看著辦吧。」

✦✦✦

「星族老天啊，你到底在想什麼？」虎星怒瞪獅焰。

竹耳低頭看著自己的腳。

虎星一聽到圍場出事，立刻就把雷族戰士換下來，改派影族戰士前去看守，然後把獅焰、竹耳和影望都叫進窩穴裡。影望緊張地覷著自己的父親。這裡的光線雖然昏暗，但遮掩不住虎星的怒氣。

他父親氣到毛髮倒豎。「灰毛是影族在看守。」他對獅焰嘶聲說道，「如果你殺了他，其他部族怪的是影族。」
獅焰不發一語地瞪著他。金色戰士自從跟灰毛起了衝突之後，到現在都還在激動地全身顫抖。
虎星的目光掃向竹耳。「妳為什麼不阻止他？」
「這又不是她的錯。」獅焰堅稱道。
虎星沒理他，仍然瞪著暗灰色母貓。「妳可以找別的貓來幫忙啊。」
竹耳可憐兮兮地抬眼看他，影望頓時同情起她來了。「對不起。」竹耳喃喃說道。她怎麼可能有辦法擋下她的副族長？
「灰毛本來就該死。」獅焰咬牙切齒地說道。
「他也許該死，」虎星低吼道，「但是不管你我的想法是什麼，五大部族到現在都還是認定他是找回棘星和星族的唯一機會。你自己也很清楚要暫時留他一條命。」他探出鼻吻。「難道你是想引發另一場部族戰爭嗎？」
獅焰對上影族族長的目光，過了好一會兒才說，「不想，」然後點點頭，「對不起，我失控了。」
「你現在是副族長了，」虎星大聲說道。「你的部族都很敬重你。如果你不能控制好情緒，他們也會有樣學樣。」
金色戰士滿臉羞愧地低下頭。虎星的話顯然戳中他的痛處。
虎星憤怒地彈動尾巴。「回去吧，」他吼道。「告訴松鼠飛下次派貓兒來看守灰毛時，請慎選戰士。」

獅焰垂下頭。「我不會再犯了。」他小聲說道，然後低頭鑽出窩穴。

竹耳對虎星歉然地眨眨眼睛。「我真的很抱歉。」她快步離開，耳朵不停抽動。

影望轉身跟在後面。他的父親顯然需要一點時間冷靜。

「等一下。」虎星點頭示意他回來。

影望嚇得全身發抖。他知道他父親要說什麼。

「你很勇敢，敢跳下去阻止他們。」他的父親眼裡閃著驕傲的光。

影望垂下目光。「我們都需要暫時留灰毛一條命。」

「只有你敢挺身保護他。」虎星繼續說道。

羞愧感排山倒海地迎面撲上影望。他到現在都還記得他昂首闊步走出荊棘圍場時，麻雀尾臉上鄙視的表情。當時族貓們都趕緊讓出一條路，彷彿他像狐狸屎一樣臭。「我不會再照顧他了，」他喵聲道，「拜託你讓我回去當巫醫貓。我只想幫助族貓。」

「你幫助灰毛就等於幫助我們。」虎星直起身子。「找別的貓兒待在灰毛身邊並不保險，你得多花一點時間照顧他，而不是這樣撒手不管。從現在起，除了醫治他的傷口之外，連他的食物也由你負責送，臥鋪也交給你清理。」

失望像塊石頭一樣砸進影望的心裡。這樣一來，他就得花更多時間在灰毛身上，而且還要做更多的見習生雜務。「為什麼要我去做？」

「我只信任你。」虎星告訴他。「從現在起，只有你才可以進入圍場。」

影望無法迎視他父親的目光。他的可靠只能得到這樣的回報嗎？怎麼感覺像是懲罰他一樣？

「快去看看他吧。」虎星下令道。「他打架之後一定有受傷。」

影望垂下頭，緩步走進空地，拖著尾巴朝巫醫窩走去。

「我要幫灰毛拿藥草。」鑽進窩裡的他，嘴裡嘟囔道。

巫醫窩裡只有蛾翅。正忙著把葉子捲成葉包的她抬眼看他。「我聽說打架的事了。灰毛傷得很重嗎？」

「我還不知道。」影望咕噥道。

「如果他跟獅焰打過架，身上一定有被抓傷。」她走到藥草庫，腳爪探了進去。

「也不算真的打架啦，」影望告訴她。「是獅焰在攻擊他。」

蛾翅看了他一眼。「你聽起來好像為他感到很難過。」

「我沒有！」她怎麼可以這樣想？她跟其他影族貓一樣是鼠腦袋嗎？他們難道都不明白他緊張的是五大部族現在仍需要留著灰毛這條命？但他硬是壓抑住自己的沮喪。如果他們拒絕理解，再多解釋又有何用？他繃著臉等她從藥草庫裡拿藥草出來，然後接下她遞過來的一捆藥草，就往荊棘圍場走去。

他進到圍場時，灰毛眨著眼睛驚訝地看著他。「我還以為你再也不來了。」

影望丟下藥草，冷冷地瞪著他看。

「是你父親叫你來的嗎？」灰毛問道。

影望的爪子戳進地裡。灰毛一定要這樣強調嗎？「他叫我負責照顧你。」說完他就開始嚼金盞菊，把它嚼成泥。灰毛耳朵上的血跡已經乾了，但面頰和腰腹上的還沒凝固。影望走近查看。暗色戰士尾巴上的舊傷又裂開了，肩上的傷口也相當深。不過獅焰八成很克制自己，因為其他地方的抓傷都還算輕微，幾天內就可以痊癒。他把藥泥吐在腳爪上，輕輕敷在他肩膀的傷口上。

灰毛擠眉皺臉。「謝了。」他捕捉到影望的目光。「你救了我一命。」那是感激的眼神嗎？

但影望沒理會。

「你應該看得出來我日後的下場。」灰毛小聲說道。「他們絕對會殺了我。」暗色戰士的喵聲篤定。影望的腳爪忍不住發抖。他知道獅焰剛剛的怒氣只是處在爆發邊緣……而旁觀這場攻擊的部族貓沒有任何一個試圖阻止。他轉過身去，又挖了一口金盞菊的藥泥。**如果他們真的想殺他，我根本擋不住。**他的胸口隱約有股恐懼。

「要是我死了，你們就永遠沒辦法找回棘星了。」他低聲道，「你們也永遠沒辦法再聯繫上你們所寶貝的星族了。」

我也會一輩子被認定是殺害棘星的兇手。

影望的心頓時一涼，灰毛卻在這時盯著他看，那副眼神宛若毒蛇一樣在催眠他。

「你必須讓我離開這裡。」暗色戰士悄聲說道。

第十五章

「我這次一定會贏！」根躍疾奔在山腰上，半途回頭看了一眼，又奮力往坡上衝。

鬃霜追在後面，她貼平耳朵，野風流竄她全身毛髮。「你休想贏我！」她追上他。「再說，你剛剛有作弊！」她喊道，隨即一股腦地從他旁邊衝過去。

她就快要跑到山頂，根躍用力蹬腿，死命想在終點前擊敗她，他的肺快要炸開來。她剛剛說得沒錯，他有作弊。這次賽跑，他提前衝了出去，但她還是設法追過他。跑在前面的鬃霜在山頂剎住腳步，回頭張望，眼神洋洋得意。

他也在她旁邊急剎住腳步。「我本來可以在回家前贏妳一次的。」他眺望前方的壘壘山丘，隱約望見遠處風族的高地，心頓時一沉。

過去幾天來，他倆一再賽跑攻頂，把針爪和點毛遠遠拋在後面跟姊妹幫一起，他倆相偕待在山頂等其他貓兒趕上。雖然他和鬃霜都不說破，但根躍其實很清楚他們是想充份享受遠離部族的最後時光。每一次的賽跑似乎都是他倆單獨相處的最後一次機會。

真是這樣嗎？根躍總是忍不住想像他們未來長相廝守的模樣。反正一定會找到方法的。一想到要與她分隔兩地，他就無法忍受，畢竟他們曾一起經歷了這麼多，包括這次的任務。只不過此刻，當他再度眺望部族貓的領地時，這才明白他所勾勒的未來恐怕永遠不可能實現。五大部族真真實實地存在，而他對鬃霜的感覺就僅是一種感覺而已。他怎能為了一個美夢而犧牲戰士的那股耿耿忠心？

鬃霜也在望著那座高地，他倆都還氣喘吁吁的。

「我們今晚就會到家了。」她喵聲道。

「是啊，」他搜尋她的目光，好奇又要回去以前的生活，她會不會也同樣難過。

「松鼠飛會很高興我們找到了姊妹幫。」

她對他眨眨眼睛，豎起耳朵。「我們為什麼不直接去雷族的領地？」

根躍皺起眉頭。這不在他們的計畫中。「可是姊妹幫只准進入天族的領地。」他提醒她。

腳步聲在他們身後響起，針爪正衝上坡。

「我這麼說是有理由的，」鬃霜一臉急切地看著根躍。「是松鼠飛要我們去找她們的。是她的伴侶貓不見了，再說姊妹幫最想見到的貓是她。我們回到家的時候，她們第一個見到的戰士應該是她才對。」

針爪在他們旁邊剎住腳步，瞪大了眼睛。「妳在說什麼啊？」她看著鬃霜，「這等於是在打破五大部族為姊妹幫訂下的規矩。」

鬃霜看著她。「難道妳看不出來嗎？如果姊妹幫第一個見到的族長是松鼠飛，會覺得比較自在。而且雷族最近處境艱困，要是能看到姊妹幫，或許可以提振士氣。」

針爪全身的毛髮倒豎。「這就是為什麼我們不應該先帶姊妹幫去雷族。你們的部族都已經一團亂了，我不懂把一個像姊妹幫這麼龐大的團體帶到你們領地裡，為什麼會有幫助。」

「當然會有！」鬃霜堅稱道。「要是松鼠飛親眼見到她們來了，而且樂意幫忙，就會相信眼前這些問題都會解決，整個部族也都會建立起信心。」她朝根躍扭頭過去，眼神哀求。他當場愣住。她是想要他出聲附和。

針爪怒目瞪著她。「你告訴她，這說法完全不合理。」

根躍縮起身子。他希望鬃霜是對的，他也希望她開心。他更希望姊妹幫的抵達可以幫忙雷族解決所有難題……也為所有部族解決難題。但他知道這樣做不對。她要求的太多了。「我們不能違抗五大部族的共同決策。」他避開針爪的目光。如果她很得意他是站在她那一邊，那他現在不想看見她的表情。「姊妹幫必須留在天族這裡。」鬃霜的眼神失望，他覺得內疚。「但是我們一回到家，妳可以立刻去把松鼠飛請來。」他趕緊補充道。

「我當然會，」她轉過身去，「我先去看一下她們怎麼樣了。」然後就往坡底下走，回去找正領著姊妹幫穿過長草叢和雜草堆的點毛。

針爪瞇起眼睛，目送她離開。「你現在應該知道為什麼回到部族之後，你最好找個新朋友的原因了吧？」她反問根躍。

但他怒瞪她。「妳不懂。」

「我懂得比你多。」她不客氣地回嗆。「你難道看不出來她只效忠自己的部族嗎？她要我們把姊妹幫帶去雷族，哪怕這根本打破五大部族訂下的規範。」

「對自己的部族效忠不是件好事嗎？」

「可是我看到你那麼喜歡她，那這件事就不是好事了。」針爪喵聲道。「如果你繼續想著她，早晚會受到傷害。她一定會把她的部族看得比你還重要。」

「我很高興她對部族這麼忠心耿耿。」這話怎麼感覺像是嘴裡被放進蕁麻一樣。他曾暗地裡希望她為了他而捨棄雷族嗎？他曾幻想過他倆未來長相廝守，可是他沒有細想過廝守的地點在哪裡。**我有可能離開天族嗎？**他別開目光，深怕被針爪看穿心思。也許這是他能跟鬃霜長相廝守的唯一方法。

憂愁漫上他的毛髮，但山底下這時突然傳來低吼。他愣了一下。那聲音聽起來分明是有貓兒正處於痛苦中。

針爪一定也聽到了。她背上的毛全聳了起來，連忙掃視山坡。姊妹幫全擠在濃密的草堆裡，鬃霜正一路低頭鑽過去找她們。

根躍往山坡跳過去，快步奔向貓群。心跳加速的他連忙從風暴和飛鷹旁邊擠過去。他嗅聞空氣，但什麼也沒聞到，只聞到蔓生雜草的刺鼻氣味。

鬃霜抬眼看著走過來的根躍，月亮正躺在她旁邊，掙扎著想站起來，而白雪蹲在一旁。

「出了什麼事？」他低下身子嗅聞月亮的毛髮。「她受傷了嗎？」

白雪正在月亮腳邊刨抓著纏在草叢裡的某樣東西。「她被纏住了。」

月亮驚恐低嚎。「有東西纏住我的腳爪，我想拉出來，結果另一隻腳也被纏住了。」

白雪刨開雜草，根躍這才看見月亮的其中兩隻腳被某種細細的銀色藤狀物纏住，它纏進毛髮裡，月亮愈是掙扎，便纏得愈緊。

「不要動。」他下令道。他看得出來她的拽扯反而把藤狀物拉得更緊，害她的後腿腳爪更是緊緊纏住前腿腳爪，益發無法動彈。而且長草叢裡還有更多這類藤狀物。「小心點，」他警告白雪。「別也被纏到了。」

白雪看了藤狀物一眼，驚慌地瞪大眼睛。「這一定是兩腳獸的東西。」她喵聲道。「它太堅硬了，根本破壞不了。」

鬃霜蹲在白雪旁邊。「也許我們可以把它扳開。」她提議道，同時伸出一隻腳爪沿著那根纏住月亮腳爪的藤狀物摸索。

「它太緊了，」白雪告訴她，「沒辦法鬆開。」

根躍挨近一點。白雪已經清理掉野草，所以他現在看得到那根藤有一部份蜿蜒鑽進地底下。「要不我們把它的末端挖出來，才好解開？」

白雪小心翼翼地刮著地面，刨開草葉和泥巴，直到有一小段銀色藤狀物被挖出來晾在眼前。「它被埋得很深。」她用牙齒咬住，試圖扯出來。最後低吼一聲，鬆口放棄，「它纏得太緊了。」她緊張地瞪大眼睛。

月亮嗚咽哭嚎。「我脫不了身了，怎麼辦？」她驚慌不已。

「我們一定會救妳出來，」根躍向她保證。他朝姊妹幫其他成員轉身，後者全都擠在一塊，焦慮地交頭接耳。「叫她們離開，」他告訴風暴，「這裡還有很多這類藤蔓，很不安全。」

風暴神色緊張。「那月亮怎麼辦？」

「她沒有受傷，只是被纏住了。」他告訴她。「不會有事的。」

風暴點點頭，銜命帶著姊妹幫其他成員離開，低頭穿過長草叢。

根躍仔細檢查白雪挖出來的那一小段藤狀物，再從它埋入地裡的接壤處開始刨土，納悶到底埋得有多深。

日昇快步走過來，從根躍旁邊鑽過去檢查藤狀物。她蹙起眉頭。「看來它是被地底下的某種東西纏住了。」

日昇的目光移向根躍。「你可以查查看究竟是被什麼纏住嗎？」

根躍看著她。「妳是要我往下挖？」他是很樂意把它挖開，但他不明白為什麼她表現得好像挖掘這種事應該由他單獨負責。

「不是要你去挖啦。」她上前一步，伸出一隻腳爪按在他的腳爪上。

她在做什麼？他愣在原地，正想抽開自己的腳，卻被她一個使力地輕輕壓進潮溼的草地裡。「你仔細聽大地的聲音。」她告訴他。「請祂告訴你問題出在哪裡。」

他眨眨眼睛看著她，這才想起葉子也曾把腳爪小心地放在地上，讓大地跟他對話。

她以為我也會這一招嗎？「我是戰士，」他抗議道，「我不會跟大地對話。」他察覺到鬃霜的目光落在他身上，表情甚為好奇。他趕緊從日昇的腳爪下抽出自己的。

日昇目不轉睛地看著他，害他都不好意思地別開臉。「你試試看嘛。」她喵聲道。

月亮在他們旁邊嗚咽道。「拜託你啦。」

鬃霜緩緩眨著眼睛。「試一下也沒有什麼壞處。」

根躍猶豫了，他能像葉子那樣跟大地對話嗎？他其實是這幾個月才發現自己有看見靈體的體質。鬃霜說得沒錯。試一下也沒有什麼壞處。緊張到全身微微顫抖的他只好將腳爪用力踩進草地裡，再試著想像腳下富饒和黝黑的土壤，盡量不去理會心裡好像有個聲音正在告訴他這舉動有多蠢，他又不是葉子。**就試試看好了。**

他把腳爪踩得更用力一點，然後閉上眼睛。這裡遍地雜草，草腥味很濃，他在等大地的氣味慢慢地從這些味道裡頭滲漫出來，直到完全充斥他的鼻腔。

他等了又等，心裡不免納悶，他應該看到什麼嗎？他怎麼知道應該做什麼呢？他踩得更用力了，這時他突然感覺到自己的頭被拉向左邊，就像有隻腳爪正輕扯著他的耳朵。等他睜開眼睛時，映入眼簾的竟是地上一小坨土丘。那裡有埋東西，但顯然埋得不深。

他慢慢地走上前去，用爪子撥開土丘上的土，結果露出一小塊木頭。原來藤狀物是被捆在這裡，而且被野草的根纏得死緊。他士氣大振。**就是這個！**難怪他們沒辦法拉出藤蔓。他看著日昇，後者已經朝他跑了過來。「那條藤蔓被綁在一塊木頭上，而且被野草的根纏住了。」他告訴她。

「我們把它挖出來。」日昇喵聲道。

根躍甩甩毛髮，開始伸爪刨開土堆上的草，鬃霜也快步過來幫忙。沒多久，他們就挖到那些纏住木頭的野草根。「我們把它們咬斷。」他告訴她。他低頭探進剛挖出來的坑，張嘴啃咬其中一條，然後再一條，鼻吻沾到很多土。鬃霜則伸爪撕扯著那些根。根躍又在開挖，現在的土比較鬆軟了，正不斷從草根上掉落。他加快速度地挖，這時爪子突然碰到一塊爛掉的木頭，心裡頓時燃起一線希望。他伸爪勾住木頭，把它扳鬆一點。「現在再拉拉看。」他告訴白雪。

白色母貓用牙齒咬住藤狀物，用力一扯，根躍腳下的地應聲動了一下，藤狀物解開了，從木頭上面滑了出去。纏在月亮腳爪上的藤狀物也鬆動了，年輕母貓如釋重負地吼叫一聲，蠕動身子，把它鬆開，蹣跚爬了起來，甩甩身子。

「妳有受傷嗎？」白雪焦急地嗅聞她。

「只有一點瘀青。」月亮告訴她，同時把腳爪輪流試踩在地上。

鬃霜對根躍眨眨眼睛。「你真的有看到是什麼纏住那條藤蔓嗎？」

他聳聳肩。「我沒有看到，但我有點可以感覺得到我應該往哪裡查看。」**有點像葉子那樣吧。**

日昇喵嗚笑道，「我們的公貓都能跟大地對話，」她告訴他。「所以樹的小孩也應該可以。」

✦
✦
✦

根躍興奮到全身毛髮嘶嘶作響，他不免好奇還有什麼天賦是自己不知道的。

他們在太陽沉到樹林後方時才返抵高地上的荒原。他們快爬到山頂的時候，根躍刻意慢下腳步，鬃霜就跟在他旁邊，針爪和點毛尾隨其後，姊妹幫則是遠遠地落在後方。他看得到山腳下水光粼粼的湖面，不禁一臉疲憊地凝視那方湖水。原本興奮的感覺漸漸褪去。

鬃霜點了點頭。「我最好直接回雷族去。」她眼睛晶亮地看著他，根躍的心頓時一沉。「松鼠飛會很想知道姊妹幫抵達的消息。」

「當然。」他垂下頭。她會像他一樣想念他們朝夕共處的這段時光嗎？這些回憶對她來說也一樣回味無窮嗎？

她朝姊妹幫轉身。「謝謝你們的幫忙。」她喊道。「回頭見。」然後沒等她們道再會，便快步衝下坡，朝雷族的林子奔去。

根躍目送她走遠。她真的這麼急著回去嗎？他覺得好難過。他夢想的未來終究只是一場夢。他們將各自回到自己的部族，一切都結束了。這時他感覺到有毛髮刷過他身旁。針爪停在他旁邊，尾巴撫過他的背脊。「別擔心，」她喵聲道，同時看著山腰處鬃霜漸行漸遠的身影。「你會忘了她的。」

根躍眨眨眼睛看著他妹妹，滿腔的渴望將他的胸口漲得好緊。**我會嗎？**

第十六章

等到鬃霜返抵雷族邊界時，早已上氣不接下氣。她這時才突然想到她把點毛留在根躍和針爪那裡了。她太急著找松鼠飛，結果竟忘了她。**點毛不會有事的**，反正也沒時間再回頭找她了。

她穿過氣味線，開心地循著熟悉的小徑走，穿梭林間。要是松鼠飛聽到姊妹幫已經來到部族貓的領地，她會怎麼說呢？**她會很高興吧**。搞不好明天的這個時候，他們就已經找到棘星的靈體了，甚至也找到方法來連繫星族。她全身上下興奮難耐。

頭頂上方的星星閃閃發亮，在樹叢間熠熠閃爍。她不免納悶這裡的星子好像比姊妹幫營地上方的星子還來得晶亮，害她有種錯覺，以為星族一定正在試圖連繫部族貓。**祂們想要回來！**她沿著林地奔跑，加快速度，然後跳下通往營地入口的坡道。**族貓們還醒著嗎？**她低頭鑽了進去，慶幸看見鼠鬚和赤楊心都還在空地上陪著松鼠飛和獅焰。蜂紋和樺落也都醒著，正從空地邊緣朝他們張望，旁邊還有嫩枝杈和鰭躍。

鬃霜剎住腳步，突然納悶他們為什麼沒回臥鋪睡覺。她突然緊張起來，她現在才發現他們的目光始終緊盯著松鼠飛和獅焰。

雷族族長在空地中央俯看著她的副族長，毛髮憤怒賁張。獅焰則垂著頭。

發生什麼事了？

月光下，松鼠飛怒目瞪視。「你以為我現在聽得進去你的解釋嗎？你之前一再想說服我們應該殺了棘星的軀體，現在又堂而皇之地在影族營地裡攻擊他？」

獅焰喵聲道，「對不起，我不是有意的……」但是微弱的聲音被族長的音量蓋過。

「要是你殺了他，你的對不起是沒辦法把我的伴侶貓帶回來的。」她吼道。

「我知道，可是……」獅焰仍垂著頭。「是灰毛試圖挑釁我。他說得很明白，他不想聽任何貓兒說話，只除了妳。他只在乎妳，所以也許妳應該去勸勸他。」

「勸勸灰毛？」松鼠飛瞪大眼睛。

獅焰終於抬起頭來。「不然我們要怎麼說服他？」

「你知道你在要求我做什麼嗎？」松鼠飛低吼。「灰毛太迷戀我了，當然，我可以去勸他，但是他要求的回報會是什麼呢？」

鬃霜清清喉嚨，想要分享新消息。可是她的族貓好像都沒注意到她回來了。

「也許妳可以找到一個方法讓他不要予取予求。」獅焰堅稱道。

松鼠飛的尾毛豎了起來。「你又不是不瞭解灰毛！」她嘶聲說道。「我第一次拒絕他的時候，他就不再有理智可言了。」

赤楊心緊張地蠕動著腳爪。「也許妳可以跟上次一樣騙他。」

松鼠飛怒瞪巫醫貓。「你認為他會再次上當？」

等他們知道姊妹幫來了，就不會再爭執了。鬃霜上前走了幾步，希望捕捉到松鼠飛的目光，但是雷族族長仍怒瞪著赤楊心。

蜂紋走上前來。「跟灰毛那樣的貓講道理是沒有用的。」

「我們又沒試過，怎麼知道沒有用。」獅焰嘟囔道。

樺落甩著尾巴。「這個狐狸心腸的傢伙只有一個要求，」他低吼，「就是要松鼠飛當他的伴侶貓。你們覺得她會答應嗎？」

「當然不會，」獅焰不客氣地回嗆。「我的意思只是我們必須做點什麼。」

鬃霜挺起胸膛。大家沒必要再這樣吵下去了。姊妹幫會幫他們找到棘星，然後部族貓就會找到方法讓棘星回來了。一切都會回到常軌。「姊妹幫來了！」她的喵聲在山谷間迴盪。

松鼠飛的目光射向她。「妳回來了！」翡翠綠的眼睛閃過如釋重負的光。「大家都平安回來了嗎？」

「都平安回來了。」鬃霜快步向前。「我們找到姊妹幫了，也說服她們一起……」

松鼠飛打斷她。「點毛呢？」

「我把她留在根躍和針爪那裡，」鬃霜這才想到族貓們還不知道點毛懷孕了。「她需要……休息一下。」

松鼠飛蹙起眉頭。「她還好嗎？」

鬃霜喵嗚道，「她很好。」

松鴉羽從巫醫窩裡走了出來，瞪著她看，月光下的那雙藍色盲眼泛著乳白色的光。

「姊妹幫在哪裡？」

「根躍帶她們回天族營地了。」鬃霜希望巫醫貓會很高興他們就快找到星族了。她對松鼠飛急切地眨著眼睛，「我是來帶妳去的。」

松鼠飛的眼睛立刻炯亮起來，「她們有說她們能幫得上忙嗎？」

「她們也不確定能不能幫上忙，」鬃霜告訴她，「不過她們願意試試看。」

獅焰翻個白眼。「這根本是黔驢之技。」

松鼠飛朝他扭頭。「你這話什麼意思？」她質問道。

金色虎斑公貓似乎猶豫了一會兒，然後才點個頭，勇敢對上族長的目光。「為什麼我們要拜託一群惡棍貓來這裡找棘星，他明明已經完全消失了。」

「你又不知道！」松鼠飛的目光燃著怒火。

「已經一個月沒見到他了。」獅焰不客氣地說道。「如果妳就是不肯跟灰毛好好談一談，那麼也許唯一的合理做法就是殺了棘星所留下來的那副軀體。」他的眼神感傷。「這可能才是趕走灰毛的唯一辦法。」

「唯一的合理做法？」松鼠飛瞪著獅焰看，彷彿無法相信自己聽到了什麼。

「沒有了棘星的軀體，灰毛就無處躲藏了。」獅焰堅稱道。

「你這麼有把握？」

「我看不出來有其他辦法？」

「所以你要殺了這位從小撫養你長大的戰士？」

獅焰瞪著她看。「妳以為這對我來說很容易嗎？」鬃霜突然發現金色戰士正在發抖。「我也很在乎棘星，他對我來說就像父親一樣。可是我不能讓這件事阻礙我的判斷。這隻被影族囚禁的貓不是棘星，棘星已經完全消失了。」

松鼠飛的尾巴不悅地彈動著。「你做了許多假設，」她嘶聲道，「其中一個假設似乎是指控我在這件事情上太過感情用事，不夠理智。」

「妳沒有嗎？」

松鼠飛朝獅焰伸長鼻吻。「如果棘星在的話，他也會跟我有一樣的做法，」她嘶聲道，「我是在確保我們做出下一步動作之前，所做的決定是對的。」

獅焰對上她的目光。「我們根本不知道棘星會怎麼做，」他喵聲道，「我們以為自己知道，但真相是，我們根本不清楚他的想法是什麼。如果清楚的話，早就可以立刻看出來冒牌貨竊取了棘星的軀體。」

松鼠飛的喉嚨傳出低吼。「你是說我應該在棘星死而復生後，就該早點看出來他不是真的？」

獅焰動也不動。「跟他最親密的貓兒畢竟是妳。」

松鼠飛縮起身子，彷彿被他揮了一爪。獅焰怎能說出如此傷感情的話？難道他不知道松鼠飛早就在怪自己沒能早點發現真相嗎？鬃霜突然義憤填膺，正想走上前去，但赤楊心已經穿過空地。

他停在獅焰面前。「你這樣說不公平。」

「是嗎？」獅焰眨眨眼睛看他。「我只是實話實說而已。我對松鼠飛既感恩又尊敬。當初是她撫養我長大的。但是她犯了錯，沒能及時保護她所愛的族貓們。當年她隱瞞我的真正出身就是一個錯誤的決定，繼續讓灰毛占據棘星的軀體則是另一個錯誤。」

蜂紋咕噥附和。「我們應該殺了他，事情就解決了。」

「灰毛活得愈久，製造的問題愈多。」鼠鬚也附和道。

鬃霜驚恐到胃抽緊。她不敢相信竟有這麼多族貓願意拿棘星的命來冒險。

嫩枝杈瞪著他們看。「如果我們殺了他，有可能永遠失去棘星。」

「胡說！」鼠鬚的毛髮聳了起來。「我們需要給他一個機會取回自己的軀體。只要灰毛一直占據那副軀體，他就沒辦法回來。」

「你們又不能確定這一點。」樺落走到松鼠飛旁邊。「難道你們真的願意冒這個險，殺了棘星？」

松鴉羽拂著尾巴。「吵架解決不了問題。」他喵聲道，「姊妹幫已經到了。在我們做出任何決定之前，應該先請教她們。」

獅焰瞇起眼睛，看了族貓們一眼，最後目光落在他弟弟身上，「如果你想要相信一群惡棍貓，請自便，我不想參與。」他昂首闊步地朝戰士窩走去。「等你們準備去做該做的事情時，再來找我吧。」全身毛髮微微抽動的他，語畢就低身鑽進戰士窩了。

鬃霜沮喪到全身發冷打顫，只好蓬起毛髮。她本來以為姊妹幫抵達的消息會提振大家的士氣，沒想到獅焰反而爆氣離開，空盪盪的空地頓時瀰漫詭異氣氛。她看了松鼠飛一眼。雷族族長似乎突然變得落寞了起來。

松鼠飛抬起鼻吻。「我們不要再浪費時間了，」她的喵聲冷峻。「我會去跟姊妹幫談。」她開始朝入口走去。

「帶支隊伍一起去。」樺落在她後面喊道。

她轉頭看他，猶豫了一會兒，然後垂下頭。「嫩枝杈，」她看著灰色戰士。「妳跟我來。還有鰭躍和赤楊心。」

鬃霜心跳加快。「我可以一起去嗎？」

松鼠飛眨眨眼睛看著她。「妳旅行回來一定很累，為什麼要再去天族營地？」

鬃霜心裡閃過一個千真萬確的念頭，**因為根躍在那裡。**但她推開這念頭。「我長途跋涉，就是為了找到姊妹幫，所以想從頭參與到尾。」

松鼠飛停頓了一下，似乎正在考慮她的話。「好吧，」她終於說道，同時往入口走去。「一起去吧。」

✦✦✦

鬃霜跟著隊伍鑽進天族營地入口的蕨葉叢，潮溼的蕨葉刷著她的身子。月光為後方的空地染上一片銀白，她看到白雪和日昇坐在那裡，飛鷹夾在她們中間。其他姊妹幫成員則在陰暗處等候，天族戰士們全都躊躇不前，耳朵不停抽動，眼神不安地瞥看新來的同伴。

葉星穿過營地，前來迎接松鼠飛。「我很高興妳來了。」她看了白雪和其他貓兒一眼。「我們愈早把事情處理完愈好。」鬃霜從她蓬鬆的毛髮猜得出來，這位天族族長看見營地裡一下子來了這麼多陌生貓兒，其實很不安。「我已經派出信差了，虎星、霧星和兔星應該很快就到。」

鬃霜的腳爪微微刺癢。她很訝異葉星竟然這麼快就召集所有族長。姊妹幫才剛長途旅行完，一定很累。但顯然葉星想立刻知道她們能不能幫他們解決眼前的難題。

鬃霜掃視營地，沒有點毛的蹤影。貓后一定正在往回家的路上了。空地另一頭的根躍就站在斑願和樹的旁邊。她眨眨眼睛，跟他打招呼，巴不得能過去找他，但是他們的族貓都在這裡，她根本不敢輕舉妄動。她內疚地看了嫩枝杈和赤楊心一眼，這時松鼠飛快步過去跟白雪打招呼。

雷族族長一來到白色母貓面前就垂下頭。「謝謝你們趕來。」

「妳看起來很累。」白雪告訴她。

松鼠飛難忍情緒，眼泛淚光，但是她眨眨眼睛，收起情緒。「自從我們上次碰面之後，發生了很多事。」

在她說話的同時，入口的蕨葉叢突然颼颼作響。虎星衝了進來，他一看到姊妹幫便瞇起眼睛。鬃霜頓時緊張起來。上次五大部族在處理姊妹幫的事情時，他對她們始終懷有敵意。她們現在來了，他會出言挑釁嗎？水塘光、鴿翅和褐皮跟在後面走進營地。松鼠飛點頭招呼這支隊伍。

虎星眼神不屑地看了姊妹幫一眼。「她們能幫上忙嗎？」他問松鼠飛。

「你為什麼不自己問她們？」松鼠飛瞇起眼睛。

日昇走到他們中間。「我算夠瞭解虎星，所以不會寄望他以禮相待。」她先是很有興味地抽動著鬍鬚，隨即目光變得嚴肅。「對於他的疑問，我給他的答案是，我也不確定我們能否幫得上忙。這裡有股奇怪的能量。」她和飛鷹互看一眼，後者也點點頭。

「感覺好像有什麼怪異的事情正在發生。」她喃喃說道。「可能很危險。」

危險？恐懼像蟲子一樣在鬃霜的肚子裡爬。她盯著窩穴與窩穴之間的陰暗處看，強迫自己別聳起毛髮。這時蕨葉叢又在颼颼作響，她愣了一下，扭頭一看，發現是霧星帶著柳光和閃皮走進天族營地，這才鬆了口氣。

「兔星在路上了。」河族族長大聲說道，同時穿過營地，走到虎星那裡。「我們看見他就跟在我們後面的小路上。」

「太好了。」日昇的目光掃過整座空地。「他一到，我們的招魂儀式就可以開始了。」

虎星瞇起眼睛。「你們能找到棘星嗎？」

「我不知道。」白雪回答。「但是湖邊有很多靈體，我們可以請他們過來。」

虎星吸吸鼻子。「我們不需要每個靈體都過來。」他喵聲道，「只要棘星來就行了。」

「你們不是也在找自己的祖靈嗎？」日昇歪著頭問道。

「我們先從還活著的貓開始找起，」虎星蠕動著腳。「以後再來擔心亡者的事。」

鬃霜眨眨眼睛看著影族族長。難道他終於被說服棘星還是有得救的機會，哪怕軀體已經被灰毛竊取？她閉上眼睛，希望這是真的。

她睜開眼睛，看見日昇一臉企盼地望了營地入口一眼。「我們應該等兔星來，他馬上就到了。」這位姊妹幫成員說道。

難道她聽得到風族隊伍的聲響嗎？鬃霜豎起耳朵，但什麼也聽不到，只有空地裡貓群的移動聲和野風拂過灌木的颼颼聲。

日昇甩著尾巴。「我們需要一隻部族貓自告奮勇。」她冷靜地環顧空地，目光落在根躍身上。

鬃霜看見他愣在原地，瞪大著眼睛，日昇於是彈動鼻子，示意他過來。「站在我旁邊。」她告訴他。

根躍穿過沾滿露水的草地。鬃霜對他既同情又心疼。他顯然很想幫忙，但可以從他背上聳立的毛髮看得出來他其實很緊張。日昇揮動尾巴要松鼠飛和葉星離開空地，然後也把虎星和霧星推了出來。

接著她把根躍帶到空地中央，站在他旁邊，這時姊妹幫都從暗處走出來，繞著他圍成一圈。「兔星一到，我們就開始。」她輕聲說道。

鬃霜的呼吸變得急促，根躍這時突然眨眨眼睛看著她，眼裡閃著驚恐。她只好試著藏起自己的憂色，對他眨著眼睛，要他放心，但這時姊妹幫已經擠到她前面，擋住了視線。她們真的能把亡靈召喚到這裡來嗎？她朝嫩枝杈挨近，嘴巴突然發乾，因為後方的蕨葉叢竟然沙沙作響。原來是風族的隊伍抵達了。

第十七章

根躍一看到兔星帶著鴉羽、風皮和隼翔走進天族營地，喉嚨瞬間收緊。姊妹幫圍得更近了，她們慢慢縮小圈子，小到他幾乎看不到有哪些戰士站在圈子外面見證她們的儀式。他聽到虎星和松鼠飛招呼風族族長的聲音，但是一陣風揚起，呼嘯掃過營地上方的枝葉，那聲響大到他根本聽不清楚他們在說什麼。

他朝樹的方向看了一眼，但是他父親跟其他族貓躲在姊妹幫的後面。直到現在他都還感受得到樹剛剛用鼻吻貼在他肩上呼出熱氣所殘留的溫度，那是樹在看到日昇示意他到場中央時所賜給他的祝福。

根躍很希望能看到鬃霜，他需要她的肯定支持。這時他突然看見鬃霜的目光越過月亮的頭頂遙望他。她瞪大著雙眼，表情哀求。他的心跳加速。她是希望他勇敢點嗎？他感激地對她眨個眼，巴不得她也能陪他一起待在圈子裡。只要想到她，他的呼吸就沉靜多了。

日昇蹲在他旁邊，姊妹幫開始發出喵嗚聲，再漸漸融合成嚎叫聲。她們的召喚聲益發高亢，終於形成合唱，這時根躍開始意識到腳底下的這片草地。他感覺到有股能量從腳爪流瀉而出，宛若樹根似地蜿蜒深入地底。他四周姊妹幫的喵叫聲愈來愈響亮，力道也愈來愈強，最後化成吼聲，這跟她們當初為點毛的小貓吟唱的方式完全不同。她們的吼聲堅定、迫切，似乎融合成單一的聲音，這時她們開始吟唱。

「森林裡的亡靈、山中的亡靈、風裡和水底的亡靈，請顯靈！」

根躍有種感覺，好像有股風從體內吹亂身上的毛髮。姊妹幫繼續吟唱，再度提高音量，他閉上了眼睛，用力踩住地面，想阻止它的震動。他全神貫注在她們的歌聲中，胸口漲滿喜悅。他感覺自己好像快要不能呼吸，這時歌聲突然戛然而止，根躍霍地張開眼睛，毛髮瞬間倒豎。他看見四面八方都是靈體。他們充斥空地，擠在營地裡，月光下透明的身影隱約可現。根躍看見姊妹幫不安地蠕動著身子。他當場愣住，因為他發現她們全都瞪大眼睛。**這一定有問題。**他緊張害怕到肚子像被挖空了一樣，因為姊妹幫的眼神都充滿了恐懼。

陌生的呻吟聲在貓群裡迴盪，根躍知道那是來自亡靈的呻吟。他也聽到了樹從空地邊緣傳來的嚎叫聲。

他父親的聲音帶著驚恐。「天啊，我們做了什麼？」

「出了什麼事？」葉星喊道，焦急地繞著圈子。

「到處都是亡靈，」樹告訴她。「他們……」他的喵聲愈來愈小，彷彿有突如其來的暴風雨將他的聲音鋪天蓋住。

根躍知道為什麼他父親的語氣這麼害怕。這些亡靈不像他之前見過的靈體。他們瞪看生者的眼神完全沒有祥和可言。他們蹲伏地上，像蛇一樣扭曲身體，全身毛髮豎得筆直，鬼祟環顧在場的生者，齜牙咧嘴，嘶聲作響，眼睛宛若洞穴一樣幽黑。**他們都很痛苦。**根躍嚇得縮起身子，恐懼像冰冷的爪子沿著他的背脊劃了過去。一隻毛色橘白相間的公貓對上他的目光，對方痛苦地瞇起眼睛。**那是莖葉！**根躍壓抑心裡的恐懼。莖葉露出尖牙，喉嚨發出宛若撕裂的吼聲，迴盪在營地四周，比垂死獵物的尖叫聲更駭人。

根躍緊緊盯住莖葉的眼睛。「我能做什麼？」他問這位雷族戰士。他很想幫他，這時其它靈體也開始嘶吼，他們痛苦到幾近憤怒。

莖葉瞪著根躍，目光像在控訴著什麼似地射出怒火。根躍嚇呆了，緊貼著日昇。但她也在發抖。他的目光從莖葉身上移向這隻黃色母貓，後者瞪著眼前的亡靈，眼神陰鬱驚懼。四周的姊妹幫全都毛髮倒豎。**她們以前沒見過這種景況**。根躍害怕到反胃想吐。

到底出了什麼事？

營地四周的貓兒緊張不安地看著彼此。

松鼠飛擠進姊妹幫中間。「他來了嗎？」她神情絕望地環顧空地。「棘星來了嗎？」

根躍搖搖頭。「還沒。」

他掃視營地，看到了尖塔望。這位亡靈曾經帶他找到影望，當時年輕的巫醫貓重傷被丟在山谷裡等死。「這些貓兒從哪兒來的？」他對著那隻黃眼公貓喊道。「他們為什麼這麼痛苦？」

但尖塔望只是不發一語地瞪著他，似乎在哀求他理解這一切。

「我要怎麼幫他們？」根躍喊道。一定有什麼辦法可以終止他們的痛苦。

尖塔望張開嘴巴。根躍全身緊張，努力想聽見他在說什麼，但是黃眼公貓沒有發出任何聲音，只用悽厲的尖嚎在釋出根躍無從想像的痛苦。

根躍的思緒被驚惶完全淹沒，害怕到全身無法動彈，一定有某種邪惡的力量正作用在這些亡靈身上。他開始發抖，喉嚨發出悲痛的哭嚎聲。他很想忍住，但還是破口而出，與亡靈們的痛苦尖嚎合而為一。

這時他的眼角餘光瞄見灰色身影，原來是鬃霜正試圖突破姊妹幫的重圍，低頭鑽進月亮和日昇的中間。「讓我進去！」她哭喊道。

月亮把她推開。「退回去。」她出聲警告。「這裡出了問題。」她邊說邊瞪著亡靈們，有的像狐狸一樣蹲在地上伺機攻擊，有的齜牙低吼，往前飛撲一步，又後退回去，似乎是在試著驅趕什麼無形的敵寇。「他們想要傷害我們。」

咆哮聲宛若漣漪在空氣裡波動起伏。飛鷹低下身子，擺好戰鬥姿勢，閃皮見狀立刻防備性地豎起頸毛。部族貓們很是提防地環顧營地，顯然正在掃視暗處，尋找看不見的敵寇。

日昇在根躍旁邊蠕動身子。「我們必須終止這一切。」她朝其他姊妹幫成員點頭示意。「送他們回去！」

「不行！」驚慌像電流竄過根躍全身，「棘星還沒來！」松鼠飛瞪著他，原本帶著希望火苗的目光在絕望中慢慢熄滅。

可是姊妹幫已經開始吟唱。「森林裡的亡靈，退去，退回丘陵和山谷。」

「不能叫他們走！」根躍衝上前去，穿梭亡靈間，逐一搜找。「你有看到棘星嗎？」他並不確定他們懂不懂他在說什麼。其中有些亡靈他甚至從沒見過。他停在莖葉面前。「你有看到他嗎？」他哀求道。

莖葉瞪了回來，眼神痛苦狂暴。

「棘星！」根躍抬高音量蓋過姊妹幫的吟唱聲。「你在哪裡？」這時他看圈子邊緣有個身影，頓時愣住。那是一隻公貓，全身透明的灰色毛髮因過於得意而蓬了起來，他正瞪著亡靈們。他看著受苦的貓兒們，眼裡絲毫沒有憫色和痛苦，只有得意。根躍的心頭一涼，他知道那個暗色戰士是誰了。**是灰毛！**

姊妹幫繼續吟唱，亡靈們逐漸消散。根躍轉來繞去。「等一下！」她們不能現在就終止。亡靈一個接一個地消失在月光下，他全身像著了火似地驚慌失措。過了一會兒，就連那兩眼炯亮的灰毛也像垂死的星子那樣漸漸消失在眼前。營地裡的亡靈突然全都不見了。

姊妹幫不再出聲，她們瞪著彼此，似乎難以相信剛才所見。她們累得一個接一個重跌在地，只能就地解散。

鬃霜擠了過來，衝到根躍旁邊。「你還好嗎？」

他發現他快喘不過氣來。他全身毛髮彷彿被大風呼嘯撲在身上似地仍在微微發麻，四周靜止的空氣微微震動，似乎正在呼應著亡靈們存在的事實。「他們還在這裡。」他低聲說道。

「誰？」鬃霜眨眨眼睛看著他。「亡靈嗎？很多嗎？棘星跟他們在一起嗎？」

他無法回答。這會令她崩潰。他心想她剛剛為什麼沒有感覺到空地裡擠了很多貓呢。他們的痛苦強烈到連他都能感受到，就像空氣裡的霧滲透他的毛髮，令他全身發寒。「我不曉得情況會變成這樣。」他渾身發抖地說道。

日昇走向他，耳朵緊張地抽動著。「我以前從沒見過這等景況。」她低聲道，「亡靈們都很憤怒。」

白雪瞪大眼睛。「他們好像想攻擊我們。」

月亮和風暴點頭附和。

飛鷹瞪著白雪。「他們為什麼這麼痛苦？」她的喵聲憤慨。

白雪蹙起眉頭。「我不知道，但是他們想傷害我們。」

風暴彈動尾巴。「我看見枯葉從樹上落下。」

根躍環顧空地。草地上沒有枯葉啊，虎斑色母貓是憑空想像出來的嗎？

白雪迎視他的目光。「枯葉代表惡靈就在附近。」

他吞吞口水。今夜顯然有個惡靈出現在天族營地。「我想我有看到灰毛。」

「什麼？」虎星從風暴旁邊擠過來，霧星、松鼠飛和兔星這時也快步過來找他們。族長們全都一臉不解，根躍只得提醒自己，他們是看不到亡靈的，自然也聽不到他們的哭嚎聲。

他看著虎星。「當時他就在那裡。」他朝灰毛曾經所在的那處草地點頭示意，當時灰毛是眼帶興味、麻木不仁地看著其他受苦的亡靈。

霧星的毛髮聳了起來。「灰毛有可能離開棘星的軀體嗎？」

「他以前也離開過，」虎星告訴她。「影望有看到過。」

赤楊心走上前來，豎起耳朵。「那只是一種幻覺。」

「這不表示它沒有發生。」虎星冷冷地說道。

根躍瞇起眼睛。「灰毛的靈體離開後，棘星的軀體會變成什麼樣子？要是沒有靈體附身，軀體要怎麼撐下去？」

「他說那副軀體看起來就像在睡覺一樣，」虎星停頓一下，眼神暗了下來。「灰毛最近常在睡覺。」

赤楊心蠕動著腳爪。「你認為他的靈體會在我們不察的情況下離開影族的營地？」

根躍的耳朵不停抽動。「我確信他今晚曾脫離那副軀體，來到這裡。」他突然閃過一個念頭。「也許其他亡靈之所以受苦，全是他造成的。」

部族貓緊張地互看彼此。

虎星蹙起眉頭。「姊妹幫似乎讓我們發現了更多問題，而不是幫忙解決問題。」

松鼠飛渾身發抖。「你有看到棘星嗎？」

根躍一臉內疚地看著她。「沒有。」

她的臉上瞬間布滿愁雲。赤楊心連忙說：「如果亡靈數量真的像根躍說得這麼多，可能就不太容易找得到棘星。」

根躍沒有糾正他的說法，畢竟他不想毀了松鼠飛的最後一絲希望。

虎星嘴裡卻嘟囔著：「如果他有來，一定會讓大家知道。」

日昇迎視影族族長的目光。「也許有什麼事阻攔他，讓他沒辦法來。」

松鼠飛的眼裡閃現一絲希望。「妳意思是他可能還在附近？」

「這裡的情況很怪，」日昇慢慢地說道，「你們最好搬離此地。」

「搬離？」葉星肩上的毛全聳了起來。「天族大老遠地來到這裡，經歷了多少戰役才建立起領地。貓兒是死了……但我們絕對不會讓任何亡靈把我們趕出湖邊。」

虎星點點頭，亮出利牙說道。「如果這些亡靈想占據五大部族的領地，得先打贏我們才行。」

日昇表情嚴肅地看著兩位族長。「這正是我擔心的。」

她說話的同時，大雨開始滂沱下在空地上。斗大的雨滴乒乓敲打四周，這時雲開了，狂風揚起，肆虐林木。

葉星瞇起眼睛抵禦風勢。「天氣太惡劣了，你們不可能回得去，」她告訴其他族長。「我們可以幫你們找窩穴暫住一下。」

根躍看了擁擠的空地一眼。幫姊妹幫準備足夠的臥鋪就已經夠難了，現在還要幫這些部族貓騰出空間，怎麼可能呢？

「河族貓不擔心身體被淋溼，」霧星告訴葉星，同時垂下頭。「我們直接回去。」

「我們也是。」虎星蓬起毛髮，抵擋雨勢。「影族已經聽到我們要的答案了。」

兔星身上溼答答的毛髮緊貼在他那流線形的身軀上。「風族也沒打算留宿在這裡。」

松鼠飛倒是表情懇切地看著白雪。「我想留下來。」她顯然還沒放棄希望，滿心期待姊妹幫能幫忙找到棘星。根躍不免同情她，但一顆心也忍不住悸動，因為如果松鼠飛留下來，就表示鬃霜也會留下來。

雨愈下愈大，日昇把腳爪塞在身子底下。「這裡的五大部族面臨到一個嚴重的問題。」她一本正經地看著葉星。「我們應該會在這裡待一陣子，免得你們需要我們。」

葉星垂下頭。「謝謝妳。」

「到了早上，我們會在附近弄個營地。」白雪告訴她。「我們對這裡的地勢很熟，隔壁的山谷有矮樹林，我們會在那兒搭個臨時的窩。」

虎星蹙起眉頭。「別太樂不思蜀了，」他警告道，「這裡現在可都是部族貓的領地。」

白雪眼神銳利地覷他一眼。「情況若是照舊，你們可能會需要我們。」

「你們看得到亡靈，但也能對抗他們嗎？」虎星很酸地說道。

「我們今晚有感覺到一股邪惡的力量，亡靈受到它的影響，」白雪警告道，「恐怕會現身成形。」她環顧部族族長。「萬一現身成形，你們會需要幫手的。」

根躍當場愣住。**這是真的嗎？**他看了樹一眼，後者一直卻步不前，蓬亂的毛髮不斷滴著水。但這時他也注意到褐皮和霧星神情不安地互看一眼，他突然想到這兩位老戰士曾經共同經歷過的那段可怕經驗。

樹朝根躍走去，後者迎上他的目光。「我們就先別讓大家繼續淋雨了。」

葉星點點頭。「帶姊妹幫去她們的窩穴。」她告訴他。

樹點頭銜命，彈動尾巴示意姊妹幫，帶著她們朝兩株灌木中間所搭建的臨時窩穴走去。白雪回頭看了松鼠飛一眼，眼裡閃著憂色，隨即跟著姊妹幫消失在灌木叢裡。

兔星已經帶隊走向入口，霧星跟在後面。

虎星也跟上去，但是他在等其他貓兒鑽進蕨叢入口時，仍顯得有點躊躇不前。他回頭看了松鼠飛一眼。「我們再盡早碰面，討論一下灰毛的處置方法。」根躍強忍住全身發抖的衝動。虎星的語氣感覺不妙。松鼠飛緊張地看了影族族長一眼。「這場儀式不就是為了這個目的嗎？」虎星追問道，「查清楚是不是還能找得到棘星。如果找不到，而那些死去的族貓又因為灰毛的關係正在受苦，我們就應該採取行動。」

根躍猜得出來虎星所說的採取行動是什麼意思。他已經準備好要殺死棘星的軀體。

松鼠飛別開臉，沒有回答。

葉星向影族族長垂頭致意。「等我們問了灰毛是怎麼回事，再來討論這件事。」

虎星的眼神暗了下來，轉身走出營地。

目送影族隊伍離開的鷹翅，聳起全身毛髮。「我們都知道他早就做好決定了。」

「對不起，」葉星對松鼠飛眨眨眼睛。「我知道這不是妳想見到的結果。」

「是啊。」雷族族長坐了下來，弓起肩膀，抵禦雨勢。根躍為她感到心疼。這時松鼠飛抬起鼻吻看著他。「謝謝你的幫忙。」她的喵聲小到像在自言自語。「我本來希望你能找到他，但我知道你已經盡力了。」

營地四周的天族貓開始散去，都去躲雨了。跟著族貓朝戰士窩走去的針爪，對上根躍的目光。空地開始變得空盪盪的，她彈動尾巴示意他快跟上。但他沒理她，他還有事情要做。

松鼠飛瞪著自己的腳爪。「我不會阻止他們殺了他。」她陰鬱地說道。

「我們先別想那麼多。」葉星打岔道。「又還沒做出最後決定。我們必須先查清楚灰毛來這裡做什麼，還有這些亡靈的遭遇，該不該由他負責。」

松鼠飛疲憊地抬起頭。「怎麼查？能指引我們的貓兒都不見了。」

葉星推她往蕨葉叢的窩穴走去。「妳該休息了。」她看到正徘徊在空地邊緣的斑願。「巫醫窩裡還有地方給松鼠飛和她的隊員們睡嗎？」

「我們可以騰出一些空間。」斑願告訴她。

松鼠飛不發一語地站起來，跟在天族巫醫貓的後面走。赤楊心偕同鰭躍和嫩枝杈跟在後面。鬃霜猶豫不決，她先目送族貓們消失在窩穴裡，才把目光轉向根躍。

根躍對著她眨眨眼睛。葉星和鷹翅都往族長窩的方向走了。他猜他們是要去討論下一步該怎麼做。他們一鑽進窩裡，根躍便驚覺空地上只剩下他和鬃霜了。頭頂上方的林木在風裡不停搖晃。大雨滂沱打在身上，但他幾乎沒有感覺。鬃霜此刻就在他眼前，他迎視她的目光。「很抱歉，」他喵聲道，「我本來希望能找到棘星，我知道這對妳來說有多重要。」

「抱歉？」她一臉驚訝，她先甩掉鬍鬚上的雨水，然後很快地舔了舔他的面頰。

「你沒什麼好抱歉的。你今晚的表現很棒。我不知道你看見了什麼，但你看起來很害怕。你一定都看到了。你是我所見過最有膽識的貓兒。」她用後腿坐下來，然後看著他，那雙眼睛在雨中閃閃發亮。「我為你感到驕傲。」

一股暖意瞬間竄流他全身。他的心歡喜到快要炸開來。雖然他的腦海裡仍揮之不去亡靈受苦的畫面，但也突然覺得不再那麼可怕了。只要有鬃霜相伴，面對再多的亡靈，他都不怕。

第十八章

影望蹲在荊棘圍場裡，慶幸灰毛還在睡覺。暗色戰士就躺在空心樹的盤根間，被他竊取來的虎斑色軀體印染著斑駁的光影。昨晚的暴風雨已經停了，陽光滲過松樹林灑將而下。灰毛睡得很沉，就連影望在幫他治療傷口的時候，都沒有醒來。影望把新鮮藥泥塗在最嚴重的傷口上，並確保其他傷口都有保持乾淨，已經開始癒合。起初他擔心灰毛一定有什麼問題才沒醒來，但是他的體溫沒有偏高，呼吸也很均勻。**八成是因為被獅焰攻擊過，才會這麼疲累。**

影望不想叫醒他。清醒的灰毛只會酸他再也當不成巫醫貓，不然就是譏諷要不是虎星是族長，他的部族早就容不下他。**是你的父親派你來的嗎？**他記得這位戰士曾這樣說過，不禁惱火到毛髮微微刺癢。**當然是他派我來的！**要是他有選擇權，根本不想來這裡。但是他來了，就坐在正在睡覺的灰毛旁邊，同時一邊盯著守在入口的蜥蜴尾和錦葵鼻。他雖然不喜歡灰毛，但他不能冒險任由其他貓兒傷害他。

他們會殺了我……要是我死了，你們就永遠沒辦法找回棘星了。

灰毛的話言猶在耳。五大部族需要留他一條命。自從獅焰攻擊他之後，他就不再信任任何一隻貓了……就連守衛也不信任……因為難保他們不會接力完成雷族副族長已經動手做過的事。

外面的空地傳來急迫的喵叫聲，影望愣了一下，隨即穿過圍場，隔著入口往外窺看。只見赤楊心、斑願和鷹翅正在對虎星說話，聲音壓得很低。**他們為什麼來影族營**

地？影望心跳加快。**出了什麼事嗎？**他豎起耳朵，想聽清楚他們在講什麼，可是音量太低。這時赤楊心朝圍場看了一眼，影望趕緊低身躲到樹後。他不想被發現在偷聽。這時他聽見有腳步聲接近，只好往後退。

蜥蜴尾和錦葵鼻趕緊讓到旁邊，讓虎星帶赤楊心和天族貓走進圍場。兩位河族戰士的眼裡雖然閃著興味，但是在虎星經過時，卻沒敢問什麼。

影望看見他父親瞪著灰毛看，不禁不安了起來，身子不停蠕動。

「他睡多久了？」他扭頭問影望。

「一整個早上了。」影望蹙起眉頭。虎星為什麼看起來這麼擔心。

赤楊心從旁邊過來，很是提防地嗅聞暗色戰士的身體。斑願卻步不前。鷹翅瞇起眼睛打量。

「出了什麼事嗎？」影望眨眨眼睛看著他們，心裡還是納悶他們為什麼來這裡。

虎星對上他的目光。「姊妹幫昨晚舉辦了一場招魂的儀式。」

影望身上的毛沿著背脊豎了起來。**原來你們去了那裡。**他之前就在好奇父親為什麼那麼晚了還帶著水塘光、鴿翅和褐皮溜出營地，但由於他現在早就習慣被他們排除在外，所以那時也懶得問。他心跳加快，「她們找到棘星了嗎？」

「沒有。」虎星和水塘光互看一眼。

赤楊心從灰毛身邊退開。「但有找到其他亡靈。」

他的聲音裡攙著恐懼嗎？「其他亡靈？」影望重複說道。

赤楊心面對他。「只有根躍、樹和姊妹幫看得到他們，不過聽起來這些亡靈都不是很友善。」

「可是根躍好像覺得他們很痛苦。」斑願喵聲道。

「但姊妹幫說他們看起來很憤怒。」赤楊心補充道。

影望的嘴巴發乾。「他們是往生的戰士嗎？」為什麼戰士會對部族感到憤怒？

斑願不停發抖。「那當中有我們的戰士。」她的目光移向灰毛，後者仍睡得很熟。「他也在裡面，不過看起來並不痛苦。」

影望瞪大眼睛。「可是他一直都在這裡啊。我還趁月亮當空的時候幫他檢查了傷口，但他……」

「一直在睡覺？」虎星的語氣聽起來不太妙。

「沒錯。」

虎星挨近點。「就像現在這樣在睡覺？」

影望吞吞口水。「是啊。」他父親的意思是灰毛不知道使出了什麼招數讓自己得以離開影族營地，現身在姊妹幫的招魂儀式上？他看了灰毛一眼，對暗色戰士這副軀體竟離奇地動也不動，很是納悶。睡著的貓兒還是會動啊，他們的身體會起伏，尾巴也會不時抽動。他突然覺得腳爪沉重，因為他想起之前在雷族族長窩穴裡曾經看見灰毛的靈體從棘星軀體脫離時，軀體所呈現出來的樣子。**他現在這樣子就跟那時候一模一樣。**

他突然恍然大悟，驚恐像星火一樣頓時在他胸口爆開。

「你給我醒過來！」虎星忽地衝向灰毛，伸爪勾住他的頸背，抓起對方，不停搖晃對方。

灰毛眨眨眼睛睜開，一眼看見虎星，愣了一下，身子一軟。虎星鬆開爪子，灰毛立刻重摔在地，目光剛好對上影望，那眼神意味深長，好似在說，**就跟你說過吧？**影望後退，他揣摩得出灰毛的心思……**我早告訴過你，他們一定會殺了我。**

「你給我起來！」虎星齜牙低吼，走到灰毛前面。

赤楊心和斑願不發一語地旁觀。

鷹翅很是興味地瞇起眼睛。「我們是來問你幾個問題的。」

灰毛撐起身子站起來，看著戰士們，齜牙咧嘴。「你們想問什麼，就問什麼。但我可以不必回答。」

「你真的以為可以嗎？」虎星縮張著爪子。

影望倒抽口氣。虎星想對灰毛做什麼？他暗地裡懇求暗色戰士，**拜託你，他想知道什麼，就告訴他吧。**

斑願走近點。「你離開過影族營地嗎？」

灰毛瞪大眼睛。「守衛全天候看著我欸。」

虎星的喉嚨裡傳出低吼。「我們沒那麼笨，」他嘶聲道，「我們知道如果你想要的話，還是可以脫離棘星的軀體。」

「真的嗎？」灰毛表情並不買帳。「如果我做得到，為什麼還要待在這裡當囚犯？」他表情無辜地環顧荊棘圍場。

虎星的鼻吻伸向灰毛。「根躍和姊妹幫有看到你跟其他亡靈出現在天族營地。」

虎星的咆哮雖兇狠，但灰毛不為所動。「你相信他們的話？」

鷹翅貼平耳朵。「根躍不會撒謊。」

灰毛歪著頭。「姊妹幫是他的親戚，不是嗎？她們可能唆使他撒謊啊。」

「根躍是忠貞不二的天族戰士！」鷹翅齜牙低吼。

虎星怒瞪灰毛。「姊妹幫為什麼要騙我們？」

灰毛瞪大眼睛。「你們不是曾經把她們趕出營地嗎？」

斑願防備地抽動著耳朵。「她們毫無怨尤。」

「你們還殺了她們的首領。」灰毛繼續說道。「她的名字叫月光，對吧？」

「是月光說服姊妹幫來幫我們的。」鷹翅不客氣地回嗆。

「這是根躍跟你們說的吧？」灰毛冷靜問道。

「沒錯，而且我相信他。」鷹翅不悅地彈動著尾巴。

灰毛覷著天族副族長。「還有其他貓兒看到月光嗎？」

「姊妹幫也有看到。」斑願嘶聲道。

灰毛很是興味地抽動著鬍鬚。「她們當然有看到。」他從虎星旁邊走了過去，停在離斑願只有一個鼻吻之距的地方。「但你們有看到他們所宣稱看到的任何一個亡靈嗎？有任何巫醫貓看得到那些亡靈嗎？」

斑願語氣堅定。「我們不像姊妹幫具有特殊的體質。」

「所以你們就相信一群你們根本不瞭解的貓，就因為她們說看得到部族貓看不到的東西？」灰毛的眼神得意洋洋。「你們除了知道自己曾竊取她們的領地之外，對她們有多少瞭解？對她們的親朋好友又有多少瞭解？」他沒等他們回答。「樹又不是真正的戰士，不是嗎？他發現苗頭不對，就威脅著說要離開部族。現在他的兒子又在捏造亡靈的事，害部族反目成仇，唆使你們去找外來者幫忙。」

影望一臉提防地瞪著灰毛。他為什麼要挑撥離間？

灰毛繼續說道：「是誰帶姊妹幫回來的？是一隻體內流著她們血液的貓。而她們一到這裡就做了什麼？馬上拿戰士看不到的亡靈來嚇唬你們。」

虎星喉嚨發出低吼，但灰毛還沒說完。「你們真的相信根躍是站在你們這邊嗎？」

鷹翅的毛髮豎了起來，這時暗色戰士朝斑願欠身過去。「妳相信嗎？」

鷹翅嘶聲一吼，撲上灰毛，爪子狠劃他的鼻吻。「你好大膽，竟敢說我的孫子不值得信任！」他朝灰毛揮出利爪，刮他面頰。「根躍的天族戰士封號是他辛苦掙來的。」

灰毛往後退了幾步，蹲低身子，目光掃過這幾隻貓，眼裡沒有恐懼。影望看得出來他正在思考。眼前這些貓顯然都想傷害他，但為什麼這個鼠腦袋仍堅持惹怒他們？

灰毛的目光落在鷹翅身上。「也許紫羅蘭光當初應該挑個好一點的伴侶貓，」他齜牙咧嘴。「而不是一隻被部族收留的流浪貓，這樣你就比較能相信你孫子說的話了。」

鷹翅的眼裡射出怒火，再度撲向灰毛，尖爪埋進暗色戰士的毛髮，把他像獵物一樣抬了起來，往空心樹的方向一扔。灰毛撞上樹幹，癱滑在地上。鷹翅用後腿撐起身子，再度發動攻擊。

「不要傷他！」影望衝上前去，但虎星已經趕在他前面衝出去。影望鬆了口氣，以為影族族長一定會阻止鷹翅傷害灰毛，但卻倒抽口氣地驚見他父親竟伸出了利爪，整張臉因憤怒而扭曲。影望愣了一下。「你要幹什麼？」他驚恐地瞪看他父親撲向灰毛。

驚嚇過度的他趕緊轉身求助其他貓兒。「你們必須阻止他們！」但是斑願和赤楊心紋風不動。錦葵鼻和蜥蜴尾也在入口旁觀。他們冷眼看著。灰毛甚至完全不反抗。

他父親把尖牙戳進灰毛頸子裡的那一剎那，影望覺得腳下好像天搖地動。灰毛在虎星身子底下掙扎嘶吼，血腥味頓時充斥空氣，影望嚇得縮起身子。

虎星扔掉灰毛，前爪又揮出一記，擊中暗色戰士的面頰。灰毛搖搖晃晃地踉蹌走到鷹翅那裡，後者也朝他另一邊面頰補上一爪。

「告訴我們你有沒有離開營地？」虎星吼道。

灰毛嘴裡呼嚕出聲，臉上全是鮮血。「這就是你們奉行的戰士守則嗎？」

「快說！」虎星的利爪劃過灰毛的耳朵。

灰毛後退，這時鷹翅又朝他的頭頂補了一拳。

「你趁棘星的身體在這裡睡覺時，做了什麼？」虎星追問道。

灰毛一臉不屑地看了他一眼。「靠暴力是行不通的。」

虎星眼裡射出怒火，又狠劃他的鼻吻，灰毛腳一軟，癱倒在地。

「夠了！」影望跳上前去。他不在乎族貓怎麼想，他不能放任這種事情發生。他擋在父親和天族副族長前面，壓低身子。「已經夠了。」

虎星愣在原地，爪子停在半空中，表情茫然地看著影望。

影望縮起身子，但仍迎上他的目光。「你不能再動手。」

虎星眼裡的怒火漸熄。他踉蹌後退，頸毛不再高聳，鷹翅也漸漸冷靜下來。

灰毛躺在那裡動也不動。他死了嗎？影望把耳朵壓在戰士的胸口上，聽到了心跳聲，這才鬆了口氣。只是心跳微弱，毛髮上的鮮血凝結成塊。「我需要藥草。」他話語剛落，突然倒抽口氣，發現被爪子勾住頸背往後拖。

「你在做什麼？」虎星怒瞪他。

影望不敢相信地眨眨眼睛。「我得幫助他。」難道虎星打算留灰毛在這裡等死嗎？「你告訴過我，我必須照顧他，你記得嗎？」影望搜索他父親的目光。後者冷漠的眼神令他陌生。「你下令我必須保護他，因為沒有貓兒會願意保護他。」

虎星沒有動作。

影望肚子裡頓時一把怒火。「我是巫醫貓，不管你說什麼，我都要幫他。」

他感覺到父親鬆開了抓在他頸背上的爪子。「你說得對。」虎星聲音沙啞，垂下頭去。「你照顧他吧。」他轉過身，大步離開圍場，彈動尾巴，示意其他貓兒跟上。

影望再一次落單陪著灰毛，他在他旁邊欠身過去。灰毛面頰和鼻吻上的爪痕都在滲血，其中一隻耳朵被撕裂，腰腹上的傷有毛被扯落了。影望把耳朵壓在灰毛的腰腹上，暗色戰士的呼吸有點喘。**別死掉！**影望從他身上跳過去，鑽進空心樹裡。他看到腐木裡頭長了蜘蛛網，這才鬆了口氣，趕緊用爪子挖下好幾坨，帶到外面，敷在灰毛面頰上幾處較深的傷口上。

灰毛的眼睛突然睜開，影望嚇了一跳，愣在原地。

暗色戰士一臉無助地看著他。「我早就告訴過你，」他粗啞地說道。「他們會殺了我。」

影望吞吞口水。「他只是一時失去理智而已。」

鮮血和著白沫從灰毛嘴裡汨汨流出。「如果虎星連自己的脾氣都管不住，要怎麼管住族貓的情緒？」他的目光虛弱地瞟向圍場入口，看見亞麻足和褐皮正隔著縫隙窺看，然後又把目光移回影望身上，眼神有陰險的光一閃而逝。「就算你父親沒殺掉我，其他貓兒也會……那麼你們就永遠沒辦法讓棘星回來了。」

影望想把蜘蛛絲敷在灰毛受傷的耳朵上，但腳爪不住地發抖。他不願去想這件事。棘星一定得回來。

灰毛艱難地蠕動著腳，每動一下，便痛得擠眉皺臉。「不過我倆都知道，殺了這副軀體，其實沒有幫助。」他低聲說道，「不管軀體是死是活，都阻攔不了我。」

別聽他的。影望試著不去理會灰毛的說法。如果他打從一開始就拒聽這隻狐狸心腸的傢伙，這一切就不會發生。他的思緒開始翻騰。他在父親的眼裡看到了他對灰毛的憎恨。虎星跟其它部族一樣都對灰毛忍無可忍了，影望根本不曉得他們接下來可能會做什麼。要是他們殺了棘星的軀體，但是灰毛的靈體還是沒死……

「現在只有你能讓棘星繼續活下去。」灰毛低聲道。

閉嘴！影望閉上眼睛，但萬一暗色戰士說得沒錯，他怎能充耳不聞？

第十九章

根躍緩步走進營地，發現自己正沐浴在明亮的陽光下，頓時鬆了口氣。戰士窩裡因為多放了一些臥鋪來容納過夜的姊妹幫而顯得侷促擁擠。她們都已經醒了，正在空地上分享舌頭。馬蓋先和梅子柳小心翼翼地經過正坐在生鮮獵物堆旁聊天的月亮和風暴旁邊，然後看了彼此一眼。葉星坐在她的窩穴旁，若有所思地覷著這群訪客。育兒室外面，露躍和花蜜歌正盯著在營地圍籬旁探索長草叢的小蜜蜂和小甲蟲。兩隻小貓興奮地蓬起全身毛髮，但花蜜歌和露躍卻瞪大眼睛，很是緊張地盯著他們。根躍心頭暖呼呼的，覺得好有趣，這應該是小貓們生平第一次離開育兒室吧。

這時露躍突然愣了一下，他看見小蜜蜂從草叢裡橫衝直撞地跑出來，差點就要撞上正在空地邊緣舔洗自己的白雪。「小心！」他衝了過去，毛髮聳得筆直，還好小蜜蜂及時剎住腳步。白色大母貓眼神溫柔地對小貓眨眨眼睛。露躍趕忙一口叼起小蜜蜂的頸背，將她帶走。

根躍簡直無法相信昨晚在同樣的這塊空地上，曾經擠滿怒目瞪眼、嘶聲作響的亡靈。他一想到他們憤怒的眼神和痛苦的嚎叫便不寒而慄，但只能強忍住，不讓自己全身發抖。也許那是一場夢。他環顧姊妹幫。**不可能**。姊妹幫也親眼看到了。但是只有他在現場認出了灰毛。暗色戰士為什麼來這裡？為什麼他看起來好像很樂不可支其他亡靈在受苦？

根躍甩甩毛髮，試著讓注意力專注在此刻當下。他好奇鷹翅、赤楊心和斑願問過灰毛沒有。他們還沒天亮就離開了，而且允諾會帶消息回來。除此之外，還有另一個念頭也在糾纏著他……鬃霜昨晚睡在巫醫窩裡，她還在睡嗎？他尋找淺灰色的身影，可是都沒看到她。他急切到腳爪都微微刺癢了起來。要是他們永遠住在同部族裡，就可以每天一起狩獵，一起進餐。**甚至在同一床臥鋪裡醒來……**

日昇走過來找他，打斷了他的遐思。她親切地眨眨眼睛招呼他。「你昨晚表現得很好。」她告訴他。

「謝謝妳。」他迎上她的目光。「只是我很希望我們能查出亡靈不開心的原因。」

「你何不下次見到他們的時候，直接問他們？」

「下次？」他的尾巴緊張地抽動著。「你們還要再召喚他們一次嗎？」

「你不用靠我們召喚。」她的喵聲溫柔。「你自己也有這個功力。」

「我不認為單靠我自己能處理得了這麼多亡靈。」他喵聲道。

「你當然可以，」日昇告訴他。「這種功力原本就在你體內，你只需要學會強化它，就這麼簡單。」

根躍不確定自己是不是想學會這種東西。它聽起來很可怕。但是如果五大部族深陷亡靈危機，也許他必須學會。「我要怎麼強化它？我對這股力量一點都不懂。」他請教日昇。

「直到現在，都是亡靈來找你，對吧？」日昇歪著頭。

根躍點點頭。「沒錯，我以前是有主動召喚棘星出現，但是……很難。」

「好，」日昇坐了下來。「如果你想跟某個亡靈連上線，如果能有他們的遺物就會比較容易點。譬如一撮毛髮或者他們睡過的臥鋪。」

根躍的耳朵不停地抽動，不太確定對方的意思。**有這麼簡單嗎**？日昇繼續說明。

「把它抓在你的腳爪裡，」她告訴他。「全神貫注地想著你想見到的貓，然後利用大地的力量。」

「怎麼利用？」他突然好奇樹以前有沒有學過這種技巧？還是因為他太早離開姊妹幫，所以沒學到？

「你像這樣趴下來。」日昇趴在草地上。「讓大地感受到你的心跳。每天都做一回，幫助它熟悉你的存在。每做一次，你跟大地的連結就更深一點。」

根躍模仿她，但是有點難為情，身上感覺微微刺癢。他注意到花蜜歌的目光朝他射過來，他沒有理會，仍然全神貫注在日昇身上。看來以後他得在營地外面找個地方練習，畢竟族貓總覺得他是個怪咖。他蹲低身子，露水滲入他的腹毛。「好了。」

「每次呼吸都要去感受你的心臟貼近大地的那種感覺。」日昇告訴他。

根躍把注意力放回胸口上，感覺得到心臟正在砰砰跳，以及大地對他每次心跳的回應。他突然能覺察到身上的每一根毛髮，而且隨著每次的呼吸感受到他緩慢的心跳，彷彿正在跟某種只有它能聽見的聲音合鳴。

「你感覺到了嗎？」日昇問他。

根躍緩緩點頭。「應該有。」他希望他有，但也許這一切只是他自己想像出來的。

日昇坐起來。「你只要這樣做就行了。」

他眨眨眼睛看著她，然後站起身來。「這樣就夠了？」

日昇聳聳肩。「你一定要敞開自己的心。」她喵聲道。「讓能量貫穿你，你要相信它，讓它自己找到方法。」

「我會試試看。」根躍暗地希望族貓沒有聽到這段對話。

日昇抬起尾巴。「時間到了，我們該去搭建營地了。」姊妹幫的其他成員也都紛紛站起來。松鼠飛從巫醫窩裡走出來。

她快步走向姊妹幫。「在你們走之前，可不可以再試著找一下棘星？」

日昇對她眨眨眼睛。「如果他上次沒出現，就沒理由認定他現在會出現。」

松鼠飛停在她旁邊。「可是我們總得試試看啊。」

「我們住得不遠。」日昇輕聲告訴她。「要是我們有見到他，會告訴妳的。」她垂下頭。「很高興再見到妳。對於現在的處境，我也覺得遺憾。」她朝白雪點頭示意，後者開始領著姊妹幫朝營地入口走去。然後日昇朝葉星走過去。「謝謝妳的招待，」她這樣告訴天族族長，同時停下腳步環顧營地。「妳把這裡打造成很棒的家園。」

「謝謝妳。」葉星垂下頭。

日昇轉身，朝蕨葉叢走去，邊說邊回頭喊道：「如果需要我們，妳知道上哪兒去找我們。」

松鼠飛瞪大眼睛，難掩失望神色。就在她別開目光的時候，日昇在入口處竟躊躇了一下，然後朝根躍點了個頭。他當場愣住。她是想再多教他一點召喚亡靈的方法嗎？他趕緊過去，豎起耳朵。

「不要輕言放棄鬃霜，」他一過來，她就這樣直白地說道。他循著她的目光望向營地盡頭，鬃霜正從巫醫窩裡出來。根躍的心砰然一動。鬃霜因為剛睡醒，毛髮仍顯得凌亂。她打了個哈欠，目光掃過營地，日昇的喉嚨發出喵嗚笑聲。「你愛上她了，她也愛上你。」

「沒有……」

日昇打斷他。「這已經很明顯了，」她喵聲道，「我不懂你為什麼要撒謊。」

「問題很複雜。」

日昇聳聳肩。「部族貓好像都喜歡把簡單的事情搞得很複雜。」她低頭鑽進蕨葉叢。「好好照顧彼此哦。」

她消失了，根躍隨即甩甩毛髮。姊妹幫哪裡懂效忠部族對一個戰士來說所代表的意義是什麼。這時他發現鬃霜正注視著他，於是快步朝她走去。說聲早安應該沒什麼關係吧，畢竟她是來天族作客，而他只是待之以禮。但他其實不只想說早安。他得趕在雷族隊伍返家之前，先找她說上幾句話。

他從松鼠飛和葉星身邊經過時，還刻意豎起耳朵。

「沒有別的選擇了。」葉星告訴雷族族長。「妳自己也很清楚。」

松鼠飛的聲音很緊張。「可是我們還不知道灰毛是不是真的……」

葉星打斷她。「這是擺脫他的最好時機。」

松鼠飛身子不停抽動。「萬一沒效呢？那麼殺了他也無濟於事啊。我們都知道他曾脫離棘星的軀體，到時要怎麼阻止他再竊取另一隻貓的軀體？」

他貼平耳朵，不想再聽下去。棘星的事，他真的幫不上忙，現在他有更重要的事得做。「妳跟我來。」他一走到鬃霜旁邊，便附耳對她說。

她瞪大眼睛。「去哪裡？」

「跟我來就對了。」他繞過空地邊緣，鑽到戰士窩後面。窩穴後方的灌木叢裡有個缺口可以通往一處草坡。他帶著她爬上去，一路爬到櫸木叢生的丘頂，然後走進櫸木林裡，止住腳步，再過去就是大片草原。天族的領地在他們眼前豁然開展，在綠葉季的陽光下，更顯生氣勃勃。長草叢間點綴著野花朵朵，微風徐徐吹來，花朵熒熒閃爍。

鬃霜停在他旁邊，瞪大眼睛，眼裡露出憂色。「出了什麼事嗎？」

「沒事。」他看著她，心跳像漏了一拍。陽光下，鬃霜全身毛髮染著光暈，靈巧的灰色耳朵急切地抽動著，她在等他解釋原因。

「沒有出什麼事。只要我們一塊兒來到這裡，一切就很美好。」他深吸一口氣，並為了壯膽，四隻腳爪很用力地踩在地面上。「我愛妳。」他喵聲道。「而我相信妳也愛我，我想跟妳在一起。」

她動也不動地凝視著他，表情難以捉摸，就這樣過了好一會兒，時間久到他都不免好奇自己是不是該先開口。

「我愛妳。」他又說了一次，希望她能回應他。

「我也愛你。」她雙眼晶亮地回答。日昇說得沒錯，她真的也愛他。那個當下，他覺得自己快樂得像要炸開來。但鬃霜的眼裡這時出現愁雲，他突然感覺自己正在下墜，心跳又像漏跳了一拍。

「可是我們對彼此的感覺是什麼並不重要，」她的眼神傷感。「我們必須克制這種感覺，因為我們不能在一起。」

「感覺當然很重要。」根躍堅稱道。「它比任何守則都重要。姊妹幫認為部族的守則是錯的，我同意她們的說法。我們會因為對方而讓自己變得更好，成為更優秀的戰士，為什麼不應該在一起？」

「可是要怎麼在一起？」鬃霜搜尋他的目光，彷彿她相信那雙眼睛裡面藏有答案。

「我們必須做出選擇，」他告訴她。「不是我加入雷族，就是妳加入天族。只要我們在一起，我不在乎是哪種選擇。」

鬃霜凝視著他。「你會在乎的。我知道你會在乎。你很清楚你希望是誰離開自己的原生部族。你希望是我離開雷族。」

他的尾巴不安地抽動著。他不想承認，但她說得沒錯。「我希望妳加入天族，也是有原因的，畢竟我整個家族都在這裡。」

「我的家族也在雷族啊。」鬃霜直言道。

「可是天族愈來愈強大了，」他解釋道，「前所未有的強大，而雷族卻因為灰毛的關係而分崩離析。你們的戰士都離開了，雷族族長甚至沒被賜予九條命。要是雷族再也回不到從前，那該怎麼辦？」

「這不能成為我離開的原因。」鬃霜語氣憤慨。「反而是我必須留下來的原因。你真的以為我會在部族有難時棄之不顧嗎？要是棘星真的消失了，他的軀體被部族貓殺死，松鼠飛一定很難過。我怎麼可能這個時候離開她，讓她獨自承受這一切？更何況我也答應過點毛，要幫忙她撫養小貓。你也看到她當時有多害怕了。她需要我。」她停頓一下，呼吸變得急促。「你難道看不出來嗎？我必須留在雷族。」

他注視着她。他好氣她說的都是真的，可是他又好愛她對雷族的耿耿忠心。

「所以……」她眨眨眼睛，不讓淚水滴落，然後深深看進他的眼底。根躍也只能強忍住，不讓自己發抖。「應該要問的是，你願意為了我而離開天族嗎？」

根躍看著她，在腦袋裡搜索該說的話。他想要說我願意，但是要他離開至親……樹和紫羅蘭光，還有針爪？要他捨棄所愛戴的族長和培育他長大的部族？他根本說不出口。鬃霜的目光沒有移開，她還在等候。

「我必須想一想。」他小聲說道。他令她失望了嗎？

她點點頭。「我懂。」她的語氣沒有指責。「這是一個很重要的決定，你要花多久時間都可以。」她別開目光。「我們得回去了。」

「好。」他覺得好內疚。他希望他可以毫不猶豫地為她放棄一切。可是這比日昇想的要複雜多了。姊妹幫認為戰士守則是錯的，但對他和鬃霜來說，他們不可能假裝戰士守則一點都不重要。「我們最好別一起回去。」他朝剛剛走的那條路點頭示意。「妳原路回去，我走營地的入口回去。」

她點點頭，步下山坡。根躍在她後面目送，思緒前所未有地紊亂。他甩甩毛髮。他需要好好想一想。他循著山頂上的小路走，一路步下山谷，通往營地入口。但就在他鑽進蕨葉叢時，竟聞到鷹翅的味道，而且味道很新鮮。天族副族長一定是剛詢問完灰毛，回到營地了。

鷹翅就站在空地上，斑願和赤楊心在他兩側，他們正在向葉星和松鼠飛報告。鬃霜已經回到營地，在戰士窩旁邊看著他們。

「他不肯說是不是有離開影族營地。」鷹翅喵聲道。「而且他好像一點也不害怕，哪怕我們可以當場宰了他。」

松鼠飛縮起身子。「你們真的以為他會怕嗎？」她喵聲道，「那又不是他的身體，他根本不在乎。」

葉星彈動尾巴。「聽起來灰毛現在對我們來說已經沒什麼用了。」

松鼠飛瞪著她看。「他的用處是讓棘星的軀體繼續活著。」

「妳總是這麼說，」葉星面對雷族族長。「可是這不能幫我們解決任何問題。」她慎重地垂下頭。「我覺得雷族隊伍該回去了。」

松鼠飛整個身子好像無法動彈。「妳說得對，」她冷冷地說道。「謝謝妳招待我們住一晚，也謝謝妳讓姊妹幫在這裡舉行儀式。」她朝赤楊心和嫩枝杈點頭示意，然後朝蕨葉叢入口走去。

根躍趕緊站開讓她過。他看見鬃霜也快步追上他們。她避開他的目光，但是當她經過他身邊，亦步亦趨地跟著雷族貓離開營地時，他發現她的毛髮都聳了起來。他閉上眼睛。為什麼這個決定這麼難？他只想跟她在一起。為什麼他不能乾脆一點，直接決定離開天族？

他轉過身去，腳步沉重地走向生鮮獵物堆。如果他離開部族，樹一定能理解。可是紫羅蘭光呢？他的母親或許會原諒他，但是針爪會怎麼說？如果他為了鬃霜歸順雷族，他妹妹還肯再跟他說話嗎？

他陷入沉思，幾乎沒注意到小蜜蜂和小甲蟲正朝他衝來。兩隻小貓興奮地在他四腿之間橫衝直撞，根躍訝異地眨眨眼睛，俐落跳開。「小心一點！」

小蜜蜂愣在原地，抬起頭來對他眨眨眼睛。「哇！」

「對不起！」小甲蟲蹣跚剎住腳步，那根短短的尾巴蓬得像蒲公英一樣。

小蜜蜂豎起她的耳朵。「你是誰？」

根躍遲疑了一下。露躍和花蜜歌有告訴過小貓看得到亡靈的是哪一隻族貓嗎？他有點難為情地蠕動著腳，想起以前當見習生時，他的室友們曾如何揶揄他有樹這樣的父親。這些小貓會不會也笑他是怪胎？**我想他們總有一天會知道我是誰。**他挺起胸膛，「我是根躍。」

小蜜蜂瞪大眼睛。「就是你把姊妹幫帶來這裡？」

「你可以看得到鬼，對嗎？」小甲蟲瞪著他看。

「是啊。」根躍已經做好準備，等著看他們眼裡閃現懼色，或者覺得他好笑到害他們忍不住抽動鬍鬚。

小蜜蜂竟興奮地喵嗚道：「好酷哦！」

根躍眨眨眼睛看著白色的虎斑小母貓。「是嗎？」他難掩訝色。

「超酷！」小甲蟲蓬起全身毛髮。「我真希望我也能看到鬼，那一定很酷。」

小蜜蜂擠到她哥哥前面。「我可以當你的見習生嗎？」

小甲蟲把她推開。「我想當他的見習生。」

「是我先說的。」小蜜蜂怒瞪他。

小甲蟲挺起胸膛。「可是我年紀比妳大。」

「沒有，你才沒有！」

「有，我有！」小甲蟲撲上他妹妹，把她撞倒在地，兩隻小貓在空地翻來滾去，開始玩起打仗遊戲。

根躍看著他們，喜悅流竄全身。他突然明白被其他見習生取笑，已經是好久好久以前的事了，他從來沒想過有一天也能成為小貓們爭相想受教在門下的戰士。也許他跟天族比自己想像中的還要契合。他的怪異體質現在竟成了他的強項，可以幫助這個部族。他的目光掃過營地。

陽光斑駁灑在空地上。鷹翅正在入口處集合狩獵隊，鳶撓和龜爬正從長老窩裡清出舊臥鋪。他們都是他自小就認識的貓兒，也都對長大後的他刮目相看。不知道從什麼時候起，就連他自己也都欣然接受了自己的與眾不同以及他父親的與眾不同。就是這樣的與眾不同使他成為一位更出色的天族戰士。

現在他的部族不只需要他，也更少不了他。

他怎麼會想離開他的真正歸屬之處呢？

第二十章

鬃霜又看了營地入口一眼。清晨陽光淹漫整座山谷，黎明巡邏隊就快回來了。他們必須快點回來。她伸個懶腰，很是不耐地戳著地面。為什麼她不早點醒來？這樣就能加入獅焰、蜂紋和櫻桃落的隊伍，而不是被困在營地裡，讓沮喪爬滿全身。

赤楊心轉身面對她。「要是妳覺得很無聊，可以去幫焰掌和月桂掌清理臥鋪。」蕨毛旁邊的雷族巫醫貓正在用老鼠膽汁沾長老毛髮裡面寄生的壁蝨，因為後者昨天去過了森林。

蕨毛一聞到刺鼻的臭味，便皺起鼻子。「我想他們並不需要幫手。」

「對，我們不需要。」月桂掌從長老窩裡拖出一坨被壓扁的蕨葉，他懊惱地抽動著毛髮。「雲尾和亮心已經給我們很多意見了。」

亮心從窩裡探出頭來。「你一定要把舊臥鋪直接拖出營地哦。」她告訴他。

「這次帶些小蕨葉回來，」雲尾從裡面喊道。「大蕨葉對亮心來說太硬了。」

「可是大蕨葉可以用比較久啊。」亮心喊了回去。

月桂掌翻個白眼，把老舊的蕨葉朝營地入口拖。

鬃霜坐了下來。看起來好像每隻雷族貓都在找活兒幹。鼠鬚、鰭躍和雲雀歌正在清理亂石堆上鬆脫的石子。嫩枝杈和樺落在檢查營地圍籬上的洞。露鼻和罌粟霜正在幫忙松鴉羽清理巫醫窩入口的荊棘藤，而點毛正在幫育兒室編織一床臥鋪。至於黛西看來是在鬃霜離營去找姊妹幫的時候，出營幫忙小灰照顧他的新生小貓了。她希望黛西真的只是去幫忙小灰，而不是也想離開雷族。點毛的小貓就快出生了，幫忙養育過好多代小貓的黛西若能在營地裡，鬃霜會比較放心點。

她好奇根躍在做什麼。他跟族貓出外狩獵了嗎？也許他正在幫忙清理天族臨時為姊妹幫準備的臥鋪。**他有在考慮離開天族，成為我的伴侶貓嗎？**她甩甩毛髮。她不能想這件事。暗地希望他離開自己的原生部族是不對的。

鬃霜看著生鮮獵物堆。從昨天到現在獵物堆都是滿的。獅焰已經組織過很多趟的狩獵隊，今天實在沒有必要再派出那麼多狩獵隊，尤其現在天氣暖和，獵物容易腐壞。

在她旁邊的點毛用後腿坐起來，皺著眉頭看著她編織出來的臥鋪。「我還需要更多青苔。」她告訴梅石。

「我去拿一些過來。」梅石站起來。

鬃霜揚起尾巴。「我去好了。」做什麼都比待在營地好。自從昨天早上她從天族營地回來之後，便一直坐立不安。她想念根躍，但更令她掛心的是，她很想趕快知道接下來還會發生什麼事。松鼠飛幾乎沒有離開窩穴。而獅焰就像一隻尾巴很痛的獾一樣悶悶不樂。如果棘星永遠消失了，灰毛的靈體又可以來去自如，那麼五大部族一定得有所行動才行。坐等暗色戰士製造更多禍端，終究不是個辦法。可是他們除了等待之外，還能怎麼辦呢？

就在她往入口走去時，營地外面傳來腳步聲。她遲疑了一下，看見獅焰從刺藤通道裡走出來，蜂紋和櫻桃落尾隨在後。

獅焰對她眨眨眼睛。「妳要去哪裡？」

「點毛和梅石需要青苔。」她告訴他。

他蹙起眉頭。「我們現在都知道灰毛可以在森林裡來去自如，所以戰士最好別單獨外出。」

「我可以組一支隊伍。」鬃霜心想其他戰士應該也很樂於出外走走。她的族貓們自昨天以來，便一直坐立不安，彷彿暴風雨即將來襲。可能也是這個原因，獅焰才會組織這麼多狩獵隊讓大家有事情做。

「好吧。」獅焰目光掃過營地。

蜂紋看見目光落在他身上，有點不高興地彈動尾巴。「你要我一起去收集青苔？」

獅焰瞇起眼睛，「在部族裡，除了狩獵和標示邊界外，還有很多工作得做。」他告訴灰色虎斑公貓。

「收集青苔也算？」蜂紋氣呼呼地說。

櫻桃落蠕動著腳。「我不知道為什麼我們還在浪費時間整理營地，顯然現在有更重要的問題等我們解決。」

獅焰立刻覷她一眼。「妳是說灰毛？」

她緩緩點頭。「我們請教完姊妹幫之後，就應該立刻決定如何處置他的。」

「我知道。」獅焰縮張著爪子。「我們其實現在就該處置他。」

「所以我們為什麼不現在就去處理呢？」蜂紋喵聲道。

焦慮像蟲一樣沿著鬃霜的背脊爬。獅焰有過一次差點殺了灰毛的經驗。現在若是得到其他戰士的背書，難保那件事不會再重演，到時恐怕誰也阻止不了。「我們得等族長們做出決定。」她趕緊提醒他。

獅焰面露不悅。「松鼠飛顯然還沒準備好要做出決定，她已經盡力了，只不過她現在舉棋不定。而且老實說，她也不是真的……」他趕緊打住，但是鬃霜猜得出來他要說什麼。

這時棘星窩穴入口前的刺藤叢突然一陣抖動，鬃霜愣了一下。

「把你想說的話說完。」松鼠飛走了出來。她怒瞪著下方的獅焰。「我不是真的什麼？」

獅焰猶豫了。鬃霜屏住呼吸。他會大聲說出來嗎？她察覺到族貓們都暫時停下手邊的動作，緊張地看著副族長。

獅焰抬起鼻吻。「妳不是真正的族長。」

松鼠飛從擎天架跳了下來，朝金色戰士走去，停在離他一條尾巴之距的地方。「要什麼條件才能使我成為真正的族長？」

「星族，」獅焰回答。「祂們必須賜妳九條命。」

「但祂們現在根本不在，是要怎麼賜我九條命？」

「解決掉灰毛，也許就能讓祂們回來。」獅焰注視著她。「我們必須做點什麼才行。搞不好把他趕走之後，棘星就能取回自己的軀體，一切都能回到從前。」

松鼠飛半轉過身。「這不是解決的辦法。鷹翅說過，灰毛被囚期間，至少離開過棘星的軀體兩次，但棘星也沒回來啊。」她對著金色戰士眨眨眼睛。

獅焰垂下尾巴。「要是……要是這代表棘星真的完全消失了呢？」

點毛丟下她正在編織的臥鋪，朝松鼠飛走來。「我知道失去伴侶貓這件事有多痛苦，」她輕柔地說道，「可是也許該是時候讓自己接受棘星已經不在的事實。」

松鼠飛不發一語地看著她。那個眼神是驚慌失措的眼神嗎？但松鼠飛眨眨眼睛，硬生吞下那種情緒。「我必須要很確定才行，」她低吼。「要是他的靈體還滯留湖邊，卻把他的軀體給殺了，那不等於宣判他永遠只能在湖邊當游魂了。這風險太高了。」

獅焰神色懊惱。「如果我們什麼都不做，風險更高。」他吼道。

「獅焰說得沒錯，」櫻桃落喵聲道。「灰毛可能正在盤算什麼。」

「我們拖得愈久，給他的時間就愈多。」蜂紋打岔道。

百合心從蜂紋旁邊擠過來。「你們為什麼那麼急？」她怒瞪獅焰。「我們又沒有證據可以證明棘星已經完全消失。」

「我們也沒有證據證明他還在啊。」蜂紋回嗆道。

鬃霜愣住了。她的族貓聽起來都很憤怒。「也許我們應該再等等。」

「我們已經等得夠久了。」鼠鬚齜牙咧嘴。

鬃霜被他的怒吼給嚇得縮起身子。她環顧空地，營地四周吼聲此起彼落。她的族貓們都在怒瞪彼此。**雷族會起內鬨嗎？**她試圖捕捉赤楊心的目光。**總得有誰出面阻止吧。**

可是雷族巫醫貓一逕瞪著地面。棘星是他的父親，他顯然不想被牽扯進這場爭執裡。

鬃霜轉向獅焰，但雷族副族長已經瞇起眼睛，兇惡地瞪著百合心看。她的心開始狂跳。**拜託誰出來說一下話！**

亂石堆突然滾落許多石子，松鼠飛跳上了擎天架。「安靜！」雷族族長的喵聲響徹空地，族貓們全都愣住。「我們不能彼此為敵！」她吼道。「也不應該互相鬥爭。我們是雷族！我們要保護彼此。我們靠的是血緣、忠貞和戰士守則團結凝聚彼此，更有些貓兒是自願加入雷族。」她的目光射向嫩枝杈，後者驕傲地抬起下巴。

「你們全都為這個部族奮戰過，哪怕當時的處境絕望。」她看著點毛。「也有些貓兒正要為雷族帶來新的小生命。小貓們必須被保護和疼愛，也會被教導如何成為一位堂堂正正的戰士，而且我知道他們一定會成為堂堂正正的戰士，因為在雷族，我們會保護老弱婦孺，扶傷助弱。」她的目光掃過罌粟霜、鼠鬚和獅焰。「我們活著，不是為了我們自己，而是為了身邊的族貓。」鬃霜被她這番話感動，情緒開始高漲。松鼠飛環顧部族。「過去，你們每一個都把雷族放在第一位，」她眨眨眼睛看著鬃霜。「不管年紀多小或者多沒有經驗，你們都會為了保護部族而戰。我們之間已經建立起堅固的情誼，這種情誼絕不會在此刻決裂，因為我們已經擁有太多共同的過去。」

鬃霜眨眨眼睛看著松鼠飛。她說的每句話都是真的。她緊張地環顧族貓們，發現他們不再劍拔弩張地賁張著毛髮，這才鬆了口氣。獅焰垂下目光。百合心也低下頭來。嫩枝杈和鰭躍互觸彼此。空地四周的族貓們都有些難為情地蠕動著身子，氣氛也跟著和緩了。但鬃霜還是無法完全放鬆心情。她心裡隱約擔憂這股平和的氛圍只是暫時的。

獅焰緩步走到亂石堆的底下，抬頭看著松鼠飛。「妳說得對，我們不能互相為敵。灰毛才是我們共同的敵寇，我們不能忘記這一點。」

「可是我們還是得處置他。」蜂紋小心探問。

「是的。」松鼠飛閉上眼睛。

「我們請過姊妹幫去找棘星。」櫻桃落喵聲道。「可是她們找不到。」

獅焰對上松鼠飛的目光。「妳承諾過，如果我們什麼方法都試過了，還找不到他，才能討論灰毛該不該死的問題。」

松鼠飛俯看他，表情冷靜。她要答應了嗎？她低下頭。「我的確承諾過。」她輕聲說道。「我無法否認這一點，但我不可能第一個跳出來賜死棘星。」

獅焰迎視她的目光。「那麼該是我們去討教其他族長想法的時候了。」松鼠飛還在躊躇，他又繼續說道：「如果灰毛曾離開棘星的身體，那就可以確定他正在做別的盤算。所以我們必須快點行動。」

族貓們全都噤聲不語，鬃霜全身發抖。她覺得整座山谷活像被冰霜籠罩，將每隻貓兒凍結在原地。百合心、嫩枝杈和鰭躍都看著松鼠飛，眼裡閃著希望的光。至於蜂紋、櫻桃落和鼠鬚則別開目光，似乎羞愧到不忍看她。

「好吧，」松鼠飛終於說道。「我們去找其他族長討論，我會服從他們的決定。」

鬃霜差點喘不過氣來。松鼠飛真的會同意賜死棘星嗎？但雷族族長的眼神陰鬱，除了痛苦之外，根本讀不出其它任何情緒。松鼠飛轉身離開，走進自己的窩穴。族貓們也都回去自己的工作崗位，彷彿被凍結的腳突然融冰，又可以行動自如了。鬃霜看見點毛正走回育兒室，四隻腳好像在發抖。她生病了嗎？鬃霜趕忙過去。

「妳看起來很累。」她焦急地問道。

「是啊，」點毛坐了下來。「有一點累。」

「我來幫妳編織臥鋪，妳可以先休息一下。」鬃霜一把抓起點毛剛剛在織的蕨葉，把它拖到育兒室裡比較蔭涼的地方。竹耳也趕緊過來幫忙，合力把它推進去，然後動作迅速把未紮緊的蕨葉末段塞進臥鋪裡，鬃霜則趁機鑽出育兒室，扶點毛站起來。她帶著貓后走進育兒室，但還是心神不寧。剛剛族貓們差點打起來，就像一床快要解體的舊臥鋪，本來能紮緊臥鋪的繩線都不見了。棘星不在了，刺爪、灰紋和翻爪也都走了。拍齒和飛鬚也離開了。點毛真的想在這裡撫養小貓長大嗎？雷族還是她從小長大的那個部族嗎？恐懼像石頭一樣壓在她胸口。鬃霜不想悲觀看待，可是他們失去了這麼多，她真的不知道要如何堅持下去。誰都不知道等在未來的是什麼，有沒有可能就此宣告結束。

她默默地協助點毛躺進臥鋪。也許根躍對雷族的看法是對的。它再也回不去了。她覺得反胃。該是時候離開這裡，到別處找新家了嗎？

第二十一章

影望停在巫醫貓窩穴的入口，打開蛾翅留給他的藥草包。正在窩穴後面把青苔壓進臥鋪的水塘光這時抬起頭來。「你要的東西都有了嗎？」

影望查看這一團藥草，心頓時一沉。藥草的份量根本不夠癒合一個傷口，更何況灰毛身上的傷口那麼多。為什麼蛾翅這麼小氣？綠葉季才剛開始，根本不缺藥草啊。她是想折磨灰毛嗎？他甩開這念頭。蛾翅是巫醫貓，絕不可能刻意折磨任何貓兒。也許她是不明白虎星和鷹翅把灰毛傷得有多重。他對水塘光眨眨眼睛。「我可以再多要點金盞菊嗎？」

水塘光點點頭，朝藥草庫走去。「趁我還在這裡，還需要其他什麼東西嗎？」

「金菊黃，」影望強迫自己不要聳起毛髮。要是他能自己取用藥草，而不是每次都得透過蛾翅和水塘光，就會簡單多了。他詳細檢查蛾翅幫他包起來的這些藥草，全都沒有止痛的作用。「還有罌粟籽。」

就在他說話的同時，有片黑影落在藥草上。他抬頭一看，原來是蓍草葉鑽進窩穴。她經過的時候，看了他的藥草包一眼，然後對水塘光眨眨眼睛說道：「你說過我應該回來讓你檢查一下我的咳嗽情況。」

「我是有說過。」水塘光勾出一坨金盞菊，扔給影望。「你需要多少就拿多少。」他告訴他，「等我檢查完蓍草葉，再來幫你找罌粟籽和金菊黃。」他朝戰士走去，可是蓍草葉沒有看著他，反而盯看著影望正伸爪去搆的那坨金盞花。

「這是給誰用的？」她瞇起眼睛。

影望猶豫了一下。薑黃色戰士看起來很不高興，她一定知道他在負責治療灰毛。「棘星的身體狀況不是很好。」他告訴她。她必須明白他是為了棘星著想，才試圖保住那個囚犯的命。「我正在設法醫治。」

水塘光彎下腰去聽蓍草葉的胸口，她卻怒目瞪著影望說道。「你應該讓虎星和鷹翅殺了他。」

影望瞠大眼睛。他知道這裡只有他想保護灰毛，只是他沒料到族貓竟會大聲地說出來，希望灰毛早點死掉。

蓍草葉朝他走過去。「你不覺得如果灰毛死了，我們會比較安全嗎？」

影望抬起下巴。「我終究是巫醫貓，」他告訴她。「我必須盡力救治棘星的軀體。」

「棘星早就不見了。」蓍草葉停在離他一個鼻吻之距的地方。「你只是在幫忙一隻早就死掉的貓穿著棘星的皮囊行屍走肉。」

影望沒有回答。他必須相信棘星還會回來。要是雷族族長沒辦法回到陽間，那就表示灰毛贏了。他趕緊從那團金盞菊裡抽出幾根，用葉片包好。「我晚點再回來拿其它藥草。」他告訴水塘光。

他叼起藥包，快步走出窩穴。他能理解何以蓍草葉如此憤慨，但是她是戰士，不是巫醫貓。做戰士的多半只懂得靠武力解決。而他的責任是去做對的事情。

空地空蕩蕩的。現在是日正當中，大部份的戰士都去巡邏了，只有褐皮和鷗撲留在營地，他們正在長老窩外面一塊曬得到太陽的地方跟橡毛分享舌頭。金雀花爪和夜天守在灰毛囚室的入口。

影望經過育兒室時，聽見營地外面傳來聲響。他豎起耳朵，那聲音聽起來不像影族貓。他丟下嘴裡的藥草，舔舔舌頭，清掉舌尖的味道，再嗅聞空氣。雷族的氣味迎面撲來。

雷族來這裡做什麼？影望的毛髮豎了起來。雷族戰士是來傷害灰毛的嗎？他很是提防地覷了金雀花爪和夜天一眼。河族也有參一腳嗎？他試著故作無事走向營地入口，再低身鑽了出去。就在離入口一棵樹身長度之距的地方，虎星正面對著獅焰、鬃霜和櫻桃落，松鼠飛則在後面卻步不前，表情冷淡地看著獅焰跟影族族長交談。

「你也知道儀式上發生了什麼事。」雷族副族長低聲說道。「姊妹幫沒有找到棘星。」

影望趕緊溜到羊齒植物叢的後面，再悄聲趨近雷族隊伍。他蹲低身子，試著記起光躍教過他的獵物追蹤技巧。他把腳步踩得比薊花的冠毛還要輕，尾巴騰空，不敢碰觸地面，再盡可能地放膽趨近，豎耳傾聽。

虎星若有所思地覷著獅焰。

他沒有答腔，於是櫻桃落把頭探了過來。「棘星已經消失了，他不會回來了。」

松鼠飛聽到她這麼說，毛髮底下的身子似乎瞬間縮小了。

「我們必須採取行動。」獅焰低吼。「如果姊妹幫說的是真的，那麼再過不久，他一定又會搞出亂子。所以該是時候把他宰了。」

影望屏住呼吸，他父親的目光掃過雷族隊伍，最後落在松鼠飛身上。

「如果妳答應的話，我可以把他宰了。」虎星喵聲道。

不！影望把爪子戳進地裡，穩住身子，他看見松鼠飛走上前來。

「我懂你們為什麼那麼害怕灰毛可能會有所行動。」她開口道。

虎星齜牙咧嘴。「我才不怕他。」他低吼道。

「但是我怕！」雷族族長幾乎動也不動。「在我讓你殺了棘星之前，我還是必須為他做最後一次的求情。棘星的靈體可能還在附近，如果我們殺了他的軀體，我就再也見不到他了。」她努力穩住自己的情緒，不讓聲音發抖。

虎星表情不解。他環顧這支隊伍。「我以為你們是來這裡要我幫忙殺了灰毛，而不是幫他求饒。」

「我們來這裡的目的是想聽聽你的意見，想知道你的看法。」松鼠飛喵聲道。

獅焰一臉惱色，眼神暗了下來。「我以為我們是來這裡解決……」

松鼠飛怒瞪她的副族長。「我會服從族長們的最後決定，但必須是所有族長，不是只有虎星。」

「我們總是找得到各種理由繼續等下去。」獅焰咬牙切齒地說道。

松鼠飛沒理他，目光仍盯著虎星。「我的族貓認為我跟棘星太親了，所以難以作出正確的判斷。」她告訴他。「他們可能是對的，我必須聽勸。」她繼續說道，但腳爪忍不住發抖。「可是我還是認為必須最後一次召開五大部族的會議，決定棘星軀體的去留。」

一隻烏鶇在頭頂上方啾啾鳴叫。虎星瞄了牠一眼，牠立刻撲撲拍翅飛走，但臨走又回頭看了松鼠飛一眼。「我懂。」他語氣平和地說道。影望看見他父親同情的眼神。虎星顯然很清楚這個決定對松鼠飛來說有多艱難。他怎能要求任何貓兒為了五大部族著想而放棄自己的伴侶貓？但話說回來，松鼠飛又怎能拒絕這樣的要求？

虎星垂下頭。「在做這件事之前，」他喵聲道，「我們應該要得到所有部族的同意。萬一我們的決定是錯的，大家就一起承受吧。」

獅焰低吼。「但如果我們是對的，就得趕快行動。」

「我會派支隊伍到河族和風族那裡通知霧星和兔星，今晚在島上舉辦大集會。」虎星喵聲道，「妳也派支隊伍去通知葉星。」

「我們現在就去。」獅焰沒徵求松鼠飛的同意，就朝櫻桃落和鬃霜彈動尾巴。然後帶頭離開。

松鼠飛在後面喊道。「告訴她，我們會在明月高掛的時候碰面開會。」

虎星對她眨眨眼睛。「我知道這對妳來說有多艱難。」他輕聲說道。「但我覺得別無選擇。」他垂下頭，轉身朝營地走去。

松鼠飛目送著他，眼神悲切，然後突然愣了一下，張開嘴巴，好像在舔聞空氣。影望突然緊張起來，只見她朝羊齒植物叢的方向猛地扭過頭來，找到他在偷聽。

影望羞愧到全身發燙，悄悄走出藏身處。「對不起。」

她表情茫然地看著他，似乎不在乎他躲在那裡。她好像心不在焉。她滿腦子想的都是今晚的大集會嗎？這場會議將定奪棘星的未來命運。族長們一定會同意對棘星賜死，她根本阻止不了。她不發一語地默默走開。影望胸口那顆心頓時擰得好緊。她看起來好挫敗，毛髮緊緊貼著瘦弱的骨架。她已經完全放棄希望，不再妄想拯救棘星了嗎？

第二十二章

根躍緊挨著樹，而這時錦葵鼻和蜥蜴尾跟在族貓後面穿過擁擠的空地，從他旁邊擠了過去。島上充斥著大集會上貓群交頭接耳的嗡嗡聲響。頭頂上方，銀毛星群綿亙在黑鴉鴉的夜空裡。根躍看到空地邊緣的鬃霜正坐在雷族貓裡頭。她一看到他，就對他眨眨眼睛，要他放心，他這才鬆了口氣。他知道這場會議的召開目的。他只希望族長們能做出正確的決定。

兔星和虎星已經坐在巨橡樹低矮的長枝條上。葉星跳上去找他們，霧星正穿梭在下方的貓群裡。松鼠飛弓身坐在一根臂彎狀的枝幹上，毛髮蓬亂，好像已經有好一陣子沒有梳理自己。

根躍朝他父親挪近身子。「這是她拯救棘星的最後一次機會。」他低聲道。

樹循著他的目光，望向雷族族長。「我不知道她還能有什麼辦法。」他環顧貓群。「大家都聽說過姊妹幫的儀式了，他們相信灰毛正打算要作亂。」

根躍的尾巴不安地抽動著。「這不表示棘星就該受到折磨。」

「就我們所知，他的折磨可能早就結束了。」樹陰鬱地說道。

根躍還記得亡靈們出現在天族空地的那件事，當時他們的數量多到難以計數，可是完全沒見到棘星的蹤影。他打起冷顫，彷彿有冰冷的爪子從他身上劃了過去。

梅子柳在他旁邊蠕動著身子，從貓群後面伸長脖子想探頭看。「他們決定如何處置灰毛了嗎？」

馬蓋先嘟囔出聲。「也該是時候做出行動了。像他這樣的狐狸心不應該讓他涼快地吃飽睡、睡飽吃，我們卻得辛苦獵捕獵物，餵養他。」

他說話的同時，橡樹上的霧星在松鼠飛旁邊坐定。虎星站了起來。

貓群立刻噤聲，影族族長目光掃過他們。「你們都已經知道姊妹幫無法連繫上棘星。」

虎星的目光射向他，根躍當場愣住。

「告訴大家你當時看見了什麼。」影族族長下令道。

貓群全轉頭看他，根躍緊張到毛髮都聳了起來。「我……我看見其他亡靈，」他說得結結巴巴。他感覺到樹從後面撐住他，於是強迫自己抬高音量。「他們都很絕望，好像深陷痛苦，很是憤怒。」

「他們是戰士嗎？」蜥蜴尾從河族貓那裡喊道。

「他們不全都是戰士，但有戰士在裡頭。我有遠遠看到幾個……其中一位是莖葉。」根躍掃視貓群，暗地希望點毛沒來。他不想讓她聽到莖葉正在受苦的消息。

虎星不耐地彈動尾巴。「你也看到了灰毛，對吧？」

「我想我有看到。」根躍迎視他的目光。

「他看起來很痛苦嗎？」虎星質問道。

根躍搖搖頭。「他是唯一一個沒在受苦的亡靈。」他試著不去捕捉松鼠飛的目光。他知道她正眼神哀求地看著他。但是他必須說實話。「他看起來很愉快。」

驚恐的低語聲宛若漣漪在貓群間漫開。虎星的眼神憤慨，但表情滿意。「灰毛一定在盤算什麼。」他喵聲道，「該是時候阻止他了。」

「怎麼阻止？」馬蓋先從貓群裡喊道。

虎星縮張著爪子。「殺了他。」

松鼠飛縮起身子，貓群裡有幾隻貓兒的頭垂了下來。呼鬚用後腿撐起身子，但是沒有吭氣。

跟其他副族長一起坐在巨橡樹樹根處的獅焰掃視貓群。「我們不能再讓灰毛繼續利用棘星可憐的軀體為非作歹。」他低吼道。

鷹翅點點頭。「沒有那副軀體，灰毛在森林裡就無處可去了。」

「關於這一點，你根本沒有十足的把握。」鴿翅從貓群裡擠出來。

「她說得沒錯。」水塘光從巫醫貓裡喊道。「我們也不知道灰毛究竟還有什麼本領。要是根躍有看到他出現在儀式上，就表示灰毛沒有棘星那副軀體也能使壞。就算沒有了它，他還是能想到哪裡就到哪裡。」

鴿翅走到貓群前面，面對獅焰。「如果我們殺了棘星的軀體，灰毛可能再竊取另一副軀體。」

「除非還有其他族長喪命，否則他竊取不到的。」獅焰回嗆。

鴿翅抽動著耳朵。「所以要怎麼阻止他一再竊取棘星的軀體？難不成要一直殺他，直到棘星的九條命全都用盡？」

松鼠飛驚恐地瞪大眼睛。她雖然希望她伴侶貓回來，但一想到他得承受比現在還要大的痛苦，整個心都快碎了。

「你們說棘星已經消失了……」松鼠飛的目光從獅焰掃到虎星，「但是又說我們必須殺了灰毛，棘星才能回來。所以其實你們根本不確定自己在做什麼，對吧？你們只是一味認定殺死對方就能解決一切問題。」她的喵聲悲傷沙啞。「棘星向來是個忠貞的戰士，也是一位好族長。他絕對不會做出這種殺害貓兒的事。他從來不輕言放棄，但你們卻已經準備好隨時放棄他。」她瞪看其他族長。「請你們不要放棄他……」

部族貓們默不作聲了一會兒。這時隼翔清清喉嚨。「如果灰毛正在殘害和折磨亡靈，我們當然必須殺了他，不是嗎？我們必須做點什麼來解除他對生者的箝制，也許這樣一來，他就沒辦法控制亡靈了。」

「你又無法確定這一點。」松鼠飛倒抽一口氣。

虎星挺起胸膛。「這件事我們已經爭辯得夠久了！」他厲聲道。「我們的確不知道會發生什麼事，但我們必須採取行動，而且要盡快行動！灰毛顯然有他的盤算。光靠等待來看後續的發展，這種做法並不保險。」

兔星點點頭。「他在部族間已經製造出夠多禍端了，戰士們因他而喪命。我們再也經不起任何風險，不能再讓任何戰士遇害。」

根躍閉上眼睛，暗地希望有更多貓兒站出來幫棘星說話。他記得棘星的靈體第一次出現在他面前求他幫忙時，那神情有多絕望。但是聽起來族長們好像都已經做出決定。

貓群裡響起憤慨不平的低語聲。

「灰毛必須死！」蜥蜴尾喊道。

蓍草葉齜牙咧嘴。「我們應該殺了他，免得又有戰士遇害。」

「殺了他！」燼足吼道。

「殺了他！」

「殺了他！」

吼叫聲在貓群裡迴盪，音量愈來愈大，大到根躍都不得不貼平耳朵，才抵擋得住。他覺得頭昏腦脹，這時虎星神情冷靜地看著貓群。兔星垂下頭，似乎認同貓群的意願。

根躍感覺到身邊的樹全身僵硬。他父親抬起鼻吻，用很大的音量蓋過群眾。「難道所有部族都這麼冷血地急著殺戮嗎？」他四周的吼聲突然支吾起來，最後漸漸消散。戰士們轉頭去看發言者。樹繼續說道：「我跟姊妹幫曾有很長一段時間住在一起，但就我所知，她們從來不會為了想要改變自己的命運而犧牲任何一隻貓。」他瞪著虎星看。「姊妹幫只有出於自衛才會出手殺害對方。」

虎星瞇起眼睛。「這就是自衛。」

葉星走到枝幹邊緣。「你真的相信姊妹幫在面對像灰毛這樣的貓時，她們不會做出同樣決定嗎？她們在跟亡靈們連線時，似乎也都很懼怕他……」

兔星大吼一聲，蓋過貓群的低語附和聲。「我們是在幫棘星擺脫他的苦難，這不是一件對的事情嗎？我們是在保護他的靈體。」

虎星點點頭。「我們是在保護所有亡靈。如果灰毛正在折磨我們死去的戰士，我相信棘星也會要我們盡一切可能阻止他。」

樹的眼神開始猶豫。部族貓在尷尬不安的靜默聲中蠕動著身子。

霧星甩著尾巴。「族長們必須投票決定。」她朝枝幹尾端點頭示意。「認定灰毛必須死的請走到那一邊。」隨後她的目光移向樹幹。「認定應該繼續留他活口的，請走到這一頭。」

本來窩在肘狀枝幹處的松鼠飛這時往樹幹移動。根躍燃起一線希望，因為霧星也待在雷族族長旁邊。有兩位族長希望給棘星一個機會。虎星垂下頭，朝另一邊走去。他表情殷切地回頭看，兔星也跟著走在他後面，來到他旁邊。

根躍大氣不敢喘，因為葉星還在猶豫。她的目光在兩邊游移。

天族族長遲疑地蠕動著身子。她會走向哪一邊呢？絕望像爪子狠戳根躍的肚皮，他終於忍不住了。「最後看見棘星的其中一隻貓是我。」他喊道。「我知道他有多想回來部族。你們不能殺了那副軀體，他還需要的，我知道他需要！他不會輕言放棄的！」

鴿翅急切地點頭應和。「我們甚至不確定殺了棘星的軀體是不是就能阻止灰毛！」她大喊道。「我們可能什麼也改變不了，反而殺害了一隻根本不值得為此事喪命的貓兒。」

葉星的腳爪微微顫抖。根躍希望天族族長同意他的看法。**別讓他們殺了棘星。**他發現自己正在屏息以待。

葉星向松鼠飛垂下頭。「對不起，但我必須做我認為對部族有利的事。」她轉身，緩緩走向虎星。

棘星！根躍覺得腳下似乎天搖地動。他們要殺了他。他用力踩住地面撐住自己。要是失蹤的棘星再也回不來了，那怎麼辦？根躍硬生吞下心裡的怒氣，這時驚慌的低語聲瀰漫空氣。他轉過頭去，怒瞪著擠在空地上的戰士們。**這就是你們要的，不是嗎？**

虎星挺起肩膀。「現在我們必須決定由誰來動手。」

蛾翅走上前來。「我可以拿死莓給他吃。」她喵聲道。「這東西很容易跟汁液還有種籽混在一起，再放進肉塊裡，效果很快。他根本不會知道自己快死了，等到發現已經來不及了。」

虎星彈動尾巴。「灰毛必須死得像個戰士。」他吼道。「我們得親自用爪子殺了他。」

根躍吞吞口水。影族族長深琥珀色的眼睛射出得意的光。難道虎星是為了報復灰毛攻擊他的兒子，所以想把他撕成碎片？

「我同意，」兔星抬起下巴。「這個狐狸心在對部族做了這些事情之後，若還讓他死得太輕鬆，未免便宜他了。被他害死的戰士都死得那麼慘……憑什麼便宜他，讓他死得一點痛苦都沒有？」

葉星表情莊嚴地環顧族長們。「那麼我們就該合力宰了他。」她的目光落在松鼠飛身上，後者身子緊靠著樹幹。「這樣一來，這件事就不會特別怪到誰的頭上了。」

「我不可能……」松鼠飛驚恐地瞪大眼睛。她的聲音突然哽咽。怎麼會有誰指望她去殺了自己的伴侶貓呢？

葉星點點頭。「我懂。」

「我們現在就去處理掉。」虎星那雙眼睛看起來跟石頭一樣冰冷。星光下的他，目光掃向貓群，眼神堅定。「想參與這件事的貓兒，都能一起來。」他跳下巨橡樹，兔星跟在後面，葉星和霧星也尾隨其後，跟著他從貓群裡頭擠出去。

雷族、河族和風族都讓開空間讓他們過去。天族和影族則瞪大眼睛目送他們。他們會後悔他們做過的事嗎？但是戰士們一個接一個地加入隊伍。鴉羽、獅焰和鷹翅在前面帶路，蜥蜴尾和錦葵鼻快步跟在後面，蜂紋和燼足等他們一經過，也跟著加入。

根躍穩住呼吸。這件事真的發生了。他環顧其他沒跟過去的戰士，直覺地先搜找鬃霜。她也瞪著他看，那雙晶亮的眼睛布滿驚恐。他知道她為什麼害怕。要是棘星死了，雷族會變成什麼樣子？松鼠飛又該怎麼辦？她以後要如何面對其他族長……甚至自己的族貓……她無時無刻都會想到是他們殺害了她的伴侶貓。

根躍愣了一下。**松鼠飛呢？**他望向巨橡樹。她之前蹲踞的那根枝幹不見她的蹤影。他掃視空地，也沒有她的行蹤。虎星正帶隊朝樹橋走去，根躍突然看見長草叢不停抖動。他瞇起眼睛。一個暗色身影正快步衝到隊伍前面。**是松鼠飛！**她要去哪裡？一股不祥的預感像蟲一樣在根躍身上爬。她打算做什麼？

第二十三章

鬚霜倒抽口氣，差點喘不過氣來，她發現松鼠飛剛剛挨著樹幹蹲踞的那處地方竟然空蕩蕩的。**她去哪裡了？**她掃視島上空地。虎星正率領兔星、霧星和葉星走向長草叢。他們的副族長都跟在後面，隊伍愈來愈龐大，看上去就像是大片黑影漫上湖岸。

根躍的目光越過他們，往前方張望，眼神驚慌。

她衝向他。「松鼠飛不見了。」她上氣不接下氣地跑過來。

「她跑到他們前面去了。」他朝長草叢的方向點頭示意。「她現在可能正在過樹橋。」

恐懼像星火一樣在鬚霜的毛髮身上爆開。「她要去影族營地。」她小聲說道。

根躍瞪大眼睛。「我們必須阻止她。」

松鼠飛深愛棘星，甚至願意為他犧牲性命，為他放棄領導權和部族。鬚霜很篤定這一點，這個念頭像塊石頭一樣壓在她胸口。松鼠飛一定會不惜任何代價地去救她的伴侶貓。「她一定會反抗的。」

「如果她趕在虎星之前先到，五大部族絕對不會原諒她。」

「可是光靠她自己也救不了他的。」單靠一隻貓兒，怎麼可能對抗得了所有部族？

「她可以在他們趕到之前，先去警告他啊。」根躍低吼。「搞不好她會幫忙他脫逃。」

「也許她這麼做是對的。」鬚霜神情絕望地瞪著根躍看。「雷族需要棘星回來。」

「要是他回不來呢？」根躍的目光凜冽，她覺得那目光像冰錐一樣刺穿了她。「松鼠飛不是在幫棘星逃脫，她幫的是灰毛。要是她真的這樣背叛部族，雷族就再也沒有族長了。」

鬃霜吞吞口水。他說得沒錯。雷族已經分崩離析，要是再失去松鼠飛，可能永遠無法復原。「你覺得我們應該趕在她抵達之前阻止她嗎？」

「我們可以試試看。」根躍跟在虎星隊伍後面追上去。

鬃霜跑在他旁邊。「我們可以抄近路穿過河族領地。」她低聲說道。

前方的戰士正在魚貫過橋。她停在根躍旁邊，等候隊伍先過。「你為什麼這麼在乎雷族？」她搜尋根躍的目光。「你是天族戰士。」

「我在乎妳。」他的眼裡有星光在閃爍。「我也在乎松鼠飛。她已經失去太多了，她絕不能再失去她的部族。」

鬃霜喉頭一緊。根躍是她所見過最仁慈又最勇敢的戰士。她的心好像快要炸開來。「如果我們拯救得了雷族。」她輕聲說道。「我會永遠跟我的族貓在一起。」

他沒有因為聽到這句話而縮起身子。「我知道。」

鬃霜的胸口漲滿對他的愛。根躍願意為了她去全力拯救她所在乎的部族，哪怕這意謂他得犧牲掉自己的幸福。

前方的樹橋在最後一批隊伍通過之後終於淨空，但根躍仍注視著她。「我不能為了妳加入雷族。」他喵聲道，「我是屬於天族的，它永遠都是我的家。」

鬃霜愣住了。她其實一直都知道這個答案，但憂傷還是像大浪一樣迎面撲來。她任由它淹漫全身，沒有反抗。他已經做出決定，而她也能理解。要是根躍真的為了她而離開天族，那他就不是她心目中愛慕的那位戰士了。但是如果她因為他而離開雷族，那麼過去他們共同努力的事情也就完全沒有意義了。所以結局一定是如此。

隊伍正朝影族領地走去，

根躍突然別開目光。「來吧。」他跳上樹橋，衝了過去。

鬃霜跟在後面，爪子戳進平滑的木質橋面，好穩住身子，再蹤身一躍，跳到對岸，腳下卵石跟著一陣顫動。前方的根躍正朝蘆葦叢疾奔而去，像黑影一樣消失。鬃霜一邊盯著隊伍，一邊快步追在根躍後面。沒有貓兒回頭張望，所以大家都不知道他們已經溜掉了。他們一進到沼澤地的草叢裡，根躍就開始加快腳步，她緊跟在後，相偕朝影族邊界奔去。她跑到呼吸開始熱燙，胸口疼痛，但仍不敢放慢速度。松鼠飛一定就在前方某處。雷族族長是走這條路嗎？她也打算抄近路穿過河族領地，跑在隊伍前面嗎？

鬃霜嗅聞空氣，但河族氣味淹沒了其他所有氣味。停滯的死水散發的臭味充斥她鼻腔，泥巴在她腳爪下吧嘰作響。根躍在前面帶路，穿梭在濃密的蘆葦叢間，小路兩邊的莖梗緊貼著他們。她只能暗中祈禱路上不要撞見河族的巡邏隊。萬一撞見了，還真不知道要怎麼解釋他們為何出現在這裡。

腳下的地面愈來愈硬。一走出蘆葦叢，就是大片草原，刺藤垂生在前方斜坡，松樹也長在那裡。鬃霜終於又聞到森林的氣味。影族邊界的嗆鼻味道瞬間瀰漫空氣。

根躍回頭看了一眼，捕捉她的目光，彷彿是要她放心，然後才跳上斜坡，衝進刺藤叢的縫隙裡。她追上他，現在更確定腳下踩的是堅實的地面了。她穿過刺藤叢，毛髮不停被尖刺刮磨著。她讓他在前面帶路，在松樹林間迂迴穿梭。她一路跟著他抄近路穿過林子。他怎麼知道該走哪一條路？這裡的地形對鬃霜來說很是陌生。根躍真的知道哪裡有路可以通到影族營地嗎？

「你有聞到松鼠飛的氣味嗎？」她氣喘吁吁。也許他有聞到什麼她沒聞到的味道，才能一路跟過來。

「沒有，」他喵聲道。「不過這是通往營地最快的一條路。如果松鼠飛想趕在隊伍之前抵達灰毛那裡，就會抄這條近路。」

「我們能在她之前趕到嗎？」這時她瞄到前方林子裡閃現橘色身影，心裡瞬間燃起一線希望。「她在那裡。」

就在離他們幾棵樹身長之距的地方，有一個戰士正在前方急奔。**松鼠飛！**只見她貼平耳朵，野風流竄全身。

鬃霜一鼓作氣地衝上前去。他們終於趕在松鼠飛抵達影族營地之前，追上她。根躍二話不說地率先往前衝，腳爪不停地用力撞擊林地，然後一個急轉彎，試圖抄近路擋下松鼠飛，腳下針葉跟著飛濺。雷族族長的目光始終望著前方林子，根本無暇看到從羊齒植物叢後面繞過來，正撲向她的根躍。

根躍伸爪朝松鼠飛的身側猛力一推，鬃霜見狀趕緊放慢速度，最後停下腳步。根躍把松鼠飛撞倒在林地上，後者眼睛瞇成細縫，發出嘶吼，蹣跚爬起，準備迎戰突如其來的攻擊者。

「是我！」根躍瞪著她看。但松鼠飛頸毛豎得筆直，已經撲了上來，她利爪出鞘，猛力一擊，他被側摔在地。接著她的前爪倏地勾住他身子，一把翻了過來，他四腳朝天、仰躺在地，松鼠飛抬腿猛踢他肚子。

「不要打了！」鬃霜朝她衝過去。「我們是想幫妳！」

根躍從松鼠飛的爪下扭身掙脫，他沒有反擊，反而貼在地上，一臉哀求地看著她。她怒目對視，隨即目光轉向影族營地。「不要管我。」她又要往前衝，但根躍及時伸出前爪攔下她。她踉蹌跌倒，翻滾在地，鼻吻倏地朝他一扭，嘴裡發出低吼。「你還不懂嗎？」她的眼裡射出怒火。「虎星就要帶隊來殺灰毛了。我必須去救他。」

鬃霜瞪著她看。「妳打不過所有部族。」

「我可以幫他逃脫。」松鼠飛甩著尾巴。

「他們會知道是誰幹的。」根躍跳起來站好。「他們絕對不會原諒妳。」他把鼻吻探近。「妳不是在救棘星，」他喵聲道，「反而是在救灰毛。」

「雷族需要族長。」鬃霜雙耳充血。「如果妳這麼做了，我們會失去兩位族長……棘星還有妳。」她哀求地看著松鼠飛的眼睛。「而我們這個部族就會成了幫灰毛逃過一死的部族，他會試著毀掉一切。妳認為雷族少了族長帶領，能夠逃過這一劫嗎？妳認為刺爪、灰紋或其他任何貓兒還會願意回來嗎？」

松鼠飛猶豫了，她又看了影族營地一眼，但這次不再那麼篤定。「那是棘星的身體，」她低聲道，「如果沒有身體讓他回來，他要怎麼回來？」

鬃霜眨眨眼睛看著她。「可是話說回來，如果妳幫忙灰毛活了下來，那棘星要怎麼回來呢？」

松鼠飛愣住了。她眼底的決然慢慢消失，取而代之的是悲傷。「也許棘星會找到方法回來。」她無助地說道。

根躍迎視她的目光。「如果他能回來，妳不覺得他早該回來了嗎？」

「你真的認為他完全消失了？」松鼠飛的聲音悲痛。

「我已經好久沒見到他了，連姊妹幫都找不到他。」根躍背上的毛聳得筆直。

鬃霜很是不忍，但又不敢出聲，這時松鼠飛的身子似乎搖搖晃晃的，難不成她快崩潰了？

雷族族長蠕動著腳，穩住自己。她的腰腹突然微微顫動，然後深吸一口氣。「我常常想像失去棘星會是什麼樣子。」她低聲道，「也許在戰場上，也許是生病，但從來沒想過會遇上這種事。我以為他還有八條命，所以有八次機會可以跟他道別，可是他竟是在我還沒準備好的時候就完全消失了。我還是覺得他仍在某處徘徊，沒有完全消失。」

「他不在了，」根躍喵聲道。「湖邊的亡靈都遇到了可怕的事。他不在了，也許反而對他比較好。」

松鼠飛抬起頭來。「你是覺得不管他在哪裡，都已經脫離苦海了？」

根躍看著她。「我不知道。」

鬃霜走上前來。「我知道放棄棘星對妳來說很痛苦，」她喵聲道，「但是妳必須為妳的部族著想。妳現在已經不能為棘星做什麼了，但是妳可以幫忙部族，讓他們重新振作起來。」她把爪子戳進地上。「以族長的身份重建整個部族，幫助它壯大。這不是棘星心心念念想做的事嗎？」

遠處傳來腳步聲。蕨葉叢和濃密的松樹林後方，有隊伍正朝營地逼近。

松鼠飛朝聲響處看了一眼，瞠大眼睛，滿是哀傷。「如果是棘星，他會把雷族看得比自己的命還重要。」她的琥珀色眼睛在松樹林的陰影下炯炯發亮。「萬一他逃不過一死，雷族一定得活下去。我會盡我一切的努力拯救雷族。」

如釋重負的感覺宛若冰涼的空氣淹漫鬃霜全身。這是她這陣子以來第一次聽見松鼠飛的語調如此俐落明快。雷族族長一定會信守承諾。

林間有吼聲迴盪，痛苦的尖叫聲瞬間蓋過吼聲。鬃霜聞聲發抖。難道虎星和其他族長已經殺了灰毛？

松鼠飛瞪著聲響的來處，她張開嘴巴，彷彿不敢相信她所聽到的。

根躍垂下目光。「樹總是說，有結束就有開始。」

松鼠飛別開目光，渾身發抖。

鬃霜挨近她。她不能讓松鼠飛被悲傷擊垮。「該是時候重建雷族了。」

第二十四章

「你聽到了嗎？」

「聽到什麼？」影望愣在原地。灰毛抬起頭，鼻吻猛地一扭，瞪向荊棘圍場的入口。影望剛剛一直看著沉睡中的暗色戰士，後者動也不動，活像隻死掉的獵物。但現在灰毛已經坐了起來，耳朵不停抽動，彷彿是被惡夢驚醒。影望背上的毛都聳了起來。松樹林裡風聲颼颼，他緊張地豎耳傾聽風聲以外的聲響。但這座林子似乎睡著了，靜默地籠罩在月光下。只有一隻鳥在遠處林間啾唱。

灰毛站起來，姿勢僵硬，兩眼瞪得斗大……看起來活像是隻被追捕的獵物。他嗅聞空氣。「有變化。」他的目光鎖住影望。「他們要來殺我了。」

恐懼在影望的胸口不斷膨脹，他試圖甩開這種感覺。他知道部族貓正在開會決定灰毛的生死。難道他們已經決定賜死暗色戰士？他看了荊棘圍場的入口一眼。石翅和草心正坐在那裡守衛。他們的毛髮服貼，肩膀放鬆。「一定是你自己想像出來的。」他喵聲道，希望自己說的是真的。

灰毛把鼻吻探近他。「他們要來殺我了，」他咆哮道。「我感覺得到。」

影望後退幾步，按壓住心中的恐懼。「我什麼也沒聽到。」但是因為有太多的貓兒恨不得將暗色戰士除之而後快，所以他也不得不承認灰毛說得可能沒錯。影望思緒翻騰。也許他們應該殺了灰毛。他傷害過這麼多貓，也害死了很多貓，**甚至曾試圖殺害我**。繼續留他這條命，實在太危險。要是灰毛死了，影望就不用再照顧他了。每次他帶藥草來治療這名囚犯，都能感覺到族貓們指責的眼神。他們從來沒有忘掉是灰毛殺了松果足和蕨葉鬚。而且要是灰毛死了，他就再也不用聽他那刻意扭曲真相的狡猾言語。暗色戰士曾一再告訴影望，他再也當不了巫醫貓，族貓不會再相信他，他倆的命運離不開彼此。可是灰毛絕對不能死，不是嗎？棘星需要拿回他的軀體。再說如果部族貓冷血地殺害一隻貓，那麼他們跟惡棍貓又有什麼兩樣？

灰毛挨近他，酸臭的口氣朝影望迎面撲來。「如果他們殺了我，你就永遠沒辦法讓棘星回來了。」影望全身發抖，對上暗色戰士的目光。「是你把他送到冰封的荒原上等死。」灰毛繼續逼他。「你認為有誰會忘了這樁深仇大恨？在他們眼中，你永遠是殺害棘星的兇手。」

「我不是！」影望甩著尾巴，但他知道灰毛說得沒錯。他是殺害棘星的兇手。也該是接受這個事實的時候了，別再抱著希望認定雷族族長會再回來。

灰毛瞪著影望看，彷彿讀出了他的心思。

影望回瞪他，拒絕被他威嚇。「他們為什麼不該殺了你？」他挺起胸膛。「棘星已經消失了！他的靈體已經一個月不見蹤影。你對他下了毒手，他再也不會回來了。」灰毛對上他的目光，眼神沒有洩漏任何情緒。「他的軀體對他來說已經沒有意義了。」影望繼續說道。「你為什麼還硬要占據它？」

灰毛眼裡突然有光在閃爍，一副居心不良的模樣。「你確定他真的消失了？」

灰毛又在玩什麼把戲？「他一定消失了。」

「為什麼？」

這個簡單的問題問倒了影望。「如果他還在附近，就會出現在姊妹幫的招魂大典上。」

「如果是我不讓他去呢？」

影望突然寒意上身。他感覺得到棘星肉身裡的灰毛帶著邪惡的目光宛若地獄之火從靈界灼燒進陽世。「你對他做了什麼？」

灰毛的鬍鬚微微抽動。「我不是警告過你不要問嗎？」

影望記得很清楚，先前他的靈體飄進棘星窩穴裡，曾經親眼目睹灰毛的靈體脫離雷族族長的軀體。當時灰毛的威脅仍言猶在耳。**你最好不要問棘星的下落，除非你也想跟他有一樣的下場。**影望把腳爪用力地踩在地面上，好讓自己不會發抖。「放他走。」

「你好擔心棘星的靈體哦。」灰毛瞇起眼睛。「你就不好奇其他貓兒的下落嗎？難道你不知道在我發現可以輕鬆遊走在陰陽兩界時，我的法力變得有多強大？」

「你這話什麼意思？」驚慌像星火一樣在影望身上爆了開來。

「任何亡靈只要碰上我，就倒楣了。」

灰毛還挾持了誰？影望簡直快要窒息。

灰毛繼續說道：「你忘了尖塔望嗎？」他的眼裡閃著邪惡的光。

尖塔望！影望猛地想起他還是小貓時，最敬仰的貓就是尖塔望。後來尖塔望的靈體還救了他一命，沒讓他被灰毛丟在深谷裡等死。他驚恐地瞪著暗色戰士，卻看見月光下，灰毛的眼睛色澤不再是棘星的琥珀色，反而漸漸灰白，變成黃色。影望瞪著，幾乎無法相信自己在棘星的臉上看到了什麼。他認出了那雙回瞪他的眼睛竟然是尖塔望的。他看到了眼裡的絕望，這時灰毛突然蹲下來，害怕地弓起肩膀，影望這才知道眼前這隻貓不再是暗色戰士，而是被困在棘星體內的尖塔望。

「你要聽他的話。」尖塔望的喵聲無助驚恐。「他挾持了我們……」他的喵聲突然上氣不接下氣，很是費力地繼續說道。「他會逼我們……」

這時眼睛又突然閉上，棘星的軀體瞬間拉直，顯然又被灰毛附身，他趕走了尖塔望的靈體，就像從巢穴裡趕走獵物那樣輕鬆。

影望努力克制住胸口深處淹漫上來的恐懼。「這是怎麼回事？」

「那是警告。」灰毛瞪著他。「我要你明白如果你讓虎星和其他貓傷害我，風險會有多大，還有那些亡靈會有什麼下場。」

「我怎麼知道這一切是不是真的？」影望強迫自己抬起下巴。畢竟灰毛起初也曾玩弄和操控過他，「我怎麼知道這是不是又是你裝的？」

灰毛憤怒到毛髮賁張，他的身軀在影望的觀望下又起了變化，這次他身子挺直站高，揚起頭來，尾巴彎出一條平滑的曲線，神情變得雍容。影望瞪大眼睛，認出那是棘星的身姿。冒牌貨的眼神突然變得溫暖，彷彿是棘星正看著他。

棘星探出鼻吻，離影望只有一隻老鼠的身長距離。「你認為灰毛能裝出我的樣子嗎？」

影望心跳加快。他不知道自己還能相信什麼。灰毛是個徹頭徹尾的騙子。他的性格扭曲到就連這種事都有可能做得出來。可是他心腸跟狐狸一樣狠毒，能有辦法利用這副身軀把自己變得像是一位正直的戰士嗎？

影望沒有回答剛剛的問題。於是棘星又繼續說：「你不覺得灰毛早就盤算好了嗎？要不是他覺得拿得到想要的東西，他怎麼會回來呢？只是他需要利用我的軀體來達到目的。在他得逞之前，他不會甩掉我的，我還在這裡。你們不能殺了我。」

影望一聽到棘星的話，整顆心簡直就快融化，突然如釋重負。**原來我沒有害死他。**棘星的目光開始熾熱。「如果我的軀體死了，我就跟著它一起死了，」他的鼻吻出現在離影望只有一根鬍鬚那麼近。「再也沒有機會回來。」

影望抽開身子，腦袋嗡嗡作響。這只是灰毛的把戲吧？是為了說服他幫他脫逃。還是真的是棘星在苦苦哀求他留個活口？灰毛曾經愚弄過雷族，害他們那一陣子都以為他就是棘星。**他這次也大可愚弄我啊！**可是如果真有機會解救棘星，影望難道不該牢牢抓住嗎？

吼叫聲突然劃破夜裡停滯的空氣。**是虎星！**影望扭頭張望，腳步聲在營地圍牆外面響起。部族貓都來了。他聞得到他們的氣味。從他父親尖銳的吼聲來判斷，他們是來取灰毛性命的。

暗色戰士重跌地上。影望瞪著他看，只見他閉著眼睛，全身癱軟。影望伸爪戳他。他還在呼吸，但那呼吸很深很長，像睡著了一樣。

荊棘叢一陣抖動，獅焰昂首闊步地走進圍場。雷族副族長憤慨的目光掃過影望，停在灰毛身上。獅焰齜牙咧嘴。「族長們已經投過票了。」他告訴影望。

影望瞪著他看，嘴巴乾到說不出話來。

「我是來遣散守衛的。」獅焰告訴他。

「虎星在哪裡？」影望強逼自己開口問，目光越過獅焰。相信雷族副族長並沒打算自己親手殺了灰毛。

「他跟霧星、兔星和葉星都在外面。」獅焰告訴他。「等你們離開了，他們就會進來。」他的目光決然，眼色陰暗。「你去營地外面跟隊伍一起等。」

「獅焰！」虎星的聲音在圍場外面響起。

獅焰皺起眉頭，轉過身去。「什麼事？」他走出圍場。

他一走開，灰毛就蹣跚爬起來。「你知道該怎麼做嗎？」

影望眨眨眼睛看著他，心裡納悶現在究竟是誰在說話。聽起來像是灰毛、棘星和尖塔望的綜合體，活像冒牌貨監禁了所有亡靈。

灰毛緊張地瞪著影望看。「你沒有選擇，」他嘶聲說道。「棘星會永遠死去，你等於又把他殺了。」

影望閉上眼睛好一會兒，驚恐像顆石頭一樣壓著他的心臟，他的心就快要被壓爆。他轉身，走出圍場。

營地空蕩蕩的，守衛都離開了，只留下族長們和雷族的副族長。獅焰和虎星正在空地邊緣交頭接耳。霧星、兔星和葉星在他們旁邊緊張地蠕動身子。

「你確定你要代表松鼠飛參與這件事？」虎星眼神質疑地看著獅焰。

「雷族必須像其他部族一樣負起責任。」獅焰低吼道。

影望快步走向他們。「在你們付諸任何行動之前，」他喊道，「有件事必須先知道。」他從他們旁邊走過去，他們的目光全都從圍場的方向移到他身上。他們瞪著他看，眼神好奇，他的心跳聲大到連自己的耳朵都聽得到。

「有什麼問題嗎？」虎星傾身向前。

葉星豎起耳朵。

「灰毛並沒有……」影望猶豫了，目光逐一掃過每位族長。他們瞪著他。他還是沒說話，兔星這時皺起眉頭。

「你有話快說好嗎？」獅焰低吼。影望這時看見一個黑影從荊棘圍場一溜煙地跑出來，飛奔過營地，朝穢物處的通道溜出去。他的目光趕緊移回族長們身上，但來不及了，獅焰早就循著他的目光看出了端倪，於是連忙朝營地圍牆那處狹窄的縫隙扭頭，正好看見一條暗色的虎斑尾巴消失在黑暗裡。

獅焰的毛髮倒豎，鼻吻猛地轉向影望。影望趕緊後退，金色戰士瞬間利爪出鞘，眼帶兇光，氣到全身顫抖。

「你到底幹了什麼好事？」

第二十五章

根躍目送松鼠飛低頭鑽進羊齒植物叢裡，橘色身影在葉叢裡迅速隱沒成灰色的暗影。來自影族營地的吼聲已經消散，他一想到隊伍抵達影族營地後可能發生的事，便不寒而慄。灰毛死了嗎？他突然好奇棘星是否還在森林裡遊蕩。他會知道他的軀體被殺了……再也沒機會回來了嗎？根躍渴望再見到他，跟他說話，向他道歉。**我辜負了他。**

鬃霜在他旁邊蠕動著身子，目光一直跟著松鼠飛的身影，雷族族長這時已經消失在林子裡。「你覺得她會去哪裡？」

「她說她想去一個可以離棘星很近的地方，」根躍想起松鼠飛眼裡的淚光和悲悽的眼神。「我是說真正的棘星。」

「可是我們又不知道真正的棘星在哪裡。」鬃霜眨眨眼睛看著他。

根躍的目光望向林間。「我想她是去月池了，」他輕聲說道，「那裡是離星族最近的地方。」

鬃霜歪著頭。「她不會有問題吧？」

但根躍幾乎沒聽見她在說什麼。月光暈染著她的面頰，銀白色的光在她毛髮上閃爍，那雙藍綠色的眼睛又圓又亮，暗色瞳孔瞠得很大。她看起來很害怕。他的後半輩子沒有她的陪伴，真能熬下去嗎？他忍住想用尾巴圈住、貼近她的衝動。要是她住在別的部族，他要怎麼知道她過得好不好。

「你覺得她不會有問題吧？」鬃霜又問了一次，眼睛瞪得更大了。

「她終究……」他喃喃說道，「得接受棘星再也不會回到湖邊的事實。就讓她適度地發洩情緒吧。」

鬃霜眼裡閃著淚光。「她的心一定碎了。」

是啊。根躍的心也很痛，他心疼松鼠飛，但也為自己感到心痛。雷族族長失去了她自始至終深愛的伴侶貓，而他也失去了原本以為可以跟鬃霜共同白首的未來美好歲月。他喉頭一緊，卻只能強忍悲傷。鬃霜現在就在他身邊。他好想緊緊貼住她，感覺她的體溫。這可能是他們最後一次獨處，但他卻退開。「我會跟過去，」他喵聲道。「我想我幫得上忙。」

「我要一起去嗎？」鬃霜急切地抬高下巴。

他搖搖頭。「我想告訴她，我從姊妹幫那裡學到的一些事情。」他解釋道。「如果她聽到貓兒在往生之後是如何陪在姊妹幫身邊，跟著她們繼續展開旅程，對她來說應該會很告慰。」

他看見鬃霜眼裡的似水柔情。

「你真的很好心。」她輕聲說道。

他垂下目光，心裡隱隱作痛。「我只是想讓她心情好過一點。」

鬃霜朝他靠近。「讓我也幫忙，好嗎？」

根躍轉過身去。「現在別讓她見到雷族貓會比較好。」他聲音沙啞地說道。「她必須為她的族貓堅強起來，她不會想讓妳看見她脆弱悲傷的一面。」

鬃霜伸長鼻吻，輕觸他的肩膀。「那你小心點，」她低聲道，「月池離這裡好遠。」

他感覺得到她溫熱的鼻息滲進他的毛髮裡。「我不會有事的。」他的喵聲沙啞。他緩步離開她，不敢回頭看。他們永遠當不成伴侶貓了。他們這輩子最親近彼此的時刻也就只有此刻了。

他朝林間走去，但總覺得自己的心好像留在原地了。他的胸口被掏空了一大塊，覺得好痛。但他無視痛苦，強逼自己專心搜索松鼠飛的氣味。

他沿著坡地追蹤，經過溝渠。這裡有很多條溝渠，像爪印一樣劃穿影族的林地。只是一進到雷族領地，就有點難追蹤她的氣味，因為都被其它雷族氣味覆蓋了。根躍刻意低著頭，張開嘴巴讓夜裡的空氣撲上舌尖，最後終於發現她的蹤跡，原來她沿著天族邊界走，顯然正往雷族林子的盡頭走去，那裡樹木漸疏，被荒原取代。原來她要去月池。

他從林子裡鑽出來，走進月光裡，穿過一片覆滿綠草、與溪流相通的沼澤地。他停下腳步，掃視山腰，看見小溪橫穿了那條直通月池山谷的石子路。遠處有個身影正在壘壘巨石間移動。那是松鼠飛嗎？那個身影沿著溪流穿梭岩石之間，在暗處時隱時現。一定是她。

根躍加快腳步，深怕跟丟。他蹣跚地翻越巨大的岩石，旁邊就是潺潺河水。高地沼澤上微風徐徐，帶來石楠的香味，將毛髮吹得服貼在身上。他低下頭，加快腳步，他快要走到那座披瀉在溪床和山谷邊緣間的瀑布了。松鼠飛已經在攀爬。他看得到她在星光下的橘色身影，她躍過一座又一座的巨石，從岩邊撐起身子，攀上山頂。

月亮印襯出她在山頂的剪影。根躍快步朝瀑布走去，也開始往上爬。這時松鼠飛坐了下來，垂喪著頭，他跟著停下腳步，趕緊低身鑽進岩石的暗處，看著她沉浸在自己的悲傷裡。他現在不能去找她。他突然間覺得他想跟她分享的事情……包括姊妹幫還有她們和祖靈之間的聯繫……似乎都變得空洞無比。也許晚一點再分享，可以帶給她一些安慰，但此刻的她需要的是獨處。就先讓她好好懷念棘星，哀悼他的逝去吧。

山谷邊緣出現一個虎斑身影。根躍愣了一下，當場認出那是一隻肩膀很厚、額頭很寬的公貓。他沿著山脊走過來，目光緊緊鎖住松鼠飛。**那是棘星嗎？**根躍瞇起眼睛。外觀看起來的確像他。是他的靈體找到了方法回來安慰伴侶貓嗎？松鼠飛猛地抬頭，看見正朝她走來的公貓。根躍的心跟著砰然一跳，他看見她兩眼發亮，頓時燃起一線希望。

但她又立刻皺起眉頭，背上的毛全聳了起來。

根躍瞬間驚恐。**那不是棘星……**虎斑公貓慢下腳步，最後停在離松鼠飛一條尾巴之距的地方，根躍的恐懼像星火一樣在他爪間爆了開來。

「我給妳最後一次機會。」公貓語帶威脅。

是灰毛！根躍瞪著暗色戰士。他怎麼逃出影族營地的？

松鼠飛往後退，頸毛聳得筆直。「不要靠近我。」

灰毛瞇起眼睛。「難道妳不明白我對妳的心意嗎？」

「我不在乎你對我有什麼心意，」松鼠飛齜牙咧嘴。「我只要棘星回來。」

「他不會回來了。」灰毛抽動耳朵。「我很確定這一點，所以現在愛妳的只有我了。我願意原諒妳的背叛，也原諒妳害我成為階下囚。妳跟我走。我保證我會讓妳比想像的還要幸福。」

松鼠飛瞪著他看，面露疑色。「你認為我會願意跟殺害我伴侶貓的兇手長相廝守嗎？」

小心點！根躍靜悄的爬上另一座岩石。**別惹怒他。**

灰毛的眼神受傷。「我到死都還愛著妳。」他哀求著她，就像一隻小貓渴求食物一樣。「這還不能感動妳嗎？我大老遠地從星族回來，就是為了跟妳在一起。棘星絕對不會像我這麼痴情的。沒有貓兒像我這麼痴情。現在他消失了，妳不覺得妳可以學著去愛我嗎？」

松鼠飛怒瞪他。「你殺了他，然後偷了他的身體！」她嘶聲道。「你欺騙了所有貓兒，撕裂了雷族。我在很久以前就已經做出選擇，而你也一再地證明我的選擇是對的。」她挺起肩膀，眼帶恨意。「我絕對不會愛你。」

根躍爬得更高了，他的胸口漲滿恐懼，因為灰毛已經貼平耳朵。

暗色戰士的喉嚨裡發出低吼。「我一定會讓妳巴不得自己沒做過這樣的決定。」說完就撲上松鼠飛。後者趕緊用後腿撐起身子，正面迎戰他的攻勢，利爪狠揮，劃破他的鼻吻，鮮血瞬間飛濺岩面。但他隨即旋身一轉，伸爪勾住她肩膀，將她拖到地上，跳了上去，前爪朝她面頰狠揮。她用後腿撐起身子，甩開他，趁他還在地上翻滾時，怒聲一吼地撲了上去。

根躍跳上瀑布的最高處，撐起身子，從岩石邊緣爬進山凹裡。松鼠飛這時正壓住灰毛，後腿連番狠踢他肚子。暗色戰士用腳爪勒住她脖子反制，然後猛力一扯，松鼠飛瞬間摔在地上，四腳朝天。她痛得尖叫，試圖扭身掙脫。被她翻滾和扭動過的地方盡是觸目驚心的鮮血。灰毛亮出尖牙，利爪更用力地勒緊她脖子，松鼠飛的尖叫聲漸漸變成快要窒息的喘氣聲。

根躍朝他們衝了過去，爪子戳進灰毛身上。他死命地把他往後拉，但暗色戰士的力氣大到令他吃驚。

灰毛怒聲一吼，朝他轉身。「戰士全都是鼠輩。」他嘶聲說道，「不管我殺了多少個，都還有另一個等著暗算我。」

根躍看到灰毛眼裡的兇光，嚇得毛髮倒豎。暗色戰士揚起腳爪，朝他的臉用力一巴，力道大到根躍瞬間飛了出去。

根躍撞上岩石，痛得眼冒金星，什麼都看不到，撞上的那一剎那，他差點就暈厥過去。他喘不過氣來，眨眨眼睛，擠掉淌進眼裡的鮮血，再撐起身子爬起來，上氣不接下氣。這時他看見灰毛朝松鼠飛走去，驚恐瞬間漲滿他的胸口。松鼠飛掙扎著想要站起來，但是腿軟爬不起來，她那雙驚懼的目光對上灰毛的，最後只能朝他無助地揮爪，他卻低身閃過，一把叼住她的頸背，發出可怕的咆哮聲，開始拖著她沿著那條被腳印踩凹的石子路一路蜿蜒而下，朝月池走去。

根躍強迫自己穩住呼吸。整座山凹在他眼前搖晃不定，他的視線被鮮血模糊成一片。他甩甩頭，氣喘吁吁地蹣跚跟在灰毛後面，暗色戰士正拖著松鼠飛癱軟的身子朝山凹底部走去。

月池倒映著星光，池邊岩石環繞，水面平靜無波。根躍不解地瞪著眼前的景象，眼睜睜看著灰毛拖著松鼠飛涉水走進月池。**他想淹死她嗎？**根躍踉蹌跟在後面，腳爪不住地發抖。這時灰毛走進池水的深處，一臉洋洋得意，接著嘴裡嘟囔一聲，竟就將松鼠飛壓進水面下，然後也跟著她消失在水裡。

根躍站在池邊，幾乎不敢相信自己的眼睛。驚慌不已的他突然閃過一個念頭，想起自己有一次差點溺死在湖裡。但他無視這個可怕的記憶，放膽涉水走到深處，他繞著池水用腳爪摸索，尋找灰毛或松鼠飛，**但什麼也沒有。**他深吸一口氣，潛進水裡，眼睛刺痛地掃視陰暗的水域，尋找他們的蹤跡。

但水裡沒有貓兒。他胡亂拍打著腳爪，不顧一切地拚命搜找。**他們不可能消失！**他破出水面，掃視山凹，但這裡荒蕪一片。他不斷繞著水池，不時沉進水裡，心想也許會看到灰毛和松鼠飛的蹤影，但月池裡空無一物，只剩他一個。

他費力地游到水邊，撐起身子，爬了出來，甩掉身上的水。原本泛著微光的月池漸趨平靜，水面再度波紋不興，倒映著滿天星光。

他們去哪裡了？驚恐宛若冰塊似地令他寒意上身。有誰會相信他在這裡所目睹到的一切？他瞪著水面看，快要喘不過氣來。他的身上不斷滴水，全身開始發抖。灰毛還活著，但是他把松鼠飛帶去了一個只有亡者才能找到她的地方。

國家圖書館出版品預編目資料

貓戰士七部曲破滅守則 . 四, 黑暗湧動 / 艾琳 . 杭特（Erin Hunter）著；約翰 . 韋伯（Johannes Wiebel）繪；高子梅譯 . -- 初版 . -- 臺中市：晨星 , 2021.10
面；　公分 . --（Warriors ; 62）
譯自：Warriors : The Broken Code. 4, Darkness within
ISBN 978-626-7009-53-6（平裝）

873.596　　110012248

貓戰士七部曲破滅守則之Ⅳ

黑暗湧動 *Darkness Within*

作者	艾琳・杭特（Erin Hunter）
繪者	約翰・韋伯（Johannes Wiebel）
譯者	高子梅
責任編輯	陳品蓉
文字校對	陳品蓉
封面設計	陳柔含
美術編輯	林素華
創辦人	陳銘民
發行所	晨星出版有限公司 407台中市西屯區工業區30路1號1樓 TEL：04-23595820　FAX：04-23550581 行政院新聞局局版台業字第2500號
法律顧問	陳思成律師
初版	西元2021年10月01日
再版	西元2023年11月20日（三刷）
讀者訂購專線	TEL：（02）23672044 /（04）23595819#230
讀者傳真專線	FAX：（02）23635741 /（04）23595493
讀者專用信箱	service@morningstar.com.tw
網路書店	http://www.morningstar.com.tw
郵政劃撥	15060393（知己圖書股份有限公司）
印刷	上好印刷股份有限公司

定價250元

（缺頁或破損的書，請寄回更換）
ISBN 978-626-7009-53-6